黄坤◎编注

李商隐诗选评

人民文学出版社

图书在版编目(CIP)数据

李商隐诗选评/黄坤编注.
—北京:人民文学出版社,2020(2024.2 重印)
(恋上古诗词:版画插图版)
ISBN 978-7-02-014548-5

Ⅰ.①李… Ⅱ.①黄… Ⅲ.①李商隐(812-约 858)
-唐诗-诗歌研究 Ⅳ.①I207.22

中国版本图书馆 CIP 数据核字(2018)第 189825 号

责任编辑　卜艳冰　吕昱雯
装帧设计　汪佳诗

出版发行　人民文学出版社
社　　址　北京市朝内大街 166 号
邮政编码　100705

印　　刷　山东新华印务有限公司
经　　销　全国新华书店等

开　　本　890 毫米×1240 毫米　1/32
印　　张　9.75
插　　页　2
字　　数　220 千字
版　　次　2020 年 9 月北京第 1 版
印　　次　2024 年 2 月第 2 次印刷

书　　号　978-7-02-014548-5
定　　价　55.00 元

如有印装质量问题,请与本社图书销售中心调换。电话:010－65233595

前　言

"大凡物不得其平则鸣……人之于言也亦然。有不得已者而后言,其歌也有思,其哭也有怀。凡出乎口而为声者,其皆有弗平者乎!"

这是唐代文豪韩愈的名言,已经成为文学创作的一个经典论断。至于为何而鸣,如何鸣,则根据各人的身世、处境、习性、才情,各有不同。

李、杜之后,在诗的领域,最动听的鸣声,应来自李商隐。

这是一个以身殉诗的人。在他的诗中,能听到杜鹃承托春心的啼唤,流莺在风晨露夜的宛啭。如同一只顽强的荆棘鸟,将荆棘扎进胸膛,遵循内心的追求,在滴血中放声歌唱,直到生命的陨灭,留下一段凄美的绝唱。

李商隐先祖与唐皇室同宗,但流传至其父祖,已是寒素之士。他九岁失怙,沦落贫贱之中,"四海无可归之地,九族无可倚之亲。生人穷困,闻见所无"。作为家中长子,他稚嫩的肩膀,过早承担生活的重压,为人抄书贩米,以维持家庭的生计。童年时代即已萌生的"沦贱艰虞多"的感受,那种不堪承受又不得不承

1

受的压抑,在他心中日聚月累,积淀成一种挥之不去的忧患意识,成为他不平之鸣最初的动因,在诗中不时流露。他见雨中的牡丹致慨:"浪笑榴花不及春,先期零落更愁人。"他为山道的早梅生悲:"匝路亭亭艳,非时裛裛香";"为谁成早秀?不待作年芳"。

天道对诗人并非完全不公,在让他尝味生活苦涩的同时,又赋予异乎众人的早慧。他"五年(岁)诵经书,七年弄笔砚",年仅十六七岁,就以诗文得到名贤巨公的赏识。青年时代的李商隐,即已显露一个天才诗人的禀赋。他不仅有常人难以企及的驾驭语言的才华,格外细腻、丰富的情感,在其敏感的心灵中,还有一个年轻人不会有甚至不该有的深沉。这是一个为诗而生的人,是一个注定以诗而鸣的人。

一个诗界天才,可以纵情伸展他想象的翅膀,变不可能为可能,却很难在现实生活中畅通无阻,心想事成。

"不平"是因为生活道路的坎坷、理想追求的受挫,是因为不如意,古人概括为一个"穷"字。"穷"是"不平"的前提。那么,因"穷"而鸣的结果又会怎样?古人看到并概括出一个"工"字。于是,关于诗文创作,又有一个和"不平则鸣"息息相关的命题——"穷而后工":

"世所传诗者,多出于古穷人之辞也。盖愈穷则愈工。然则非诗之能穷人,殆穷者而后工也。"(欧阳修语)

即愈是困顿不如意的人,诗写得愈好。

这条铁律,在李商隐的身上,再一次得到验证。

诗人少负不羁之才,长怀凌云之志,但为党争所累,不能奋飞远举,难挽似水年华,徒叹壮志未酬,常年漂泊,坎坷终身,真可谓生非其时、处非其地了。

这必然会在诗人心中激起身不由己、无可奈何的悲凉和不平。虽然他缺乏抗争的勇气,但没有因穷途而潦倒,从未放弃对理想的追求,对爱的坚守,对美的向往。即使在东风无力、百花凋残的季节,在感伤匆匆春归、韶光流逝的时候,依然如"到死丝方尽"的春蚕,编织自己的情网,缠绵不息;如"成灰泪始干"的蜡烛,燃烧自己的身心,至死方休。

只是诗人既不似李白,也不似杜甫,他没有李白"痛饮狂歌空度日,飞扬跋扈为谁雄"那样的狂态,也没有杜甫"留滞才难尽,艰危气益增"这般的执着;他没有"兴酣落笔摇五岳"那样的豪兴,也没有"一洗万古凡马空"这般的壮怀。这是一个既不敢明怒也不会明言的人,他本着自身的才性,以自己独特的方式,发出与李、杜不一样的不平之鸣。

诗人是情种,是"情之所钟"的人。他和夫人的伉俪之情,一生不渝,令人动容。只是爱情的果实,却落入政治的漩涡,被抛到荒滩苦水之中。他的多情,屡屡遭受无情的伤害;他想以柔情安抚伤后的疼痛,结果却如"举杯消愁愁更愁",反而产生情何以堪的伤感。

他无法回避自己的感情，又找不到可以倾吐的对象，只能将它深藏在心头。那颗柔软的心，没有因人世的磨砺而变得坚硬，而是更加细腻。在心与物、心与心的交流中，他有着不同寻常的敏感，能触及最深的层次，把握最复杂的变化。即使"身无彩凤双飞翼"，依然"心有灵犀一点通"。

在他情感中出现的每一个波澜，都能激起创作的冲动，成为不平之鸣的音符和旋律。他从世事在心头刻下的每一道伤痕中，品味什么是承受，什么是痛苦，什么是希望。生活的苦水，流到诗人的情域，经过层层过滤，成了创作的甘泉。屡屡受挫的抱负、备受煎熬的爱情，在诗人的笔下，都化作绚丽的彩霞，绽开娇艳的花朵。命运辜负了他，他不愿辜负自己。面对人世简单、粗暴的摧折，他报之以精心构思、意蕴丰富的诗篇。

一部《玉溪生诗集》，充分体现了诗人的才情，显示出独特、鲜明的艺术特色。

他用真切的期望吮舐自身的伤口，他用美丽的文字描述多难的时代。即使飘零，也如风中的落花；即使哀鸣，也如霜中的寒蝉；即使衰败，也如雨中的残荷。"红楼隔雨相望冷，珠箔飘灯独自归"；"一春梦雨常飘瓦，尽日灵风不满旗"；"怅望银河吹玉笙，楼寒院冷接平明"。人物是那么孤寂，心境是那么悲凉，情景是那么凄清，但诗的意境竟是那么优美，那么雅洁。无论什么艰辛苦难,在诗人的笔下,都以精美的形式出现。如同一个身世凄凉的佳人,即使在风雨如晦之际,依然保持美丽的形象。

心灵敏感的诗人,长于表现人深曲的情感世界,创造微婉朦胧的意境。他的不少言情诗,尤其是无题诗,从多方面、深层次展现人的情感波澜、心理活动,其中有柔肠百转的缱绻,有缠绵悱恻的情意,有无怨无悔的追求,有一息尚存、矢志不移的执着。就诗中对人心灵世界的开拓、对人心境和心理的展示和剖析而言,罕见能与之比肩者。

关于情采,刘勰提出有"为情而造文"和"为文而造情"这两种不同的表现。前者"志思蓄愤,吟咏情性",后者"心非郁陶,苟驰夸饰"。李商隐无疑属前者。"深知身在情长在"。他的诗,深情绵邈,不能自已,才尽回肠荡气中。无论是自伤身世,还是追求爱情,是悼念亡妻,还是痛惜良友,是凭吊古迹,还是吟咏物象,无不情真意挚,哀感顽艳,从而使其个人的情感,具有高情远意,能感染其他人,能延续到后世,具有普遍的意义。

"刻意伤春复伤别"。悲剧性的性格,遇上悲剧性的时代,导致悲剧性的生涯,演绎出充满悲感的诗篇。李商隐的诗,是感伤的诗,是在彷徨和追求之间怅惘的诗,是在希望和绝望的交替中挣扎的诗,是在萧瑟的寒风中独自吟唱的诗,是在冷漠的境遇中寻求温情的诗,是在孤寂的夜晚燃烧自己的诗。他面对的是:"五更疏欲断,一树碧无情";是:天意何曾怜幽草,人间不解重晚晴。无论眼中景，还是耳边声，都是那么凄切，那么悲凉。他的诗，如杜鹃啼血，如落红迎风，如玉盘迸泪，如锦瑟惊弦，如怨如慕，低回要眇，哀艳凄断，黯然销魂。

时时忧谗畏讥的诗人，不可能达到宠辱偕忘的境地，作诗也很难如风水成文，晓畅明白。"其身危，则显言不可而曲言之；其思苦，则庄语不可而谩语之。"（朱鹤龄语）李商隐的诗，寄托遥深，思致深远，工于比兴手法，长于隐喻象征，意境朦胧，措辞婉曲，诗外有诗，不易窥测，以此引起后世"独恨无人作郑笺"的慨叹。

李商隐的诗，"风人比兴之意，纯自意匠经营中得来"（宋宗元语）。他以异乎寻常的想象力，精心选择一些新奇独特的意象，构思出人意表的高华境界，笔补造化，不仅炫人耳目，同时作用于人的心灵。读他的诗，需要充分调动想象力，探求藏在瑰丽字面背后的深邃寓意。

清人钱良择说："义山诗独有千古，以其力之厚，思之深，气之雄，神之远，情之挚。若其句之炼，色之艳，乃余事也。"这话没错。但文学毕竟是语言的艺术，尤其是诗，对语言的运用，有更高更严格的要求。喜爱李商隐的诗，往往是从喜爱他的文字开始的。用梁启超的话说："义山的《锦瑟》《碧城》《圣女祠》等诗，讲的什么事，我理会不着。拆开来一句一句叫我解释，我连文义也解不出来。但我觉得它美，读起来令我精神上得一种新鲜的愉快。"他的诗,色彩绮丽,音韵谐婉,律法精严,"捶字坚而难移,结响凝而不滞",无率尔之笔,无芜词累句。就语言艺术而言,堪称最精致的作品。

王安石晚年很喜欢李商隐诗,"以为唐人知学老杜而得其藩篱者,唯义山一人而已"。中唐以后,学杜仿杜者不计其数,但以遗神取貌者居多。若求"胎息古人(老杜),得其神髓,而不掩其性情"(纪昀语)者,必首推李商隐。唯其善学杜甫,故能不被杜甫的光辉所笼盖,成为杜甫之后最有独特、鲜明艺术风格的诗人。

时至晚唐,审美趣味已发生变化,情致缠绵、词意婉约成了新的艺术追求,李商隐是体现这种变化的代表作家,而词作为一种新诗体也应运开始走向繁荣。因此关于李商隐的诗,还应重视它和词的关系。"义山虽未尝作词,然其诗实与词有意脉相通之处"(缪钺语)。当代一些学者认为:李商隐的言情诗,已近乎词的意境,他的诗成了联接唐诗和宋词的特殊纽带。

当然,李商隐的诗,也有其不足之处。主要是构思过于细密,遣词过于工致,雕饰过于艳丽,因而缺乏浩浩荡荡之势,大气磅礴之观;俯首可拾的是多愁善感,罕见令人为之一振的雄浑豪宕。

如果不为礼教伦常所拘,不对情诗怀有偏见,不喜欢李商隐诗的人或许不多。后世即使对杜诗并不真正喜欢的人,也都要依傍杜甫；但在很长的一段时期内，喜欢义山诗的人，却很少公开表明自己的态度。他的历史遭遇，依然延续身前被冷落的悲剧，没有得到与其成就相称的重视。从这上面看，李商隐比杜甫更加不幸。

明星的光辉，永远来自自身，即使未被重视，依然在星空闪耀，终有被万众瞻仰的时候。今天大家都已看到："繁星璀璨的唐代诗空中，除了李白、杜甫之外，还有一颗放射着神异凄迷之光的明星，那就是李商隐。虽然他没有李太白的飞扬不羁，也没有杜少陵的博大深厚，但他所特有的那一片幽微窈眇、扑朔迷离的心灵之光，在参横斗转，月坠星残的迢迢银汉中，无疑也是一种前无古人的永恒！他的神奇绚烂如同'夜月一帘幽梦'，他的缠绵悱恻恰似'春风十里柔情'。"（叶嘉莹语）

目录

不编年诗

编年诗

初食笋呈座中①

嫩箨香苞初出林②，於陵论价贵如金③。皇都陆海应无数④，忍剪凌云一寸心⑤。

注释

① 各首诗的次序,按刘学锴、余恕诚《李商隐诗歌集解》(中华书局 1998 年版)编排。

② 箨(tuò):笋壳。香苞:芳香的花苞。这里指笋壳中包藏的笋心。

③ 於(wū)陵:汉县名,唐代为长山县(在今山东邹平东南)。

④ "皇都"句:陆海,言海无所不有。《汉书·地理志》:"秦地有鄠杜竹林,南山檀柘,号称陆海,为九州膏腴。"这句说京城一带的富饶之地不计其数。这里陆海也有京城人才众多之意。

⑤ "忍剪"句:吃的嫩笋仅有一寸,但留在土中,便能长成参天(凌云)的翠竹。这里以嫩笋喻少年,以凌云寸心比喻少年的凌云之志。

解读

冯浩《玉溪生年谱》将此诗编入唐文宗大和八年(834)。当时李商隐应举不第,随兖海观察使崔戎至兖州(今属山东)。但有人对这种说法表示怀疑。刘学锴、余恕诚《李商隐诗歌集解》

定此诗作于大和三年（829），"或少年时代客游洛下等地时于某显宦席上所赋"，"自比'嫩箨香苞'亦弱冠少年口吻"。诗中"嫩箨香苞"，写新生竹笋，赏心悦目，充满生机，因此深得人们喜爱，价贵如金。但这种喜爱，只是表现为占有，为了满足自己的私欲，甚至不惜残暴地摧残它。对嫩笋如此，对人又何尝不同。多少志趣高远的年轻人，刚涉人世，便被无情的现实，扼杀了美好的期望。诗人当时很年轻，还不至于有怀才不遇、壮志未酬的感慨。但因出身寒微，对人世炎凉，已有深切的感受，在其敏感的心灵中，产生了对前程隐隐的担忧。下联明说京城物产丰富，不必取食嫩笋，实际表达的意思是：京城人才济济，又怎么能容不下一个少年，扼杀他远大的志向？"少年不识愁滋味"，"为赋新词强说愁"（辛弃疾《丑奴儿·书博山道中壁》）。但这这首诗中，诗人的愁苦，则是确确实实地在心中涌现，从笔端流露。一个"忍"字，不仅包含着对嫩笋、对年轻人才被摧残的痛惜，也显示了对食笋者、对人世无情者的谴责。相对于后来那些沉博绝丽之作，这首出于青年之手的诗，在语言形式上显得浅显明白，但其内涵，对社会现实的认识，却表现出一个年轻人不会有甚至不该有的深沉。至于构思的新颖奇特，唱叹的深情绵邈，已微露出一个天才诗人鲜明的创作风格。

随师东①

东征日调万黄金，几竭中原买斗心②。军令未闻诛马谡③，捷书惟是报孙歆④。但须鸑鷟巢阿阁⑤，岂假鸱鸮在泮林⑥。可惜前朝玄菟郡⑦，积骸成莽阵云深⑧。

注释

① 随师东：随师，隋朝军队，这里借指唐朝军队。东，东征。唐文宗太和元年(827)，发七道兵讨伐叛将、横海(治所沧州，在今河北沧县东南)节度使留后李同捷。因诗人不能直截了当批评时事，故借用隋炀帝东征为题。随，通"隋"。

② "东征"二句：日调，日日征调。斗心，指东征将士的斗志。当时唐军虚报战功，以邀厚赏。朝廷为了收买军心，对此无可奈何，只得征调大量财物，几乎竭尽了中原的财富。

③ "军令"句：《三国志·诸葛亮传》载：蜀汉建兴六年(228)春，诸葛亮率兵出祁山，以马谡为前锋，与魏将张郃战于街亭。马谡违背诸葛亮的部署，行动失当，蜀军大败。诸葛亮回汉中后，杀马谡以表示歉意。

④ "捷书"句：晋咸宁六年(280)，晋军征伐吴国。晋将王濬上表，声称已斩得吴都督孙歆首级。后来晋将杜预俘获孙歆，解送到洛阳，一时传为笑谈。《资治通鉴》："大和元年，李同

捷盗据沧(州)、景(州),诏……诸军讨同捷,久未成功。每有小胜,则虚张首虏以邀厚赏。馈运不给。"以上二句说唐军战败,无人受到处罚;官军传来的捷报,都是虚报战功。

⑤ "但须"句:鹓鸑,凤凰一类的神鸟,借指贤臣。阿(ē)阁,四面都有檐沟排水的楼阁,借指朝廷。古人称黄帝时,凤凰筑巢于阿阁;周朝兴起时,鹓鸑鸣于岐山,这是天下太平的征兆。

⑥ "岂假"句:假,通"借",让。《诗经·鲁颂·泮水》:"翩彼飞鸮,集于泮林。"鸱鸮(chī xiāo),猫头鹰,古人看作不祥之物,这里借指叛将。泮林,学宫旁的树林。泮,泮宫,周朝国家高等学府。以上二句说只要朝廷任用贤臣,就不会让叛臣在地方作乱。

⑦ "可惜"句:前朝,指汉朝。玄菟(tú)郡,西汉时设置,东汉时治所(在今辽宁沈阳)。这里借指李同捷的老巢沧州地区。

⑧ "积骸"句:骸,尸骨。莽,茂密的草丛。阵云,浓重厚积形似战阵的云,古人看作战争的征兆。这句形容沧州经过战乱的荒凉景象:尸骨成堆,密如草丛,杀气弥漫。

解读

讨伐李同捷的战争,起于文宗大和元年,到大和三年,方才平息,长达三年。这年十一月,李商隐应天平军节度使令狐楚聘请,入幕为巡官,至郓州(今山东东平)。途中目睹战乱后的凄惨景象,写了这首诗。诗中主要反思这场战争为何旷日持久,以及由此对国家和民众造成的伤害,指出这场战争是因朝廷决策失误造成的恶果。如颔联所言,讨伐叛逆,本是官军应尽的责任,但官军欺骗朝廷,邀功领赏,拖延时间,贻误战机,而朝廷对此却毫无作为,甚至对败军之将,也不作任何惩罚,这就更助长了将领骄横、士卒怠惰的恶习。这是军事层面的失算(腐败)。进一步看,藩镇如此跋扈,官军敢于欺骗,全是因为朝廷没有任用贤臣主政,故政事不修,威令不行。如颈联所言,若有鸳鸯在朝,又怎会听任鸥鹍作乱。正因为内无鸳鸯,故外有鸥鹍。这是政治层面的失算(昏愦)。以此,战争虽暂告结束,但战乱的祸害却难以消除。如首联所言,中州地区为此几乎耗尽财富;如末联所言,战乱之地,城空野旷,人烟稀少,骸骨遍地,豺狼横行。"盖诚使一将成功而致万骨枯,已不忍道,况功未成而先枯万骨乎?可痛极矣。"(姚培谦《李义山诗集笺注》)清姜炳璋说:读此诗,"当日情形,宛然在目,谁谓义山非诗史乎"(《选玉溪生诗补说》)?李商隐作此诗,年仅十七岁,一个初出茅庐的童子,竟然有如此学问见识、如此语言功力,殊为难得。

过故崔兖海宅与崔明秀才话旧因寄旧僚杜赵李三掾①

绛账恩如昨②,乌衣事莫寻③。诸生空会葬④,

旧椽已华簪⑤。共入留宾驿⑥，俱分市骏金⑦。莫凭无鬼论，终负托孤心⑧。

注释

① 崔戎海：崔戎，曾任兖海观察使，大和八年（834）去世。崔戎有侄，名崔朗，字内明。程梦星认为"明"或许是"朗"的讹字（《李义山诗集笺注》）。杜赵李：杜胜、赵晢、李潘，都曾为崔戎的幕僚。

② "绛帐"句：绛帐，红色的纱帐。东汉经学家马融，"常坐高堂，施绛纱帐，前授生徒，后列女乐，弟子以次相传（传授），鲜有入其室者"（《后汉书·马融列传》）。后用以比喻授业师长或授课处所。崔戎很赏识少年李商隐的才华，李商隐在崔戎幕府时，得到他的教导，尊崔如师长。这句说崔戎过去对自己的恩情，就像昨天的事情那样，清晰地呈现在眼前。

③ "乌衣"句：乌衣，乌衣巷，位于今江苏南京秦淮河南岸，夫子庙旁。东晋时为王、谢两家豪族的居处，两族子弟爱穿乌衣，以显身份尊贵，因而得名，一时门庭若市，冠盖云集。《宋书·谢弘微传》："混风格高峻，少所交纳，唯与族子灵运、瞻、曜、弘微并以文义赏会。尝共宴处，居在乌衣巷，故谓之乌衣之游。"这句说崔戎死后，故居冷落，像王、谢子弟聚集在乌衣巷盛况，已无可追寻。

④ "诸生"句：言各处曾得到崔戎教诲的士子，到这里会集，参加

崔戎的葬礼,但已见不到恩师是身影,所以说"空"。

⑤ "旧掾"句:旧僚,指崔戎过去的幕僚。华簪,华贵的冠簪,常用以指显贵的官职。这句说杜、赵、李三位旧僚,现在都已为官。

⑥ "共入"句:《汉书·郑当时传》:"常置驿马长安诸郊,请谢宾客,夜以继日。"留宾驿,供宾客留宿的驿站。这句说自己和杜、赵、李等人,当初都曾得到崔戎的款待。

⑦ "俱分"句:《战国策·燕策》载客卿郭隗(kuí)对燕昭王语:"臣闻古之君人,有以千金求千里马者,三年不能得。涓人(宫中亲近的内侍)言于君曰:'请求之。'君遣之。三月得千里马,马已死,买其骨五百金,反以报君。君大怒曰:'所求者生马,安事死马而捐五百金?'涓人对曰:'死马且买之五百金,况生马乎?天下必以王为能市(买)马,马今至矣。'于是不能期年,千里之马至者三。"这句说当初崔戎延揽人才,幕僚都曾分得他的金帛。

⑧ "莫凭"二句:《幽冥录》:"阮瞻(西晋名士)素秉(一向主张)无鬼论,世莫能难,每自谓理足可以辨正幽明。忽有一鬼,通姓名,作客诣阮,寒温(寒暄)毕,即谈名理。客甚有才情,末及鬼神事,反复甚苦,遂屈(阮瞻理亏词穷)。乃作色曰:'鬼神古今圣贤所共传,君何独言无耶?仆便是鬼!'于是忽变为异形,须臾消灭。阮嘿然,意色大恶。后年余病死。"这二句说不要以无鬼论为依据,认为崔戎已死,一切化为乌有,因而辜负了他托孤的心愿。

解读

冯浩《年谱》将此诗编入大和九年(835),即在崔戎去世一年之后。这是一首意在报恩的诗,首句拈出"恩"字,贯穿全篇。第二句写眼前崔戎故居的冷落境况,与颈联所写昔日盛况,相映对照。颔联上句写死者已去,无可挽回,下句写生者的荣迁腾达,两相对照,含情凄婉。纪昀说此诗"立意既正,风骨亦遒",只是"五六屑屑计较亦浅耳"(《玉溪生诗说》)。颈联赞扬崔戎在世时对学子和幕僚慷慨的奖掖和赏赐,在过去赞美已故权贵的诗文中常可看到,已成一种套话。但联系末联看,却含有深意。据纪昀说,过去有人认为:崔明在和李商隐的谈话中,提到杜、赵、李三位旧僚,有负恩忘义之处,这首诗是对这三人的指责。(同上)杜、赵、李当年确实曾得到崔戎的奖掖和赏赐,如今都已入仕,完全有能力、有条件报答崔戎的恩惠,但似乎连崔戎的葬礼都未出席,对崔戎的身后事,或许更不会过问。不过在同时所作追怀崔戎的《安平公诗》中,李商隐特别赞美杜、李二人的才华,在这首诗中也并未直接批评三人,薄情寡义者可能另有所指。韩愈《祭柳子厚文》:"凡今之交,观势厚薄。余岂可保,能承子托? 非子知我,子实命我。犹有鬼神,宁敢遗堕?"人情浇薄,世态炎凉,生死一分,冷热顿异。深谙官场之道的纪昀,对此可以坦然处之,但注重情义的李商隐则感到寒心,涌起愤激之情。只是人微言轻,无可奈何,只能像韩愈那样,借助鬼神,以矫正轻薄的习俗。钱钟书说末联"道出'神道设教'之旨,词人一联足抵论士百数十言"(《管锥编》第一册)。钱龙惕道:"此诗八句,用事精妙,念旧感知,读之凄然。向秀山阳之笛,羊昙西州之恸,不是过矣。诗之感人如此。"(《玉溪生诗笺》)此诗四联皆对,从中可见李商隐早年作诗效法杜甫的痕迹。

宿骆氏亭寄怀崔雍崔衮①

竹坞无尘水槛清②,相思迢递隔重城③。秋阴不散霜飞晚④,留得枯荷听雨声。

注释

① 崔雍、崔衮:崔戎之子,李商隐的从表兄弟。
② 竹坞:竹林茂盛的山坞。坞,周围高中间低的山地。水槛:临水的栏杆,这里指临水有栏杆的骆氏亭。清:清寂。
③ 迢递:遥远的样子,或高峻的样子。重城:一重重(一道道)城关。
④ 秋阴:秋天的阴云。霜飞晚:霜期来得晚。

解读

冯浩《年谱》将此诗编入大和九年(835)。首句写所寄宿的骆氏亭,如此清寂幽静的环境,对隐居者来说,当然是遣兴养性的理想之处。但对刚离开崔戎故居、前程一片茫然的李商隐来说,则未免过于冷清,很容易引起伤感,产生怀念。第二句寄怀,

《宿骆氏亭寄怀崔雍崔衮》

诗人需要一个倾诉的对象,而在此时此地,自然而然地想到远方的崔戎之子,尽管有重重阻隔,依然挡不住真切的思念。下联是李商隐的名句。霜期晚,寒流来得也晚,以此池中还能有已经枯萎的荷花留下;天空阴云不散,正是秋雨的景象,以此能听到雨打枯荷的声音。对诗人来说,池中的残荷,似乎是特意为自己留下。那点点滴滴的雨声,不仅落在荷叶上,也落在诗人的心头,不仅在水面,也在诗人的心中激起阵阵涟漪。清何焯说:"下二句暗藏永夜不寐,相思可以意得也。"(沈厚塽《李义山诗集辑评》引)清姚培谦更是看到:"秋霜未降,荷叶先枯,多少身世之感!"(《李义山诗集笺注》)心怀身世萧条之感,耳听雨打枯荷(或芭蕉,或落花,或败叶)之声,这样的意境,在后世的诗词中常能看到,但从李商隐的笔下出现,则是首创。由于这种凄清的意境,这种萧瑟的美感,和孤寂冷落的心情一触即合,因此虽经后人一再翻用,却能始终具有巨大的艺术感染力。景中含情,情景交融,在诗中常能看到,但蕴含得如此深切、交融得如此密切,则不多见。

夕阳楼[①]

自注:在荥阳[②]。是所知今遂宁萧侍郎牧荥阳日作者[③]。

花明柳暗绕天愁,上尽重城更上楼[④]。欲问孤鸿向何处，不知身世自悠悠。

注释

① 夕阳楼:故址在今河南郑州商城遗址城垣西南角警报山上，始建于北魏，为唐宋八大名楼之一。

② 所知:相识的人，这里是知己的意思。荥阳:在今河南郑州。

③ 遂宁:即遂州，在今四川。萧侍郎:萧澣。《旧唐书·文宗纪》:"大和七年三月，以给事中萧澣为郑州刺史。入为刑部侍郎。九年六月，贬遂州司马。"作者:所建造的楼。

④ 重城:高城。楼:指夕阳楼。

解读

冯浩《年谱》将此诗编入大和九年(835)。据作者自注，夕阳楼为萧澣任郑州刺史时重建。大和七年，李商隐至郑州，谒见萧澣。和崔戎一样，萧澣十分赏识诗人的才华，对他有恩。两年后，萧澣谪居远方，李商隐故地重游，独上夕阳楼，睹物思人，作了这首诗。首句写眼前景象。陆游诗:"山重水复疑无路，柳暗花明又一村。"重在一个"明"字，表现意外的惊喜之情。此诗"花明柳暗"，却落在"暗"字上，感受的是漫天的烦愁。即使如此，诗人依然不辞辛苦，在登上高城之后，继续登临高楼。但他并没有"更上一层楼"的豪情，吸引他的，是一只鸿雁在高空孤寂地飞翔，而这正是夕阳西下之时。更让他揪心的是:通过这只孤鸿，他看到了自己、看到了萧澣身影。如果直截了当地说自己身世悠悠，与孤鸿无异，意思未免浅显。下联以"欲问""不知"四字穿插引领，便有无限深致。用纪昀的话说："借孤鸿对写，映出自己，吞吐有致。"（《玉溪生诗说》）"欲问"是出于对孤鸿的关切和同情，"不知"其实是"明知"，是明知自己和孤鸿一样，漂泊无依。孤鸿确实值得同情，而自身的境况同样可怜，但又有谁来关注和同情自己呢？"'自'字宜玩味。我自如此，何问鸿为？感慨深矣。"（徐充《唐诗选脉会通评林》）更何况飞鸿尚能自主，自身却无法摆脱人世的羁络，岂不更加可悲？诗人眼睛看的是飞鸿，心中牵挂的是萧澣，欲问孤鸿向何处，也可理解为：欲问萧澣今何处。那么，二人身世同悠悠，便充满"同是天涯沦落人"的慨叹了。故冯浩说："自慨慨萧，皆在言中，凄惋入神。"（《玉溪生诗集笺注》）

重有感①

玉帐牙旗得上游②，安危须共主君忧③。窦融表已来关右④，陶侃军宜次石头⑤。岂有蛟龙愁失水⑥，更无鹰隼与高秋⑦！昼号夜哭兼幽显⑧，早晚星关雪涕收⑨？

注释

① 重有感：唐文宗大和九年(835)，宦官在和朝臣的争斗中得胜，众多朝臣被杀，史称"甘露之变"。李商隐感叹时事，写了《有感二首》。甘露之变后，昭义军节度使刘从谏三次上表，为被杀宰相王涯等人鸣冤，指斥宦官"擅领甲兵，恣行剽劫"，宦官气焰稍有收敛。李商隐有感于此事，又写了这首诗，故以"重有感"为篇名。

② 玉帐牙旗：大将的营帐和旗帜。玉帐，用玉装饰的帷帐。牙旗，用象牙装饰的旗帜。得上游：指昭义军占据有利的地理形势。

③ 安危：偏义复词，意在"危"字。主君：皇上。

④ "窦融"句：窦融，东汉初任凉州牧，上表汉光武帝，请求出兵讨伐不愿归顺的隗嚣。关右，函谷关以西地区，指凉州。这句借指刘从谏上书讨伐宦官。

⑤ "陶侃句"：陶侃，东晋时任荆州刺史。晋成帝咸和二年，苏峻叛乱，陶侃被推为讨伐叛军的盟主，杀了苏峻。石头，石头城，即东晋都城建康(今江苏南京)。这句对刘从谏只是上书，并无实际军事行动有所不满。

⑥ 蛟龙：比喻文宗。失水：比喻失去权力。

⑦ "更无"句：鹰隼，比喻猛将。与，参与。《左传》文公十八年："见无礼于其君者，诛之，如鹰隼之逐鸟雀也。"《礼记·月令》："孟秋，鹰乃祭鸟(言鹰杀了鸟，摆在那里，如同祭祀)。"这句说现在已没有鹰隼(猛将)去击毙凡鸟(宦官)。

⑧ "昼号"句:幽,夜间鬼哭。显,白天人号。这句说甘露之变的大屠杀,激起人鬼同愤。

⑨ "早晚"句:早晚,多早晚,何时。星关,天门,比喻宫廷。雪涕,抹泪。这句说何时朝廷才能摆脱困境,让人擦干眼泪,共庆盛世。

解读

　　冯浩《年谱》将此诗编入文宗开成元年(836)。诗中所写,主要是针对刘从谏上书而发的感慨。刘从谏谴责宦官,自称愿意勤王,言辞堂堂正正,颇能取悦人心。李商隐看到其言行并不一致:谴责宦官,出于政斗的需要;自愿勤王,是为了扩张势力。但这事牵涉到宦官、藩镇两个方面,无论那方面,李商隐都不敢得罪。既要表达自己的想法,又要避免以此惹祸,于是只能像作《随师东》那样,多用典故,借古讽今,隐晦其词了。在表现手法上,此诗更值得重视的,是句中虚字的作用。首联上句"得"字,点出刘从谏占据有利的地形,拥有"地利"的优势;下句"须"字,指出主忧臣辱之义,当主君有难,谁能勤王,便拥有"人和"的优势。这二句似乎在肯定、赞美刘从谏。颔联上句"已"字,写刘从谏已经上书表态,这是"听其言"。既已宣称勤王,理应再借助"天时",抓紧时机,出兵京城,下句"宜"字,便是这层意思,但实际情况却并非如此,刘从谏空有大言,并无行动,这是"观其行"。颔联已隐露对刘从谏的不满。颈联上句"岂有"二字,是说本不该有主君受制于人的情况,但现在文宗确实受制于宦官。那么,为什么本无此理,而竟有此事呢? 下句"更无"二字,指出主君受制于人的缘故:当今朝廷,并无一个真能帮助主君铲除奸恶的人。这句话,不仅针对刘从谏,也是对所有臣僚而说的,从中蕴含着无限的感伤。当然,这里还牵涉到文宗本人的态度,对此,李商隐是不敢置喙的。末联上句"兼"字,写出"甘露之变"的滥杀,所造成的伤害之深之广,急需忠臣良将出来拯救时艰;下句"早晚",写出诗人的忧虑:他看不到、当然也就无法确定这样的人什么时候才会出现。这些虚字,不仅贯联了诗意,也使文势波澜起伏、跌宕多姿。

曲　江①

望断平时翠辇过②,空闻子夜鬼悲歌③。金舆不返倾城色④,玉殿犹分下苑波⑤。死忆华亭闻唳鹤⑥,老忧王室泣铜驼⑦。天荒地变心虽折⑧,若比伤春意未多⑨。

注释

① 曲江:曲江池。在今陕西西安曲江新区东南部,南倚终南山,北对乐游园,东南临少陵园,是久负盛名的皇家园林,唐代最

著名的游览胜地。

② 望断：向远处望直到看不见。翠辇：帝王车驾，用翠羽装饰车盖。

③ "空闻"句：子夜，夜半子时（夜半十一时至翌晨一时），半夜。《晋书·乐志》："《子夜歌》者，女子名子夜造此声。孝武太元中，琅玡王珂之家有鬼歌《子夜》，则子夜是此时人也。"《旧唐书·音乐志》："《子夜歌》者，晋曲也。晋有女子名子夜，造此声，声过哀苦。晋日常有鬼歌之。"

④ "金舆"句：金舆，帝王乘坐的用黄金装饰的车驾。倾城色，《汉书·外戚传》载李延年歌："北方有佳人，绝世而独立，一顾倾人城，再顾倾人国。宁不知倾城与倾国，佳人难再得。"这句写后妃一去不返。

⑤ "玉殿"句：玉殿，宫殿的美称。下苑，指汉代的宜春下苑。唐代改称曲江池。这句说曲江的水通过御沟，流入宫中。

⑥ "死忆"句：《晋书·陆机传》载：西晋陆机遭宦官孟玖谗害，临死前叹道："华亭鹤唳，岂可复闻乎！"华亭，在今上海松江，为陆机的故乡。唳(lì)，鸣叫。

⑦ "老忆"句：《晋书·索靖传》：西晋索靖有远见，预感到天下将要大乱，"指洛阳宫门铜驼，叹曰：'会见汝在荆棘中耳！'"铜驼，铜铸的骆驼，多置于宫门寝殿之前。

⑧ 天荒地变：指国家和社会的巨大变故。折：摧折。

⑨ 伤春：为春天的流逝而感伤，这里借指为唐王朝衰败而感伤。

解读

刘学锴、余恕诚《集解》将此诗编入开成元年(836)。《旧唐书·文宗纪》载:文宗喜欢写诗,常诵读杜甫的《哀江头》诗,想恢复开元、天宝间"江头宫殿锁千门"的盛况,于大和九年,命神策军在曲江修建楼殿。不久发生甘露之变,只得下令罢修。此诗题名"曲江",实际上是抒写因甘露之变而生的感慨。在表现手法上,此诗每联上下二句,都是对照描写。起句提出"望断"二字,笼盖全诗。首联上句写往昔君王游赏的景象,已经一去不返,下句写如今最令人惊心的,是夜半悲哀的鬼歌声。这是今昔对照,是曲江景物的望断。颔联上句和杜诗"血污游魂归不得"相仿,下句即杜诗"江水江花岂终极"之意,这是人与景物的对照,是游赏人物的望断。颈联上句以陆机比喻在甘露之变时被杀的大臣,下句借索靖道出生者的不安。这是死者与生者的对照,是政坛人物的望断。末联上句以天荒地变形容甘露之变这样的巨大变故,下句以伤春隐喻对唐王朝没落的担忧。这是政治事件和王朝命运的对照,望断的不仅是景,是人,更是唐王朝重现升平的希望。变乱虽然可怕,会造成巨大的伤害,但毕竟还可平息(如因唐玄宗、杨贵妃荒淫导致的"安史之乱"),而王朝的没落,丧失生机,纵然万牛回首,也难以挽回了。李商隐为甘露之变感伤,但他并没有沉溺其中,而是以更开阔的眼界、更深沉的思索,看到了更让人感伤、更让人惊心的一面。这就是"若比伤春意未多"的真实含义,是这首诗最值得玩味之处。全诗语言工丽,思虑凝重,寄托遥深,情意"悲愤深曲,得老杜之神髓"(高步瀛《唐宋诗举要》)。此诗过去有多种不同的解释,如近世张采田、黄侃等人,便认为这是一首咏叹唐玄宗、杨贵妃的诗。不过这些解释,都无法讲清末联的含义(至少显得牵强附会)。

行次西郊作一百韵①

蛇年建丑月②,我自梁还秦③。南下大散岭④,北济渭之滨⑤。草木半舒坼,不类冰雪晨⑥。又若夏苦热,燋卷无芳津⑦。高田长槲枥,下田长荆榛⑧。农具弃道旁,饥牛死空墩⑨。依依过村落⑩,十室无一存。存者皆面啼⑪,无衣可迎宾。始若畏人问,及门还具陈⑫。

右辅田畴薄⑬,斯民尝苦贫⑭。伊昔称乐土⑮,所赖牧伯仁⑯。官清若冰玉,吏善如六亲⑰。生儿不远征,生女事四邻⑱。浊酒盈瓦缶⑲,烂谷堆荆囷⑳。健儿庇旁妇㉑,衰翁舐童孙㉒。况自贞观后㉓,命官多儒臣。例以贤牧伯,徵入司陶钧㉔。

降及开元中㉕,奸邪挠经纶㉖。晋公忌此事,多录边将勋㉗。因令猛毅辈，杂牧升平民㉘。中原遂多故㉙，除授非至尊㉚。或出幸臣辈，或由帝戚恩㉛。中原困屠解㉜，奴隶厌肥豚㉝。皇子弃不乳㉞，椒房抱羌浑㉟。重赐竭中国㊱，强兵临北边㊲。控弦二十万㊳，长臂皆如猿㊴。皇都三千里，来往同雕鸢㊵。五里一换马，十里一开筵㊶。指顾动白日，暖热回苍旻㊷。公卿辱嘲叱，唾弃如粪丸㊸。大朝会万方㊹，天子正临轩㊺。采旂转初旭㊻，玉座当祥烟㊼。金障既特设，珠帘亦高褰㊽。捋须蹇不顾㊾，坐在御榻前。忤者死跟履，附之升顶颠㊿。华侈矜递衒(51)，豪俊相并吞(52)。因失生惠养，渐见征求频(53)。

奚寇东北来，挥霍如天翻(54)。是时正忘战，重兵多在边(55)。列城绕长河，平明插旗幡(56)。但闻虏骑入，不见汉兵屯(57)。大妇抱儿哭，小妇攀车辖(58)。生小太平年，不识夜闭门(59)。少壮尽点行(60)，疲老守空村。生分作死誓(61)，挥泪连秋云(62)。廷臣例獐怯(63)，诸将如羸奔(64)。为贼扫上阳，捉人送潼关(65)。玉辇望南斗(66)，未知何日旋(67)。诚知开辟久(68)，遘此云雷屯(69)。送者问鼎大(70)，存者要高官(71)。抢攘互间谍(72)，孰辨枭与鸾(73)。千马无返辔，万车无还辕(74)。城空雀鼠死，人去豺狼喧(75)。南资竭吴越(76)，西费失河源(77)。因令右藏库，摧毁惟空垣(78)。如人当一身，有左无右边。筋体半痿痹，肘腋生臊膻(79)。列圣蒙此耻(80)，含怀不能宣(81)。谋臣拱手立(82)，相戒无敢先(83)。万国困杼轴(84)，内库无金钱。健儿立霜雪(85)，腹歉衣裳单(86)。馈饷多过时(87)，高估铜与铅(88)。山东望河北(89)，爨烟犹相联(90)。朝廷不暇给，辛苦无半年(91)。行人榷行资，居者税屋椽(92)。中间遂作梗(93)，狼藉用戈铤(94)。临门送节制，以锡通天班(95)。破者以族灭(96)，存者尚迁延(97)。礼数异君父(98)，羁縻如羌零(99)。直求输赤诚，所望大体全(100)。巍巍政事堂，宰相厌八珍(101)。敢问下执事，今谁掌其权(102)？疮疽几十载，不敢抉其根(103)。国蹙赋更重，人稀役弥繁(104)。

近年牛医儿(105)，城社更攀缘(106)。盲目把大旆，处此京西藩(107)。乐祸忘怨敌(108)，树党多狂狷(109)。生为人所惮，死非人所怜(110)。快刀断其头，列若猪牛悬(111)。凤翔三百里(112)，兵马如黄巾(113)。夜半军牒来，屯兵万五千(114)。乡里骇供亿，老少相扳牵(115)。儿孙生未孩(116)，弃之无惨颜⑰。不复议所适，但欲死山间⑱。尔来又三岁⑲，甘泽不及春⑳。盗贼亭午起㉑，问谁多穷民㉒。节使杀亭吏，捕之恐无因㉓。咫尺不相见，旱久多黄尘㉔。官健腰佩弓㉕，自言为官巡㉖。常恐值荒迥㉗，此辈还射人㉘。愧客问本末㉙，愿客无因循㉚。郿坞抵陈仓，此地忌黄昏㉛。

我听此言罢，冤愤如相焚㉜。昔闻举一会，群盗为之奔㉝。又闻理与乱㉞，系人不系天㉟。我愿为此事，君前剖心肝㊱。叩头出鲜血，滂沱污紫宸㊲。九重黯已隔，涕泗空沾唇㊳。使典作尚书，厮养为将军㊴。慎勿道此言，此言未忍闻㊵。

注释

① 行次：旅途止宿。西郊：京城长安西郊。

② 蛇年：开成二年为丁巳年，属蛇。建丑月：农历十二月。

③ 梁：梁州，治所在兴元(今陕西汉中)。秦：借指长安。

④ 大散岭：位于今陕西宝鸡南郊清姜河岸，岭上有著名的大散关。

⑤ "北济"句：渭，渭河，古称渭水，是黄河的最大支流，流经咸阳、西安等地。这句说再向北渡过渭水。

⑥ "草木"二句：舒坼(chè)，舒展张开，形容萌发。这二句说因

为草木还在发芽,可见天气暖和,不像通常腊月中冰天雪地的清晨。

⑦ "又若"二句:燋(jiāo)卷,焦枯卷缩。芳津,水分。因为天旱无雨,草木枯萎,所以说又像夏天酷热的时候。

⑧ "高田"二句:檞栎,檞树和栎树,泛指野生杂树。长,长满。这二句形容田地的荒芜景象。

⑨ 墩:土堆。

⑩ 依依:恋恋不舍,形容不忍离开。

⑪ 面啼:背面而哭。面,背向。《汉书·项籍传》:"马童面之。"颜师古注:"面谓背之,不面向也。"

⑫ 及门:登门(拜访)。具陈:一一陈述。

⑬ "右辅"句:右辅,泛指京城长安西部地区。自此句以下为乡民的陈述。

⑭ 斯民:这里的百姓。尝:朱鹤龄《李义山诗集笺注》作"常"。

⑮ 伊昔:以前。伊,发语词。

⑯ 牧伯:指州郡长官。

⑰ 六亲:指最亲近的亲属。

⑱ 事四邻:嫁给四周的邻居,伺候公婆。

⑲ 瓦缶:瓦制的酒器。

⑳ 烂谷:因来不及吃而腐烂的谷子。荆囷:荆条编的粮囤。

㉑ 庇旁妇:在外面养女人。旁妇,外室,没有婚姻关系而在一起生活的人。

㉒ 舐童孙:舐,老牛舐犊,比喻爱抚孩子。

㉓ 贞观:唐太宗年号。

㉔ "征入"句:征入,调入朝廷。司陶钧:主持政务,即任宰相。陶钧,制造陶器时用的转轮,古人用以比喻治理国家。

㉕ 开元:唐玄宗年号。

㉖ "奸邪"句:奸邪,指开元间的奸相李林甫。挠,扰乱。经纶,整理丝缕,理出丝绪,编丝成绳,统称经纶,引申为筹划治理国家大事。

㉗ "晋公"二句:晋公,李林甫在开元间封晋国公。此事,即上面所说"例以贤牧伯,徵入司陶钧"。《新唐书·李林甫传》载:李林甫害怕儒臣出任节度使,功成后入朝为宰相,对自己权力形成威胁。于是以周边尚不安宁,儒臣害怕战事,不能身先士卒为借口,请玄宗专任藩将(少数民族将领)为节度使,因为这些人不会入朝为相。

㉘ "因令"二句:猛毅辈,指藩将。猛毅,勇猛果毅。杂牧,掺入州郡长官中治理百姓。牧,治理。升平民,太平时期的百姓。

㉙ 多故:多事。

㉚ "除授"句:除授,拜官授职。言任命官职不通过皇帝。

㉛ "或出"二句:言任命官职的大权,或者在宠臣手中,后者由皇亲国戚决定。上句指李林甫之流,下句指杨贵妃族兄杨国忠等人。

㉜ "中原"句:屠解,屠杀肢解。言中原百姓深受残害的困苦。

㉝ "奴隶"句:奴隶,权臣豪族家的仆役。厌,同"餍",吃饱,引申

为满足。

㉞ "皇子"句:不乳,不喂养。此事史无记载,或许当时社会曾流传杨贵妃残害皇子之事。

㉟ "椒房"句:椒房,西汉未央宫皇后所居的宫殿名,以椒和泥涂壁,使室内温暖、芳香,并象征多子,后用为后妃的代称。这里指杨贵妃。羌浑,羌和吐谷浑,都是古代西北的少数民族。安禄山为胡人,这里指安禄山。这句说杨贵妃将安禄山收作养子。《安禄山事迹》:"(安禄山生日)后三日,召禄山入内,贵妃以绣绷子绷禄山,令内人以彩舆昇之,欢呼动地。玄宗使人问之,报云:'贵妃与禄山作三日洗儿,洗了又绷禄山,是以欢笑。'玄宗就观之,大悦,因加赏赐贵妃洗儿金银钱物,极乐而罢。自是,宫中皆呼禄山为禄儿,不禁其出入。"

㊱ "重赐"句:言玄宗对安禄山赏赐无度,致使中原财力枯竭。

㊲ "强兵"句:言安禄山拥重兵雄踞北方边镇。

㊳ 控弦:拉弓的战士。

㊴ "长臂"句:《史记·李将军列传》:"(李)广为人长猿臂(臂长如猿),其善射亦天性也。"

㊵ "皇都"二句:言长安和安禄山所在的范阳随远隔三千里,但安禄山及其部下在两地来往,十分迅疾。

㊶ "五里"二句:《安禄山事迹》:"禄山乘驿马诣阙,每驿中间筑台以换马,不然马辄死。""飞盖荫野,车骑云屯,所止之处,皆御赐膳,水陆毕备。"安禄山高大肥胖,所以途中经常要换马,

否则马都得累死。

㊷“指顾”二句：指顾，手指目顾。暖热，态度或温暖或严厉。苍旻(mín)，苍天。这二句说安禄山气焰熏天，甚至能影响皇帝。

㊸“公卿”二句：言公卿被安禄山嘲弄叱责，遭受侮辱；安禄山轻视公卿，如同粪丸。

㊹“大朝”句：天子在元旦冬至大会各方臣子称大朝，与平日的常朝不同。

㊺“天子”句：天子不坐正殿，在平台接见臣下。

㊻“采旂”句：言彩旗在初升的阳光中飘动。

㊼“玉座”句：言皇帝座位前的铜炉，香烟缭绕。

㊽“金障”二句：《旧唐书·安禄山传》：“上御勤政楼，于御坐东为（安禄山）设一大金鸡障（屏风），前置一榻坐之（让他坐），卷去其帘。”褰(qiān)，挂起。

㊾“捋须”句：捋(lǚ)，用手指顺着抹过去，使物体顺溜或干净。蹇(jiǎn)，骄傲。言安禄山坐在唐玄宗面前，抚摩自己的胡须，十分骄傲，全然不顾君臣的礼节。

㊿“忤者”二句：跟履，鞋子，这里借指践踏。《新唐书·安禄山传》：“（禄山）反状明白，人告言者，帝必缚与之。”这二句即“逆安者死，顺安者昌”的意思。

(51)“华侈”句：矜，骄矜。言安禄山接连炫耀自己的奢华。

(52)“豪俊”句：言安禄山并吞各处的豪强，扩张势力。

(53)“因失”二句：因玄宗过度宠信安禄山，“重赐竭中国”，因此丧失了施恩养育百姓之意，对百姓的压榨诛求渐渐频繁起来。

(54)“奚寇”二句：奚，古代北方少数民族。据《路史》载：鲜卑族拓跋氏之后有奚氏。这里借指安禄山叛军，禄山养同罗、奚、契丹八千余。东北，原作“西北”。朱鹤龄《李义山诗集笺注》：“当作东。”挥霍，形容行动迅速。

(55)“是时”二句：是时，此时。边，边关。重兵在边，即中原军力薄弱。《旧唐书·安禄山传》：“（天宝十四年）十一月，反于范阳。以诸蕃马步十五万，夜半行，平明食，日六十里。天下承平日久，人不知战。闻其兵起，朝廷震惊。”

(56)“列城”二句：长河，指黄河。史载叛军十二月渡过黄河，连陷陈、荥阳、东都洛阳等重要城市。这二句说叛军攻打黄河沿岸的城市，一夜之间已攻破，换了旗帜。

(57)“但闻”二句：屯，驻守。《安禄山事迹》：“所至郡县无兵御捍。兵起之后，列郡开甲仗库，器械朽坏，兵士皆持白棒。”

(58)“大妇”二句：古时称正妻为大妇，妾为小妇。轓（fān），古代车厢两旁用以遮蔽尘土的横木板。下句言小妇攀着车箱旁的横木想挤上车逃难。

(59)“生小”二句：言从小长在太平年代，不懂得如何抵御寇盗。

(60)点行：按户籍征兵。

(61)“生分”句：虽是生者的分离，但作死别的誓言。

(62)“挥泪”句：即“哭声直上干云霄”的意思。

(63)例獐怯：照样像獐一样胆怯。例，照成规进行。獐，小型鹿科动物，胆小善惊。

(64)如羸（léi）奔：像瘦羊那样慌忙逃跑。羸，瘦羊，引申为瘦弱、疲困、衰弱。奔,逃跑。

㉖ "为贼"二句:扫上阳,打扫东都洛阳的上阳宫。送潼关,捉拿
长安的百官、宫女等人送出潼关到洛阳。《资治通鉴》:至德
元载正月,"禄山(在洛阳)自称大燕皇帝。"六月:"乃遣孙孝
哲将兵入长安。禄山命搜捕百官、宦者、宫女等,每获数百
人,辄以兵卫送洛阳。"

㉖ "玉辇"句:玉辇,皇帝的车驾。南斗,二十八宿的斗宿,借指
南方,这里指蜀地。这句说玄宗出奔蜀中。

㉗ 旋:回归。这里指玄宗回京。

㉘ 开辟:开创,创立,这里指唐朝建国。

㉙ "遘此"句:遘,遭遇。云雷屯,《易·屯》:"屯,刚柔始交而难
生。"屯卦是异卦(下震上坎)相叠,震为雷,喻动;坎为雨,喻
险。雷雨交加,险象丛生。这句指安禄山之乱。

㉚ "送者"句:送者,迎送者。问鼎大,《左传》宣公三年:"(周)定
王使王孙满劳(犒劳)楚子,楚子问鼎之大小轻重焉。"相传夏
朝开创者大禹划分天下为九州,令九州州牧贡献青铜,铸造
九鼎,将九州的名山大川、奇异之物镌刻于九鼎之身,以一鼎
象征一州。九鼎成为夏朝、商朝、周朝三代奉为象征国家政
权的传国之宝。楚庄王问周室九鼎的轻重,即有觊觎周朝政
权的意思。这句说那些送物劳军的藩镇,也都怀有篡位的
念头。

㉛ "存者"句:存者,存问(慰问)者。要高官,要挟朝廷封赐高官
厚爵。

⑫ "抢攘"句:抢攘,纷扰。互间谍,互相刺探。

⑬ 枭与鸾:枭,比喻叛臣;鸾,比喻忠臣。

⑭ "千马"二句:言朝廷讨伐叛军的千军万马全都覆没,无一生还。

⑮ "城空"二句:言城中居民都已逃走,只剩下一座空城,成了豺狼横行之处。也有人认为"豺狼"指叛军,不妥。如果这城市被叛军占领,不能说"城空"。

⑯ "南资"句:吴越,指东南地区。安禄山叛乱后,唐朝的财政收入主要依靠淮南、江南地区。这句说向东南征收的资金使当地财力枯竭。

⑰ "西费"句:河源,指黄河上游的河西、陇右一带。这句说河源已被吐蕃攻陷,因而失去了向西部征收的经费。

⑱ 右藏库:藏库,储藏财物的府库。垣(yuán),墙。《旧唐书·职官志》:"右藏令掌国宝货……凡四方所献金玉、珠贝、玩好之物,皆藏之。"《新唐书·食货志》:"故事,天下财赋归左藏。"安史之乱后,各地不再进贡金玉宝物,右藏库只剩空墙。

⑲ "如人"四句:有左无右,有左藏无右藏;又丧失了河西、陇右,这样唐朝的财政失去了正常的收入,就像人得了瘘痹症,半身不遂。河西、陇右是唐朝肘腋之地,现已落入吐蕃之手,他们以肉为食,因此出现了臊膻味。

⑳ "列圣"句:列圣,指自肃宗至文宗的列朝皇帝。此耻,指藩镇割据、异族侵扰的耻辱。

㉛ "含怀"句：此时唐朝已经衰弱,对这样的耻辱只好忍在心中,不能发泄。

㉜ 拱手立：拱手而立,形容束手无策,无能为力。

㉝ 无敢先：没人敢率先提出削平藩镇收复失地的倡议。

㉞ "万国"句：万国,指全国各地。杼轴,织布机上的两个部件,即用来持纬(横线)的梭子和用来承经(直线)的筘,也用以指织机。《诗·小雅·大东》："小东大东,杼轴其空。"形容生产废弛,贫无所有。

㉟ 健儿：指军士。

㊱ 腹欷：肚子饥饿。

㊲ "馈饷"句：运送军粮总是延迟。

㊳ "高估"句：估,估价。铜与铅,指钱。《新唐书·食货志》："(德宗时)江淮多铅锡钱,以铜荡(镀)外,不盈(足)斤两,帛价益贵。"这句钱轻物重,物价高涨。

㊴ "山东"句：山东,华山以东地区。河北,黄河北部地区。

㊵ "爨烟"句：爨(cuàn)烟,炊烟。炊烟相连,表示人还不少。

㊶ "朝廷"二句：不暇给,无暇顾及。当时这些地区在藩镇控制之下,朝廷管不了。百姓辛苦一年,还得不到半年口粮。

㊷ "行人"二句：行人,赶路的商人。榷,官府的专利、专卖,这里指征税。行资,行商的物资。居者,有房产者。《旧唐书·德宗纪》建中三年九月,"(赵)赞乃于诸道津要置吏税商货,每贯税二十文,竹木茶漆皆什税一,以充常平之本。"建中四年六月,"初税屋间架除陌钱"。《新唐书·食货志》："屋二架为

间,上间钱二千,中间一千,下间五百。除陌法,公私贸易,千钱旧算二十,加为五十。"这二句写朝廷对百姓的盘剥,无所不至。

㊽ "中间"句:言藩镇从中作梗,抵制朝廷。

㊾ "狼藉"句:狼藉,杂乱。用戈铤,用兵,发动战争。铤,泛指短矛。这句说河北藩镇朱滔、田悦、王武俊以及朱泚、李怀光、李讷、李希烈等人相继叛乱。

㊿ "临门"二句:临门,朝廷使人到门。节,旄节,旗子符节。制,制书,皇帝诏书。锡,赐。通天班,直属皇帝的班列。中唐以来,节度使死,其子往往自称留后,朝廷派使臣把旄节制书送上门,正式任命,并赐仆射、同中书门下平章事之类的宰相职衔。

㊏ "破者"句:破者,指被朝廷讨平的藩镇。族灭,灭族。

㊐ 存者:指河北等地还在的藩镇。迁延:指维持割据一方的局面。

㊑ "礼数"句:礼数,礼节,礼貌的等级。言藩镇对朝廷并不遵守君臣间应有的礼节。

㊒ "羁縻"句:羁縻,笼络控制。羁,马笼头。縻,拴牛的缰绳。羌零(lián),两汉时西羌族有一支称"先零羌"。这句说朝廷对待藩镇就像对待少数民族,只是笼络而已。

⑩ "直求"二句:直,岂。这二句说对藩镇岂求他们效忠,只望他们能顾全大体,不要叛乱而已。

⑩ "巍巍"二句:巍巍,形容高大壮观。政事堂,中书省(主管大

政)、门下省(出纳帝命)、尚书省(管领百官)的长官(即宰相)讨论政事的地方。厌八珍,饱食各种珍品。厌,同"餍"。

⑩ "敢问"二句:敢,表示冒昧之词。下执事,下属办事的人,是发问的村民对诗人的尊称。这二句是村民请问诗人:现在这些宰相,究竟谁在掌权?

⑩ "疮痏"二句:疮痏,比喻国家的祸害。抉,挖掘。这二句说安史之乱以来几十年,没有人敢拔除祸根。

⑩ "国蹙"二句:国蹙,言朝廷管辖的地区缩小。蹙,急迫。赋,赋税。役,劳役。

⑩ 牛医儿:《后汉书·黄宪传》:"父为牛医。同郡戴良,才高倨傲,而见宪未尝不正容,及归,惘然若有失也。其母问曰:'汝复从牛医儿来耶?'"《旧唐书·郑注传》:"始以药术游长安……王守澄总枢密,荐于文宗,深宠异之。"这里借指郑注。

⑩ "城社"句:城社,城狐社鼠,意为狐狸在城墙上打个洞住在里面,老鼠在土地庙里打个洞也住在里面。比喻依仗别人的势力、一时难以驱除的小人。攀缘,攀附。这句说郑注依仗文宗的信任结党营私。

⑩ "盲目"二句:盲目,指郑注,郑注眼睛近视。把大旆,指宰相李训以郑注为凤翔节度使。京西藩,指凤翔府。安史之乱初,唐肃宗幸临扶风郡,同年收复长安、洛阳,改置凤翔府,号西京。

⑩ "乐祸"句:乐祸,喜欢惹祸。这句说李训、郑注密谋诛杀宦官,忽视了宦官这个怨敌的力量,结果失败,是自取其祸。

⑩ "树党"句:狂狷,狂,狂躁;狷,褊狭。这里是偏义复词,只用狂义。言郑注收罗的党羽多是些狂躁之徒。

⑩ "生为"二句:李训、郑注当政时,排除异己,公报私仇,先后排斥李德裕、李宗闵,把所恶朝臣称为二李之党,必欲置于死地而后快,为人所畏惮。因此被杀后,也不为人所怜悯。

⑪ "快刀"二句:郑注被杀后,首级被挂在兴安门上示众。

⑫ "凤翔"句:《旧唐书·地理志》:"凤翔在京师西三百一十五里。"

⑬ "兵马"句:黄巾,黄巾军,东汉末年的农民军,用黄巾裹头,旧时称为盗贼。这句说甘露之变后,宦官大举报复,滥杀无辜,所掌管的军队如同盗贼。

⑭ "夜半"二句:军牒,调兵的文书。屯兵,驻军。指宦官左神策大将军陈君奕任凤翔节度使。

⑮ "乡里"二句:供亿,按需要供给。扳牵,牵挽。这二句说陈君奕的军队扰民,如同盗贼,乡民扶老携幼,逃到山中。

⑯ 生未孩:指剩下不久还不会笑的婴儿。孩,小儿笑。

⑰ 无惨颜:因情况危急,已顾不上小孩,所以脸上看不到凄惨的神情。

⑱ "不复"二句:适,往。所适,所去的地方。这二句说百姓仓皇逃离,无暇考虑去哪里,只想逃到山中,即使死在那里,也比被乱军杀戮好。

⑲ "尔来"句:尔来,近来。三岁,从太和九年(835)"甘露之变"到作此诗的开成二年(837),前后三年。

(120) “甘泽”句：甘泽，甘霖，久旱后的及时雨。这句说遭遇春旱。

(121) “亭午”句：亭午，正午。言光天化日之下为盗。

(122) 问谁：问是什么人。

(123) “节使”二句：节使，节度使。古代十里一亭，十亭一乡。亭有亭长。穷民起来反抗，亭吏很难制止，杀亭吏也没用，想捕捉那些穷民，恐怕也没有因由。

(124) “咫尺”二句：因为长久无雨，黄尘飞扬，所以咫尺（八寸为咫，十寸为尺，形容距离近）之间，都看不清楚。

(125) 官健：官府招募的健儿（士兵）。

(126) 巡：巡查盗贼。

(127) 值荒迥：遇上荒凉僻远的地方。

(128) “此辈”句：此辈，指官健。言官兵在荒野也会杀人。

(129) “愧客”句：愧，乡民的谦词。客，对乡民来说，诗人是过客。本末，事情的本原和结果，这里指治乱的原因和动乱的后果。

(130) “愿客”句：因循，耽搁。这句是乡民劝诗人不要在这里多耽搁。

(131) “郿坞”二句：郿坞，在今陕西眉县北。陈仓，在今陕西宝鸡东。忌黄昏，因路上不太平，切忌在黄昏赶路。这二句是劝诗人不要在这里多耽搁的原因。乡民的陈述，到这二句为止。下面为诗人的感慨。

(132) “冤愤”句：激起哀怨愤激之情，心中如同火烧。和“忧心如焚”相似。

(133) “昔闻”二句：会，士会，春秋时期晋国大夫。《左传》宣公十六年:"(晋景公)以黻冕命士会将中军,且为太傅。于是晋国之盗逃奔于秦。"

⑬⑭ 理:治。唐人避高宗李治讳,都用"理"字。

⑬⑤ "系人"句:系,关联,取决于。言国家或治或乱,取决于人事而不是天意。

⑬⑥ 剖心肝:披露自己最真实的想法。

⑬⑦ 滂沱:形容水流盛大,引申为泪水流得多。紫宸:皇帝听政的宫殿。

⑬⑧ "九重"二句:九重,《楚辞·九辩》:"君之门兮九重。"指朝廷。黯,昏暗。隔,阻隔。这二句说现今朝廷昏暗,自己的看法无法上达,只能空自流泪。

⑬⑨ "使典"二句:胥吏,旧时官府中办理文书的小官吏。尚书,唐代中央设尚书省,下分吏、户、礼、兵、刑、工六部,各部长官为尚书。厮养,仆役,指宦官。上句说当今那些尚书的素养才能和胥吏一样低下。中唐以后,禁军将领都由宦官担任,宦官本皇帝家奴,故称之为厮养。

⑭⓪ 未忍闻:前面说治乱取决于人事,在盛世时,"例以贤牧伯,征入司陶钧",如今皇朝的衰败,也因用人不当、"使典作尚书,厮养为将军"所致,所以不忍心再听这种话了。

解读

唐文宗开成二年(837)春,李商隐登进士第。十一月,令狐楚在山南西道节度使任上去世,遗命李商隐代草遗表。十二月,李商隐赴兴元(今陕西汉中),随令狐楚丧回长安,途经京西,目睹满目疮痍,耳闻乡民的沉痛诉说,忧心如焚,写下这首长诗。何焯说此诗"可称'诗史',当与少陵《北征》并传"(《义门读书记》)。全诗长达千字,分三部分。起手十六句,叙述路过西郊所见的荒凉凄惨景象。自"右辅田畴薄"至"此地忌黄昏"一大段,都是乡民陈述造成当地荒凉的过程和缘由。这部分又分四节,第一节写唐朝初期,贤人当政,一片升平景象。第二节写唐玄宗任用奸臣,宠信蕃将,导致安禄山势焰熏天,不可一世,以此埋下隐患。第三节写安禄山叛乱,唐朝军队不堪一击,引起社会巨大动乱,朝廷无能,军费开支都由民间承担,百姓陷入困苦之中。第四节写甘露事变后,身处绝境的百姓被迫为"盗"。最后十六句,抒写诗人的感慨,是作诗的要旨。诗中描述唐皇朝由盛转衰的过程,揭示了国家和社会出现的种种危机,批评朝廷的腐败,谴责藩镇、宦官的嚣张,对百姓的困苦表示同情。

李商隐诗,以近体居多,以错采镂金见称。此诗规模宏大,内容丰富,可谓前所未有;语言质朴,不事雕饰,在集中也不多见。前人常将此诗与杜甫《北征》相比,如冯浩说:"朴拙盘郁,拟之杜公《北征》,面貌不同,波澜莫二。"(《玉溪生诗集笺注》)诗中夹叙夹议,就诗人而言,这些议论表达了自己的政见,可能更加看重,但就实际效果而言,这些政见实属老生常谈,并无新意,反倒是叙述的内容,颇有史料价值,更值得重视。此诗牵涉的广度,毋庸多言,但揭示的深度,则嫌不足,可谓面面俱到,但又浅尝辄止。诗中描述的是波澜壮阔的社会巨变,但行文却波澜不惊,无大气磅礴之感,无振聋发聩之语,也无深入人心的鲜明形象。这首诗在晚唐,诚可谓凤毛麟角,但和杜诗相比,差距依然存在。纪昀说:"亦是长庆体裁,而准拟工部(杜甫)气格以出之,遂衍而不平,质而不俚,骨坚气足,精神郁勃,晚唐岂有此第二手⋯⋯芥舟曰:的是模杜,骨格苍劲似之,神气充溢则未也。谓中晚高作则可,以配《北征》,则开合变化之妙,不可同日而语矣。"(《玉溪生诗说》)应是中肯之言。

安定城楼①

迢递高城百尺楼②,绿杨枝外尽汀洲③。贾生年少虚垂涕④,王粲春来更远游⑤。永忆江湖归白发⑥,欲回天地入扁舟⑦。不知腐鼠成滋味,猜意鹓雏竟未休⑧。

注释

① 安定:泾州安定郡,泾原节度使治所(在今甘肃泾川)。

② "迢递"句:迢递,形容楼墙绵长,也可形容城楼高大。谢朓《随王鼓吹曲》:"逶迤带绿水,迢递起朱楼。"百尺楼,泛指

青山隠々水迢々秋

盡江南草未凋二十

四橋明月夜玉人何

處学吹簫垂夜秉燭

讀唐詩戲為補圖

王念慈先生山水畫譜

《安定城楼》

高楼。

③ "绿杨"句:尽,尽处。汀洲,水中小洲。汀,水边的平地。洲,水中的陆地。这句写登楼所见,绿杨树外,视野尽处,是泾水边的汀洲。

④ "贾生"句:贾生,西汉贾谊。《汉书·贾谊传》载:贾谊上书陈政事,认为"时事可为痛哭者一,可为流涕者二,可为太息者六"。但文帝并未采纳他的建议。在此,李商隐以贾生自比。

⑤ "王粲"句:王粲,汉末建安七子之一。《三国志·魏书·王粲传》载:王粲年轻时曾流寓荆州,依附刘表,但并不得志。他曾于春日作《登楼赋》,其中有句云:"虽信美而非吾土兮,曾何足以少留。"李商隐在此以寄人篱下的王粲自比。

⑥ "永忆"句:永忆,长久向往。永,久远。这句说长久怀着老年时归隐江湖的愿望。

⑦ "欲回"句:回天地,即翻天覆地。入扁舟,《史记·货殖列传》:春秋时范蠡辅佐越王勾践灭吴后,乘扁舟归隐五湖。这句说自己想干了一番惊天动地的事业后归隐江湖。(而功成名就之时,人也已经白发苍苍了。)

⑧ "不知"二句:鹓雏,一种像凤凰的鸟。《庄子·秋水》:"惠子(施)相梁,庄子往见之。或谓惠子曰:'庄子来,欲代子相(想取代你相国的职位)。'惠子恐,搜于国中三日三夜。庄子往见之,曰:'南方有鸟,其名为鹓雏,发于南海,而飞于北海,非梧桐不止,非练实(竹子的果实)不食,非醴泉不饮。于是(这

时)鸱得腐鼠,鹓雏过之(经过这里),(鸱鸮怀疑它来抢食,)仰而视之曰:'吓(表示不满)!'今子欲以子之梁国而吓我邪?'"李商隐以庄子和鹓雏自比,说鸱鸮(比喻贪恶者)之流,居然以腐鼠(比喻功名利禄)成美味,还不断猜忌鹓雏(比喻高尚者)高远的志趣和情怀。

解读

　　冯浩《年谱》将此诗编入开成三年(838)。城墙缭绕,这是何等壮伟的建筑;登临送目,视通万里,这又是何等豪迈的情怀。如果一个人春风得意之士,在此凭栏长啸,临风把酒,必然心旷神怡,逸兴遄飞。但青年诗人李商隐,眼看绿杨纷披,极目汀洲之外,却全无面对春光的喜悦。这年,诗人应博学宏词科,因某中书长官的阻挠而落选,入泾原节度使王茂元幕府。登高远望,本为消愁,但壮志未酬,心怀不平,身世之感、国事之忧,一齐涌上心头,反而更加烦愁,于是写了这首诗。首联上句写巍巍高楼,迥立苍穹,下句写登楼凭槛,极目远望,有立身千仞、俯视一切之概。"汀洲"二字,和颈联"江湖""扁舟"呼应。诗人从远处的绿杨汀洲,生发白发归隐的念头。颔联感叹身世,上句写自己空有贾谊之才,却无从施展抱负;下句写如今飘零远方,只能像王粲那样,登楼致意。虽然怀才不遇,但诗人并未因此消沉,依然心怀奋发之志。朱彝尊认为"第六句尤奇,后人岂但不能作,亦不能解"(《李义山诗集辑评》)。不过在朱之后,对此已经有了清楚的解释:"五六言本欲功名成立,归老江湖,旋乾旋坤,乃始勇退。"(程梦星《重订李义山诗集笺注》)颈联披露衷肠:自己并不贪图功名利禄,因此始终怀有归隐江湖的念头;但因自负有贾谊之才,故立志干出一番回天转地的大事业;以此,归隐江湖必在事业成功之后,而那时人已经白发苍苍了。颈联是李商隐名句,句中层折,暗中递转,千锤百炼,出以自然。清施补华说颈联全学杜诗"路经滟滪双蓬鬓,天入沧浪一钓舟",但用意各别(《岘佣说诗》)。北宋蔡启说王安石晚年十分称道李商隐的诗,常诵读"永忆江湖归白发,欲回天地入扁舟"等诗句,以为即使和杜诗相比,也并不逊色(《蔡宽夫诗话》)。但诗人这种脱俗的志趣和情怀,却得不到世俗的理解。末联借用庄子寓言,说自己本意如此,那些猜忌不休的人,就像为一只腐鼠而"吓"鹓雏的鸱鸮,既可悲,又可笑。字里行间,充溢着一股孤高傲岸之气。此诗虽作于失意之时,但当时诗人毕竟还年轻,对前程依然心怀希望,故虽有愤激之词,并无衰飒之意。全诗笔力矫健,风骨遒劲,脉理清切,意蕴深长,"以沉雄之笔,写宏远之怀"(俞陛云《诗境浅说》),前人认为能得杜诗真传。

回中牡丹为雨所败二首(其二)①

浪笑榴花不及春,先期零落更愁人②。玉盘迸泪伤心数③，锦瑟惊弦破梦频④。万里重阴非旧圃⑤，一年生意属流尘⑥。前溪舞罢君回顾⑦，并觉今朝粉态新⑧。

注释

① 回中：在安平郡高平县(今甘肃固原)。

② "浪笑"二句：浪笑，空笑。浪，空，徒然。榴花，石榴花，初夏开放，故说"不及春"(赶不上春天)。隋炀帝大业末，监察御史孔绍安为李渊(唐高祖)所部的监军。李渊登位后，绍安自洛阳投奔，封内史舍人(正五品上)。而和他情况相似的夏侯端，因归顺较早，封秘书监(从三品)。绍安曾在侍宴时，应诏作《石榴花》诗："可惜庭中树，移根逐汉臣。只为时来晚，开花不及春。"先期，在约定的某个日期之前。这二句说牡丹提前凋零，比石榴花赶不上春天开放更加可悲。

③ "玉盘"句：玉盘，比喻盘状的白花。这里指白牡丹。数，屡次。这句说牡丹花瓣上飞溅的雨珠如同泪珠，让人看了屡屡伤心。有人将"数"看作花瓣一片接一片凋落。

④ "锦瑟"句：锦瑟，朱鹤龄注《锦瑟》诗引《周礼·乐器图》："雅瑟二十三弦，颂瑟二十五弦，饰以宝玉者曰宝瑟，绘文如锦者曰锦瑟。"(《李义山诗集笺注》)。这句说雨打牡丹的声响，如同锦瑟弹奏的哀音，使人从好梦中频频惊醒。有人将"频"看作雨声一阵又一阵响起。

⑤ "万里"句:万里重阴,言漫天阴云,无边无际。非旧圃,非复当年曲江花圃的美好景观。

⑥ "一年"句:一年生意,言牡丹花在一年中开放的生机。流尘,飞扬的尘土。以上二句说因为天气不好,原该欣欣向荣的牡丹,现在过早凋落,化为尘土。

⑦ "前溪"句:前溪,即余英溪,是流经古城武康县(今属浙江)治前的一段,故名。前溪村男女精习乐舞技艺,"江南声伎,多自此出,所谓舞出前溪者也"(胡仔《苕溪渔隐丛话》引于竞《大唐传》)。"前溪歌舞"盛行大江南北,自西晋流传梁、陈以至唐代。这句用人的舞姿比喻花的飘零。前溪舞罢,即牡丹花瓣飘零净尽。

⑧ "并觉"句:并,且。粉态,娇美的姿容。以上二句说到花落尽之后,在回过头来看今天雨中牡丹的姿容,就会觉得还算鲜艳。

解读

冯浩《年谱》将此诗编入开成三年(838)。这年暮春,李商隐应试博学鸿词科落选,回泾原,在回中看到牡丹在风雨中凋零,触景生情,写了二首惜花诗,以寓其慨。这里选的是第二首。起句"浪笑"二字,用意颇深。因为还有"更愁人"的事存在,前面的看笑就毫无意义了。颔联承"更愁人"。上句玉盘迸泪,触目伤心,写花含雨;下句锦瑟惊弦,声声破梦,写雨打花。无论眼中景,还是耳边声,都是那么凄切,那么悲凉。颈联承前"零落"二字。上句写愁云惨淡,全无往昔芳菲景象,这是处境萧条;下句写春日鲜花,零落成泥碾作尘,这是生机凋零。末联反结,言他日还会有比今天更甚的零落,是推进一层的写法。往事已无可挽回,前程难以预料,"更愁人"还在后面,在"溪舞""粉态"这些看似活泼、华丽的形象中,蕴藏着诗人深深的悲哀。纪昀评此诗:"纯乎唱叹,何处着一呆笔?""结二句忽地推开,深情忽触,有神无迹,非常灵变之笔。芥舟评曰:二首不失气格,兼多神致。"(《玉溪生诗说》)这是一首咏物诗,诗人用形象的比喻,表现雨中牡丹飘零的形态,体物精细,刻画生动。这也是一首咏怀诗,诗人以丽词写愁怀,哀感顽艳,唏嘘欲绝。关于此诗的旨意,前人有不同的看法。清程梦星说:"此二首乃叹长安故妓流落回中者,牡丹特借喻耳。"(《重订李义山诗集笺注》)但并无依据。张采田不同意这种看法:"通首皆婉恨语,凄然不忍卒读,必非艳情。"(《玉溪生年谱会笺》)何焯曾以为这二首诗可能是为在甘露之变中蒙难的人写的,但后来又否定了这种看法(《义门读书记》)。冯浩则取依违两可的态度:"借牡丹写照也。玩其制题,则知以泾原之故而为人所斥矣。或是艳情之作,未可定。"(《玉溪生诗集笺注》)较多的人认为此诗是借牡丹寄身世零落、横遭摧残之感,汪辟疆说此诗"假物寓慨,隐而能显,是徐熙、惠崇画法"(《玉溪诗笺举例》)。

十一月中旬至扶风界见梅花①

匼路亭亭艳②，非时裛裛香③。素娥惟与月，青女不饶霜④。赠远虚盈手，伤离适断肠⑤。为谁成早秀⑥？不待作年芳⑦。

注释

① 扶风:今属陕西宝鸡。

② "匼路"句:匼路,回绕着路。亭亭,形容挺立。

③ "非时"句:非时,不合时令。农历十一月不是梅花开花的时节,所以说非时。裛(yì)裛,形容香气袭人。

④ "素娥"句:素娥,嫦娥居月宫,月光皎洁,故称素娥。惟与月,只和月亮作伴。与,交往,赞许。青女,古代传说中掌管霜雪的仙女。饶,宽恕。

⑤ "赠远"二句:《荆州记》载:南北朝时,陆凯与范晔友情深厚,从江南寄一枝梅花给长安的范晔,并附诗一首:"折梅逢驿使,寄与陇头人。江南无所有,聊赠一枝春。"虚,空。张九龄《望月怀远》:"不堪盈手赠,还寝梦佳期。"盈手,满手。这句说手中空(徒然)握着满把梅花,只是没法寄给思念的人。对感伤离别的人来说,这恰恰让人愁肠百折。

⑥ 早秀:早开花。梅花应在冬春之交开花。

⑦ "不待"句:待,等待。年芳,指美好的春色。这句说不等到春天开放。

解读

　　冯浩认为此诗可能作于开成三年(838),为往返泾源时所作。刘学锴、余恕诚《集解》编入开成三年。张采田《玉溪生年谱会笺》将此诗编入开成四年。这年李商隐通过吏部选拔人才的考试,为秘书省校书郎,不久调任弘农(治所在今河南灵宝)县尉。虽然二者品级相同,但后者远离朝廷,显然对发展不利。张采田认为这首诗是"调尉时乞假赴泾西迎家室之作"。与《回中牡丹为雨所败二首》相似,这也是一首寓物写怀之作,前人谓其中有一义山在。首联写梅花亭亭艳质、袅袅清香,从色香两个方面,描写梅的风韵,尚是俗套。但前面加上"匝路""非时"四字,便不同寻常。梅花大多在水边篱落、名都园林开放,而诗人所见,却在崎岖的山道,可谓非其地。"腊月正月早惊梅,众花未发梅花新。"梅为冬末春初之花,而诗人所见,却在十一月中旬过早开放,可谓非其时。诗人以不羁之才,负非常之志,然常年漂泊,始终不遇,真可谓生非其时、处非其地了。首联十字,即将主题表出,不平之意,已在言外。颔联承"非时"二字,写梅花以此遭受的伤害。十一月中旬,既是月圆之时,也是多霜季节。纪昀说这二句写"爱之者虚而无益,妒之者实而有害"(《瀛奎律髓刊误》)。即素娥只是为了让月亮发光,并非喜爱梅花,有意让清辉映照它;青女倒是真妒梅花,不惜用严霜摧残它。曲曲道出诗人当时备受打击、却得不到帮助的境况,在凄清的形象描述中,蕴含着凄婉的哀怨。上半首主要是状物,下半首直抒情怀。以飘零之人,面对寂寞之花,必然会引起别离的感伤,更加思念远方的亲人。但此时此地,这份情意又怎能传达? 这种感伤又怎能平复? 颈联所写,正与首联"非地""非时"呼应。末联点明旨意,梅花早秀,未作年芳。诗人早慧,但因卷入党争,故科举、仕途都不顺利,和早梅岂不相仿? 诗中前缀"为谁"二字,将本来十分明白的意思,变为疑问之词,从而使得这种愤惋之情,带有无可奈何的感慨,包含着许多复杂的时代内容。

马嵬二首①

冀马燕犀动地来②,自埋红粉自成灰③。君王若道能倾国,玉辇何由过马嵬④。

海外徒闻更九州,他生未卜此生休⑤。空闻虎旅传宵柝,无复鸡人报晓筹⑥。此日六军同驻马⑦,当时七夕笑牵牛⑧。如何四纪为天子⑨,不及卢家有莫愁⑩?

注释

① 马嵬:马嵬驿,在今陕西兴平西北。《旧唐书·后妃传》载:安

禄山借口讨伐杨国忠发动叛乱,叛军攻破长安门户潼关,唐玄宗带了部分皇亲国戚逃离长安。路经马嵬驿,随行将士杀死宰相杨国忠,并逼杨贵妃在佛堂自尽。

②"冀马"句:冀马,古代冀北出良马。冀,冀州,大禹所划分的华夏九州之一,包括今北京、天津、河北、山西等地。燕犀,燕地所出的犀牛皮甲。这句说安禄山叛军骑着良马,披着盔甲,声势浩大,直指京城。这句出自白居易《长恨歌》:"渔阳鼙鼓动地来。"

③"自埋"句:红粉,妇女化妆用的胭脂和铅粉,借指美女,这里指杨贵妃。这句说杨贵妃之死,实由唐玄宗造成。

④"君王"句:倾国,《汉书·外戚传》载李延年歌:"北方有佳人,绝世而独立,一顾倾人城,再顾倾人国。宁不知倾城与倾国,佳人难再得。"形容女子容貌极美,能使整个城市、整个邦国的人全都倾倒。倾,倾倒。但这里倾国还有另一层意思。《诗经·大雅·瞻卬》:"哲夫成城,哲妇倾城。"言有才能的男子攻城略地,有才能的女子使城邦倾覆。指责周幽王宠信褒姒,乱政亡国。玉辇,皇帝的车驾。这二句说如果玄宗知道有倾国之貌的佳人,会倾覆国家,就不会有躲避叛军、出奔马嵬的事了。

⑤"海外"二句:原注:"邹衍云:九州之外,复有九州。"更九州,还有九州。《史记·孟子荀卿列传》载驺衍语:"儒者所谓中国者,于天下乃八十一分居其一分耳。中国名曰赤县神州。赤县神州内自有九州,禹之序九州是也,不得为州数。中国

外如赤县神州者九,乃所谓九州也。于是有裨海(小海)环之,人民禽兽莫能相通者,如一区中者,乃为一州。如此者九,乃有大瀛海环其外,天地之际焉。"卜,预测。白居易《长恨歌》,写杨贵妃死后,唐玄宗派道士出外寻访,"忽闻海外有仙山,山在虚无缥缈间。楼阁玲珑五云起,其中绰约多仙子。中有一人字太真(杨贵妃号太真),雪肤花貌参差是……(杨妃)含情凝睇谢君王,一别音容两渺茫。昭阳殿里恩爱绝,蓬莱宫中日月长……临别殷勤重寄词,词中有誓两心知。七月七日长生殿,夜半无人私语时。在天愿作比翼鸟,在地愿为连理枝。天长地久有时尽,此恨绵绵无绝期。"这二句即用《长恨歌》诗意。他生未卜,言"在天愿作比翼鸟,在地愿为连理枝"的愿望,尚不知能否实现。此生休,即"昭阳殿里恩爱绝""一别音容两渺茫"。

⑥ "空闻"二句:追述玄宗逃蜀时的情景。虎旅,指禁军。宵柝,夜间打更用的木梆。无复,不再,不再有。鸡人,指宫廷中专管报时的人。《汉官仪》:"宫中不得畜鸡,卫士候于朱雀门外,传鸡唱。"晓筹,报晓用的器具。筹,计数的用具。这二句说杨妃死后,玄宗彻夜难眠,只是徒然地听着夜间打更的声响,而无需卫士报晓了。

⑦ "此日"句:此日,指杨贵妃被赐死之日。白居易《长恨歌》:"六军不发无奈何,宛转蛾眉马前死。"言禁军将士不肯前进,一定要杀杨贵妃、杨国忠等人。

⑧ "当时"句:牵牛,牵牛星,指牛郎织女事。陈鸿《长恨歌传》,

写道士找到杨贵妃,"玉妃茫然退立,若有所思,徐而言曰:
'昔天宝十载,侍辇避暑于骊山宫。秋七月,牵牛织女相见之
夕……上凭肩而立,因仰天感牛女事,密相誓心,愿世世为夫
妇。言毕,执手各呜咽。'""笑"字过去常解作取笑、嘲笑,但
《长恨歌传》中并无取笑牛郎、织女之意。张相《诗词曲语辞
汇释》:"笑,欣羡之辞,与嘲笑之义别。"即羡慕牛郎织女世世
为夫妇。

⑨ "如何"句:四纪,四十八年。古人以十二年为一纪。唐玄宗
在位四十五年。

⑩ 莫愁:古代传说中的洛阳女子。梁武帝《河中之水歌》:"河中
之水向东流,洛阳女儿名莫愁。莫愁十三能织绮,十四采桑
南陌头。十五嫁于卢家妇,十六生儿字阿侯。"

解读

　　刘学锴、余恕诚《集解》将此诗编入开成三年(838)。唐玄宗
和杨贵妃的恋情,是一出悲剧,既是他们二人的悲剧,也是国家
和整个社会的悲剧,前者可悲,后者可恨,以此成为文人学士热
衷的题材。唐人吟咏马嵬的诗甚多,其中李商隐这二首诗最为
后人称道。玄宗对杨妃的宠爱,可谓无以复加,但在马嵬,也是
他赐杨妃自尽的,虽然出自无奈,留下了永远的伤痛。第一首上
联两个"自"字,感慨颇深。但诗人并未像白居易那样,对此表示
同情,而是进一步追究导致这个悲剧的原因。下联的发问,极其
冷峻,玄宗只看到举国之人,都被杨妃的美色倾倒,但他不明白

沉溺倾国之色,还会导致国家的倾覆,否则,又何至于有出奔马嵬的事发生?从因果关系看,正是玄宗无节制的宠爱,断送了杨妃的生命。

杨妃得宠时,玄宗乐此不疲,当然不会有这样的感悟,但杨妃自尽后,玄宗并没有从中吸取教训,依然沉迷不悟。第二首即为此而作。首句突兀而起,"势如危峰矗天,当面崛起,唐诗中所少者"(吴乔《围炉诗话》)。前人认为和杜甫咏王昭君的"群山万壑赴荆门",同样奇妙。清查慎行说首联"括尽《长恨歌》"(《瀛奎律髓汇评》)。从所写内容看,这二句确实出自《长恨歌》,但所表达的旨意全然不同。白诗通过描写当时的恋情,来衬托此时分离的伤痛;而此诗则以此日的悲恨,映射当初的荒淫。白居易心怀同情,希望天人相通,而此诗则宣示:他生难料,此生已休。用更明确的话说:今生既不能保,遑论他生。以下六句,都从"此生休"展开,逐层倒叙,势极错综。颔联上句写杨妃自缢后的马嵬,凄凉寂寞;下句写长安宫中"春从春游夜专夜"的乐事,已成幻梦。颈联依然对照描写,上句写如今因禁军兵谏,玄宗和杨妃阴阳相隔;下句写当初二人在长生殿,发出世世结为夫妇的愿望。从时间发展的顺序看,颔联就事实言,是颈联上句的继续,"六军同驻马"后的凄凉情景;从诗的内涵看,颔联又先掣颈联下句,反衬"七夕笑牵牛"的痴狂。贺裳说中晚唐人作诗,"好以虚对实","援他事对目前之景"(《载酒园诗话》)。如颈联"驻马""牵牛",便以此而成巧对。末联以诗人惯有的冷峻口吻诘问:贵为四纪天子,为何连最心爱的人都无法保护,反不如民间夫妇,得以安居乐业？一面是长夜漫漫，一面是其乐融融；一面是皇家悲剧，一面是民间安康，两相对照，形成强烈的反差。沈德潜说："温、李擅长，固在属对精工，然或工而无意，譬之剪彩为花，全无生韵，弗尚也。义山'此日六军同驻马，当时七夕笑牵牛'，飞卿'回日楼台非甲帐，去时冠剑是丁年'，对句用逆挽法，诗中得此一联，便化板滞为跳脱。"（《说诗晬语》）岂止颈联，此诗后六句，都用逆挽手法。清陆贻典说："义山之高妙，全在用意，不在对偶。"（《瀛奎律髓汇评》）这是一首咏史诗，更是一首时事诗。和《长恨歌》不同，这首诗并不是为一段宫廷恋情叹息，而是讥刺明皇专事淫乐，不亲国政，不但不足以保护四海百姓，而且不能庇护同枕共衾的身边人，以此作历史的反思，揭示动乱的根源，用笔至细，用意至深。结句余音袅袅，发人深省。

次陕州先寄源从事①

离思羁愁日欲晡②，东周西雍此分涂③。回銮佛寺高多少④，望尽黄河一曲无⑤？

注释

① 次，出外远行时停留的处所。陕州：唐代为陕虢观察使治所，

在今河南三门峡。源从事：姓名不详，当为陕虢观察使的
僚属。

② 晡：申时，即下午3时至5时。

③ "东周"句：东周，周平王东迁，定都洛邑（今河南洛阳），史称
东周，以别于之前定都镐京（在今陕西西安）的西周。这里指
以洛阳为中心的东周地区。雍，雍州，大禹所划分的华夏九
州之一，包括今陕西、甘肃、宁夏等地。因在洛阳西面，故称
之西雍。这里指关中地区。分涂，分道，分路。《公羊传》隐
公五年："自陕而东，周公主之，自陕而西，召公主之。"

④ 回銮佛寺：回銮，旧时称帝王及后妃的车驾为"銮驾"，因称帝
后外出回返为"回銮"。《旧唐书·代宗纪》：广德元年十月，
吐蕃犯京畿，驾幸陕州。十二月车驾还京。此佛寺的修建应
该与此有关。

⑤ 黄河一曲：《尔雅·释水》："河出昆仑虚……百里一小曲，千
里一曲一直。"古人谓黄河九曲以达于海。

解读

　　冯浩《年谱》将此诗编入开成四年（839）。当时李商隐任弘
农尉，路过陕州留宿，写了这首诗。弘农在陕州西面，因此第二
句的"东周西雍"，含有分指源从事所在的陕州和自己赴职的弘
农之意。下联从字面上看，言虽然佛寺高耸云天，但仍看不清黄
河一曲。因为这首诗是寄给源从事的，带有思念之意，故也可理
解为看不到源从事所在的地方。引申出去，下联也显示了面对

造化的壮观,人的才力(在这首诗中为目力)实在有限。前人好从这些诗中寻求身世之感之类的寓意,如冯浩说:"佛寺高居,比源(从事地位清高);黄河一曲,自喻屈就县尉。"(《玉溪生诗集笺注》)未免穿凿。纪昀评此诗:"风骨自老,气脉亦厚。"(《玉溪生诗说》)

戏赠张书记[①]

别馆君孤枕,空庭我闭关[②]。池光不受月[③],野气欲沉山[④]。星汉秋方会,关河梦几还[⑤]。危弦伤远道,明镜惜红颜[⑥]。古木含风久,平芜尽日闲[⑦]。心知两愁绝,不断若寻环[⑧]。

注释

① 张书记:张审礼,江陵(今属湖北)人。李商隐连襟,一起任朔方节度使书记。

② "别馆"二句:别馆,客馆,招待宾客的住所。闭关,闭门谢客。这二句写张审礼和自己与家人分离的孤寂。

③ "池光"句:据第四句,此时雾气弥漫,从水面无法看到月亮的影子,但月光还是在水面上闪烁,所以说有"池光",

但"不受月"。

④ "野气"句:言初夜野外的雾气将山隐没。

⑤ "星汉"二句:星汉,古称银河为星汉。关河,关山河谷。这二句说张审礼和家人分离,只有到秋季七月七日,才能像牛郎织女那样渡过银河相会。但张审礼的魂梦,早已越过关河,到达家中,往返好几回了。

⑥ "危弦"二句:危弦,急弦,其声悲切。红颜,指女子的美丽容颜。这二句写张审礼的妻子。上句说因为路远,夫妇难以相聚,心中感伤,所以弹琴发出悲哀的乐声。下句说对着镜子,叹惜青春的流逝。

⑦ "古木"二句:平芜,草木丛生的平旷原野。这二句形容山野中摇落、萧瑟的景象。

⑧ "心知"二句:寻环,程梦星《笺注》认为"当作'循环'"。这二句说两地相思的愁苦,持续不断,有如循环。

解读

　　冯浩《年谱》将此诗编入开成三年(838),作于泾源节度使幕府。张采田《年谱会笺》编入开成四年,作于任弘农尉时。此诗是一首五言排律。这是一种不易写、更难让人赞许的体裁,前人历来都独推杜甫。近人高步瀛的《唐宋诗举要》,所选排律,两朝诗人,只录杜甫一家。李商隐工骈文,冯浩说他骈文"援引精切,挥洒纵横,思若有神",六朝以后,无人能与之抗衡(《樊南文集详注凡例》)。钱钟书谓李商隐"以骈文为诗","樊南四六与玉溪诗消息相通"（《李商隐选集》引），这在他的排律中尤为明显。如果说杜甫的排律名作如汉代大赋，气魄雄伟，不易索解，那么李商隐的排律如六朝骈赋，辞采华丽，音韵铿锵，清丽可人。此诗题称"戏赠"，但诗中并无调侃之意。从首联看，当时诗人和张审礼同样两地分居，同样为相思所苦，因此，这首诗表面上看是代张审礼抒写别离之情，实际上更多的是自身情感的真切表现。前四句写作客他乡的凄凉境况，中间四句写和家人彼此间的深切思念，后四句写相思不得见的无可奈何之情。作为一首排律，此诗最难能可贵的是："眼前语，却道不出。"（沈厚塽《李义山诗集辑评》引朱彝尊语）王安石十分欣赏"池光"一联（《蔡宽夫诗话》），李商隐自己似乎偏爱"古木含风久"这句诗，在十年后所作的《摇落》诗中，又一字不动地用过。有人提出：如果删去"危弦伤远道"以下四句，这也是一首很好的律诗。（《玉溪生诗说》）

淮阳路①

荒村倚废营②，投宿旅魂惊。断雁高仍急③，寒溪晓更清。昔年尝聚盗④，此日颇分兵⑤。猜贰谁先致⑥，三朝事始平⑦。

注释

① 淮阳路：言路过淮阳。淮阳，唐郡名，即陈州（治所在今河南淮阳）。

② 废营：指中唐时淮西节度使吴少诚、吴少阳、吴元济割据陈州、蔡州时所筑现已废弃的营垒。

③ 断雁：失群的雁，孤雁。

④ "昔年"句：指以往淮西各时期的藩镇（自李希烈至吴元济）相继割据叛乱。

⑤ "此日"句：言如今朝廷为抑制地方军事势力，将原淮西藩镇控制的地区，重新划分。分兵也可这样解释：朝廷调拨军队（分出兵马）到这里镇守，如王茂元调任忠武军节度使、陈许观察使即是。

⑥ "猜贰"句：猜贰，猜疑。致，招致，引起。《资治通鉴》：贞元元年，陆贽以河中既平，虑乘胜讨淮西李希烈，则四方负罪者孰不自疑，上奏极言之，乃诏"希烈若降，当待以不死"。二年，陈仙奇毒杀希烈，举淮西降，以为节度。才数月，诏发其兵于京西防秋，仙奇遣精兵五千人行。吴少诚杀仙奇为留后，密召防秋兵归。上（德宗）敕陕虢观察李泌击杀其三分之二，又命汴镇刘玄佐以诏书缘道诱杀之，得至蔡者才四十七人。少诚以其少，悉斩之以闻。少诚缮兵完城，欲拒朝命。

⑦ "三朝"句：自吴少诚据淮西，传至吴元济，被李愬捕获，淮西事平息，经历德宗、顺宗、宪宗三朝。

解读

　　刘学锴、余恕诚《集解》据岑仲勉考证,将此诗编入唐武宗会昌元年(841)。这年秋天,王茂元出任忠武军节度使、陈许观察使,李商隐应召赴许州(治所在今河南许昌),途经淮阳,作此诗。首联写沿途所见触目惊心的荒凉景象。"惊"字为伏笔,后半首的感慨,都由心惊而生发。颔联写自然景物,天空孤雁急飞,地上溪流清冷,和荒村、废营映照,更显出环境的凄凉。从"晓"字可见诗人并未安睡,早已惊醒;而"急"字则蕴含着一个赶路人急迫的心情。此诗前半首写景状物,后半首纪事致慨。颈联言过去藩镇在这里割据作乱,如今仍采取分兵的措施。因为聚盗,才引起动乱和凋敝;从需要分兵,可见动乱并未完全平息,隐患依然存在。末联追究造成动乱的根源。藩镇和朝廷对抗,是由于彼此猜疑,互不信任。那么,这种猜疑又是怎么引起的? 如果出自藩镇,诗人理应明确指出,进行谴责,但诗中并未作正面的回答。史称唐德宗猜忌刻薄,果于诛杀,而在受挫之后,则又姑息养奸。唐代藩镇割据的壮大,和他的猜疑姑息,关系甚大。李商隐并无为藩镇开脱之意,但也不想回护,朝廷对此有不可推卸的责任。结句笔锋一转,语意愤激。朝廷和藩镇之间的猜忌,竟造成淮西长达三朝数十年的动乱和凋敝,这个代价实在太大了。淮西事虽已平息,但藩镇割据的势力依然强大,如何改变这种状况,正是诗人所思考的问题。朱彝尊说:此诗"因投宿而感时,此工部(杜甫)家法也"(沈厚塽《李义山诗集辑评》引)。其实,又岂止在题材上学杜甫,纪昀从整体风格着眼,称赞此诗"气脉既大,意境亦深,沉着流走,居然老杜之遗"(《玉溪生诗说》)。

无题二首（其一）①

昨夜星辰昨夜风②，画楼西畔桂堂东③。身无彩凤双飞翼，心有灵犀一点通④。隔座送钩春酒暖⑤，分曹射覆蜡灯红⑥。嗟余听鼓应官去⑦，走马兰台类转蓬⑧。

注释

① 无题：李商隐独创的诗题，就字面上看，以抒写爱情或艳情为主；就内容和用意说，一般认为主要有两种：寄托和爱情。

② "昨夜"句：《尚书·洪范》："星有好风。"好，喜好。这句有友好相会的意思。

③ 画楼：雕饰华丽的楼房。桂堂：用桂木建造的厅堂。

④ "心有"句：灵犀，《汉书·西域传赞》："通犀、翠羽之珍盈于后宫。"颜师古注引如淳语："通犀，中央色白，通两头。"通犀，通天犀，有白色像线一样贯通首尾，古代看作灵异之物。又古代传说犀牛角有白纹，感应灵敏，所以称之为"灵犀"。后用以比喻两心相通。

⑤ "隔座"句：邯郸淳《艺经》："义阳腊日饮祭之后，叟姬儿童为藏钩之戏，分为二曹，以交（校）胜负。"送钩，《汉书·外戚传》："钩弋赵婕妤，昭帝母也，家在河间。武帝巡狩过河间，望气者言此有奇女，天子亟使使召之。既至，女两手皆拳，上

自披之,手即时伸。由是得幸,号曰拳夫人……进为婕妤,居钩弋宫。"后世藏钩戏本于此。隔座送钩,即一组将一钩藏在手中,隔座传送,使另一组猜钩所在,以猜中为胜。在酒宴上猜钩,不中者饮酒。

⑥ "分曹"句:分曹,分组。曹,班,组。射覆,《汉书·东方朔传》:"上尝使诸数家射覆,置守宫盂下,射之,皆不能中。"颜师古注:"于覆器之下而置诸物,令阍(暗)射之,故云射覆。"蜡灯,蜡烛灯。

⑦ "嗟余"句:古代城中有鼓楼,每日击鼓报时。应官,即应卯,旧时官吏每天卯时到官署听候点名。

⑧ "走马"句:走马,骑马疾走,形容匆促。兰台,即秘书省。《旧唐书·职官志》:"秘书省,龙朔(高宗年号)初改为兰台"。当时李商隐任秘书省校书郎。

解读

据此诗末句"走马兰台",当作于李商隐在长安秘书省任职之时。诗人前后三次在秘书省任职,都有可能写此诗,很难确认。冯浩《年谱》将此诗编入开成四年(839),张采田《年谱会笺》则编入会昌二年(842)。关于此诗主题,更是众说纷纭。李商隐曾自道其诗"楚雨含情皆有托"(《梓州罢吟寄同舍》),因此,前人常以为《无题》诗都寄寓君臣离合、身世飘零之感,直到汪辟疆先生,仍持这种看法。但陆昆曾、赵臣瑗等人认为,这是一首艳词(言情诗),可谓中肯。诗中所写对象,纪昀说是青楼女子,"直是狭邪之作"(《玉溪生诗说》)。冯浩说"此二篇定属因窥见后房姬妾而作"(《玉溪生诗集笺注》),张采田"疑在王茂元家观其家妓而作"(《玉溪生年谱会笺》)。如果联系另一首诗看:"闻道阊门萼绿华,昔年相望抵天涯。岂知一夜秦楼客,偷看吴王苑内花。"那么诗人所恋的应该是豪宅的姬妾,可能还是吴(今苏南、浙东的环太湖地区及上海)人。至于诗中所写的具体内容,由于诗人笔情飘忽,不着具体的痕迹,只能臆度了。首句携风带星,超忽而起。星字、风字,语出《洪范》,非泛泛而言。叠言"昨夜",可见诗人对这一夜难以忘怀。首联上句记其时,下句记其地,其地在画楼、桂堂之间。当此良辰美景,岂不是情人赏心乐事的大好时候?可惜这只是诗人的一厢情愿。清胡以梅说:"欲言良宵佳会,独从星辰说起……凌空步虚,有绘风之妙。"(《唐诗贯珠串释》)颔联为李商隐诗名句,设想新奇,措辞工丽,表现人的心理,体贴入微。冯班认为这联"不过可望不可即之意"(沈厚塽《李义山诗集辑评》何焯引),前人往往持这种看法。其实颔联也可看作倒装句,下句写自己和情人已心心相印,上句写却因阻隔而无从相会,"虽不能至,然心向往之",既有不可即之意,更有不能舍之情。因为不能接近,只得"一夜偷看"了。颈联即写偷看时的情景。隔座送钩,分曹射覆,彼此分离,全靠内心感应了。当此游戏之际,正是目成心许之时,因此觉得春酒暖,蜡灯红,通宵达旦,流连忘返。惟其如此,听到报时的鼓声,大为扫兴。末联写因舍不得走,故拖延时间;因为拖延时间,又怕来不及应卯,于是匆促走马,但心仍系在伊人身上。今夜目成,后会难期,只是为微官所累,身不由己,因而涌起如同风中转蓬的感慨。李商隐的无题诗,长于表现人复杂的心理活动,表现深曲的情感世界,创造微婉朦胧的意境,读此诗可见一斑。

落 花

高阁客竟去,小园花乱飞。参差连曲陌,迢递送斜晖①。肠断未忍扫,眼穿仍欲归②。芳心向春尽,所得是沾衣③。

注释

① "参差"二句:参差,纷纭繁杂。这里形容花纷纷凋落。曲陌,曲折的小道。迢递,高远。这里形容落花飞舞,向高远之处伸展。斜晖,傍晚西斜的日光。这二句说落花越飞越远,已越过小园,连接曲径,在高远处送斜阳西下。

② 归:一作"稀"。纪昀认为应该是"稀"字(《玉溪生诗说》)。姚培谦也说"'稀'比'归'字胜"(《李义山诗集笺注》)。而何焯则认为"'欲归'有味,看花之心也"(《李义山诗集辑评》)。

③ 沾衣:衣裳沾湿。

松陰清畫盂石橋
涼涼水海漸引興
長閑說故人新
種竹扶藜同訪
讀書查
偶仿宋人筆

王念慈先生山水畫譜

《落花》

解读

　　张采田《年谱会笺》将此诗编入会昌五年(845)。前一年,诗人以居母丧,移家闲居永乐(在今山西芮城);这年又因多病,携家归洛阳,其间颇以花草自娱。首联写人去楼空,落花纷飞,这种情景,在诗中并不罕见。但前人对这二句一直称道不已,谓起句奇绝,"如彩云从空而坠"(屈复《唐诗成法》)。首联是倒装句,因为花纷纷飘落,故无人欣赏,以此客去楼空。其奇全在起句逆折而入,陡然一振,若顺序描写,就不免平庸粘滞了。"竟""乱"二字,点缀诗句,一写诗人孤寂惆怅之情,一写落花凄迷纷披之状。以此情对此景,便觉落花有意,似与人心相通;而人也因情思凄寂,自然产生惜花之意。颔联承次句,写落英缤纷,遍布曲陌,飞红万点,远送斜阳。但若不是身在高阁之上,就不可能目极小园之外;若不是客散之后,独自凝望,也不可能沉浸暮色之中。而曲陌花飞,更使人心意迷茫;目断斜阳,又怎能不神情黯伤? 首句一气直下,贯穿全篇。虽然繁花历乱,弥漫阡陌,但因神情凄伤,愁肠寸断,不暇清扫。或者说,因为人太多情,不忍清扫,才使得落红委地,遍布小园。但人纵有情,感伤落花,面对眼前景象,也唯有"无可奈何花落去"的叹息而已。颈联"归"字,或作"稀"。关于这二字,前人颇有争执。"稀"字写花落不已,着眼在落花的状态;"归"字则写"望春留而春自归"(孙洙《唐诗三百首》)。正是在落红纷披之中,春又匆匆归去。诗人由惜花之意,转入伤春之情。不忍清扫是希望春能留住,而望眼欲穿则反衬春归太急。而此情此意,又都起于落花,融于落花,所谓伤春情怀,尽付落花。"仍欲归"三字,既是上联的伸展。又逗露下句的消息。前面六句或写花,或写人,人是惜花之人,花是伤情之花。末联人花合一,"刻意伤春"。"一片花飞减却春",更何况落红无数!"芳心"二字,一语双关,既指花魂,写花堕紫翻红,色陨香消,芳心点点,翻被泥污;又指惜花之人,写人面对暮春的怅恨之情。末句"得"字含思深远。尽管望眼欲穿,才盼得春天到来,希望鲜花不败,春光常在,但春天还是离人而去,不知归处,唯有将一掬伤心之泪,洒向落花。结句低回掩抑,深情无限。

寄令狐郎中①

嵩云秦树久离居②,双鲤迢迢一纸书③。休问梁园旧宾客④,茂陵秋雨病相如⑤。

注释

① 令狐郎中:令狐绹,令狐楚之子,时任右司郎中。

② "嵩云"句:嵩,嵩山,五岳中的中岳,在今河南。当时李商隐在河南洛阳,故以"嵩(山)云"自喻。秦,指关中。当时令狐绹在朝为官,故喻为"秦(地)树"。这句说自己和令狐绹长久分离。

③ "双鲤"句:古乐府《饮马长城窟行》:"客从远方来,遗我双鲤鱼。呼童烹鲤鱼,中有尺素书。"后以双鲤指书信。迢迢,形容遥远。

④ "休问"句:休问,别问。梁园,西汉梁孝王刘武营造的规模宏大的园林,在梁国都城睢阳(今河南商丘市睢阳区)。刘武喜好招揽文人谋士,当时著名辞赋家邹阳、枚乘、司马相如等人都应召而至,成为梁园宾客。这里以梁园借喻令狐楚的幕府。李商隐曾入令狐楚幕府,故以"旧宾客"自居。

⑤ "茂陵"句:茂陵,汉武帝刘彻陵墓,在今陕西兴平东北。司马相如曾因患病,在茂陵居住。李商隐此时也在洛阳养病,故用以自比。

解读

　　冯浩《年谱》将此诗编入会昌四年(844),张采田《年谱会笺》编入会昌五年。这年李商隐卧病洛阳,令狐绹致信慰问,于是以此诗作答。文宗太和三年(829),李商隐十七岁,入天平军节度使令狐楚的幕府。令狐楚欣赏他的文才,十分器重,让他和令狐绹一起学习,亲自教授时文(应试文字)。李商隐视令狐楚为恩师,日后登进士第,也与令狐绹的推荐有关。中晚唐时,以牛僧孺为首的牛党与以李德裕为首的李党,争斗十分激烈。令狐父子属牛党。但李商隐成进士后,入王茂元幕府,并成为他的女婿。令狐绹视王茂元为李党,认为李商隐负恩,由此产生间隙。后来令狐绹官运亨通,而李商隐始终仕途坎坷,与其不自觉地被卷入党争,关系极大。此时两人虽然还维持着表面上的朋友关系,实际上已经疏远。杜甫和李白分别后,作诗怀念,其中有二句云:"渭北春天树,江东日暮云。"当时杜甫在渭北,李白在江东,春树暮云,成为两个含有具体内容的意象,景化为情,别离思念之意,自在言外。首句即出自杜诗。下联以司马相如自喻,写潦倒卧病的境况,但其意并不尽于此。相如因杨得意的推荐,得到汉武帝的赏识,这首诗似乎也有希望令狐绹荐举之意。但李商隐心知令狐绹对他已有成见,不便直言,因而婉约其辞,含不尽之意于言外。自称"旧宾客",即表示自己不会忘记令狐楚的恩情,有和令狐绹拉拢感情的意思。上加"休问"二字,则有一言难尽、欲说还休的感慨。虽然有求于人,但此诗不作乞怜语,没有怨望语,也无卑屈趋奉之态。即使对李商隐诗颇多挑剔的纪昀,也称赞此诗"一唱三叹,格韵俱高"(《李义山诗集辑评》)。

独居有怀

麝重愁风逼①,罗疏畏月侵②。怨魂迷恐断③,娇喘细疑沉④。数急芙蓉带,频抽翡翠簪⑤。柔情终不远⑥,遥妒已先深⑦。浦冷鸳鸯去⑧,园空蛱蝶寻⑨。蜡花长递泪⑩,筝柱镇移心⑪。觅使嵩云暮⑫,

回头灞岸阴⑬。只闻凉叶院，露井近寒砧⑭。

注释

① 麝重：麝，麝香。重，谓香气馥郁。

② 罗：罗帷。

③ "怨魂"句：言因哀怨迷乱而断魂。

④ 娇喘，指女子的喘息。言喘息细弱，一息将沉。

⑤ "数急"二句：数，屡次。急，紧缩。芙蓉带，有芙蓉图案的腰带。频抽，与"数急"同义。翡翠簪，装饰成翡翠鸟形的发簪。因日益消瘦，故屡屡(频频)抽紧芙蓉带、翡翠簪。

⑥ 不远：不会远离对方。

⑦ 遥妒，远远妒忌。

⑧ "浦冷"句：鸳鸯离开寒冷的水浦。浦，水边。

⑨ "园空"句：蛱蝶在空寂的小园飞寻。蛱蝶，蝴蝶。

⑩ "蜡花"句：蜡花，烛花，即烛心燃烧时结成的花状物。蜡烛燃烧时会一滴滴淌下，称为蜡泪(烛泪)。因其连续递接，故说"递泪"。

⑪ "筝柱"句：筝柱，筝上的弦柱，每弦一柱，可移动以调定声音。镇，长久。这里也可作"镇日(整天)"解。移心，移动筝柱位置。

⑫ "觅使"句：觅使，寻找信使(递送书信的人)。嵩云，见《寄令狐郎中》注②。

⑬ "回头"句：回头，回首远望。灞岸，灞水岸边，在长安东。灞

水上有桥,名灞桥,古人送别,多在此分手。这里借指长安。

⑭ "露井"句:露井,没有覆盖的井。寒砧,寒风中的捣衣声。砧,捶衣物时所用的石块。

解读

刘学锴、余恕诚《集解》将此诗编入会昌五年(845),在《寄令狐郎中》之后。这是一首五言排律,诗中写一个女子深秋时节独居空房的凄凉境况和哀怨之情,也可看作是这个女子的独白,在情与景、意与像的穿插交汇中,表现她既清醒又纷乱的内心世界。香气馥郁,罗帷轻薄,不言便知是闺房,原该是一个温馨之处。但如今却因寒风紧逼,冷月斜照,变得凄凉无比,可畏可愁。一个孤独的女子,身处这样的环境,又怎能不哀怨迷乱,中宵魂断?那娇弱的喘息,真让人担心,还能维持多久。第二联"恐""疑"二字,原是不确定的意思,在这里,则是表达对本不该有、唯恐有、但又感到已经出现的状况的担忧。正因为难以承受这种环境的重压,女子身心交瘁,日益消瘦。第四联承上启下。眼前这种孤危的状况,是因情人的离去造成。女子意识到:尽管她不改初衷,一腔柔情始终牵挂着对方,但在远处嫉妒她的人,早已煽构谗言,致使她和情人的间隙日益加深。清冷的水边,不是鸳鸯的聚处;空寂的小园,仍有蝴蝶飞寻。如今这冷冷清清的居处,很难再召回情人,唯有这独居的女子,依然在这里寻寻觅觅,咀嚼旧欢新愁。但人不可能永远沉浸在追忆之中,梦醒时分,眼前还是凄凄惨惨的景象:蜡烛有心,替人流泪;弦柱频调,心神不定。放眼望着嵩山的浮云，暮色笼罩，信使难寻；回头想象对方所在的灞岸，别柳依依，一片阴沉。"相思相见知何日？此时此夜难为情。"夜不能寐，中心悱恻，只听到寒风吹动着园中的落叶，和露井旁撞击人心的捣衣，声声相应。此诗不假用事，但意象迭出。何焯认为这首诗也是为令狐绹而写的。诗中"嵩云""灞岸"，意象和"嵩云秦树"（《寄令狐郎中》）相似；"柔情终不远，遥妒已先深"，则和开成五年所作"锦段（锦绣段）知无报，青萍（宝剑名）肯见疑"（《酬别令狐补阙》），含义相近。据此，何说不为无据。前人确实常将诗中女子，看作李商隐自喻。纪昀说此诗"格不甚高，而语意清丽，纯以情韵胜人"（沈厚塽《李义山诗集辑评》引），其实也是由此着眼的。诗中女子虽说矢志不移，但哀怨之意，溢于言外，不如《寄令狐郎中》得温柔敦厚之旨，所以被说成"格不甚高"。冯浩不同意这种说法："大旨是寄内之作，或别有艳情，必非寓意令狐。"（《玉溪生诗集笺注》）孰是孰非，自可讨论，不过若作单纯的情诗看，似乎比寓意诗能获得更多的美感，以至于清初冯班将此诗和陶渊明的《闲情赋》相比。

汉宫词

青雀西飞竟未回，君王长在集灵台①。侍臣最有相如渴②，不赐金茎露一杯③。

注释

① "青雀"二句:《汉武故事》:"七月七日,上于承华殿斋。(日)正中,忽有青鸟从西方来,集殿前。上问东方朔,朔曰:'此王母欲来也。'有顷,王母至,有二青鸟如乌,夹侍王母旁。"这二句反其意而用之,言君王长久在集灵台等待,但作为信使的青鸟却一去不返,并没有神仙到来。集灵台,汉代有集灵宫,为汉武帝宫观。唐朝有集灵台,在华清宫长生殿旁。

② 相如渴:最,最是,特别是。《史记·司马相如列传》:"相如口吃而善著书。常有消渴疾。"后以"相如渴"代指消渴病。消渴病,因患者口渴而饮水多,故名。其症状和今糖尿病相似。

③ 金茎露:《三辅故事》:"建章宫承露盘,高二十丈,大七围,以铜为之,上有仙人墩承露,和玉屑(掺入白玉碎屑的药物)饮之。"金茎,用以擎承露盘的铜柱。金茎露,即承露盘中的甘露,古人以为饮此露可以延年益寿。

解读

张采田《年谱会笺》将此诗编入会昌五年(845)。题名"汉宫词",所写都是汉代典故,南宋罗大经认为此诗"讥(汉)武帝求仙也"(《鹤林玉露》)。这种讥刺之意,在诗中主要通过"竟""长""最""不"这几个虚字表现出来。青雀是在汉武帝和神仙西王母之间传递消息的信使,竟然一去不返,这是一个值得认真考虑的问题,难道那青鸟和西王母都是假冒的,或者根本就没有什么神仙? 但作为当事者的君王,竟然痴心不改,依然长久地呆在那里苦苦等待。其痴迷的程度,真让人徒唤奈何。而更让人不解的是:身边的侍从,患有严重的消渴病,而君王居然不肯赏赐他一杯甘露。须知汉武帝是笃信神仙之说的,是相信甘露能延年益寿的,而承露盘中的甘露,天天都会增添,并非绝无仅有的稀罕之物。他没有赏赐,难道是因为这种甘露对治病并无用处? 果真能如此,又怎能让人长生不老? 作为一国之君,竟然连这样的道理都不清楚,岂不可悲? 对于李商隐的诗,前人都喜欢从中发掘言外之意,如此诗,有的认为这是批评君王"不问苍生问鬼神",只知道干些迷信鬼神的荒唐事,"不急礼贤",即不尊重贤人。有的认为诗人当时很不得志,这首诗是在借古人之酒,浇自身之块垒,是"自慨,非讽谏"。有的说这是宫人的怨词,对君王不能临幸怅然若失。有的认为此诗有多层涵义,兼具讽刺君王迷信神仙、不礼贤人和自伤身世的意思。虽然对此诗旨意,说法不一,但论表现手法,则归于一致,都说此诗笔笔折转,深婉不露,警动非常。罗大经将此诗看作咏史诗,但更多的人却不这么看,认为此诗借古讽今,明写汉武帝,实指唐武宗。史称唐武宗"躬受道家之箓,服药以求长年"(《新唐书·武宗本纪》),最后因为服食仙丹妙药而死。就笃信神仙这一点看,和汉武帝确实相似。但说他"不急礼贤",则未必如此。《旧唐书》称他"运策励精,拔非常之俊杰";《新唐书》说他"用一李德裕,遂成其功烈"。

王夫之认为如果武宗不过早去世,和李德裕继续合作下去,唐代完全有可能复兴。而李德裕正是李商隐最敬重的当代贤相。纪昀说此诗"用意最曲。若作好神仙而不恤贤臣,其意浅矣"(《玉溪生诗说》)。但他并没有说明究竟曲在哪里,深在哪里,而留给读者自己体味,这正是诗的魅力所在。

北齐二首①

一笑相倾国便亡②,何劳荆棘始堪伤③。小怜玉体横陈夜④,已报周师入晋阳⑤。

巧笑知堪敌万机⑥,倾城最在著戎衣⑦。晋阳已陷休回顾,更请君王猎一围⑧。

注释

① 北齐:南北朝时期,由东魏权臣高欢、高洋父子建立的北朝割据政权。《资治通鉴》陈太建八年十月:周主(周武帝)自将伐齐。齐主(北齐后主)猎于祁连池,还晋阳。周主至晋州,遣内史王谊监诸军攻平阳城。齐兵大溃,遂克晋州,虏相贵及甲士八千人。齐主方与冯淑妃猎于天池,晋州告急者,自旦

至午,驿马三至。右丞相高阿那肱曰:"大家(古代近臣或后妃对皇帝称呼)正为乐,边鄙小小交兵,乃是常事,何急奏闻!"至暮,使更至,云"平阳已陷",乃奏之。齐主将还,淑妃请更杀一围,齐主从之。这二首诗即写这段史实。

② "一笑"句:《史记·周本纪》:"褒姒(周幽王宠妃)不好笑,幽王欲其笑万方(指万国,各地诸侯),故不笑。幽王为烽燧大鼓,有寇至则举烽火。诸侯悉至,至而无寇,褒姒乃大笑。幽王说之,为数举烽火。其后不信,诸侯益亦不至……西夷犬戎攻幽王。幽王举烽火征兵,兵莫至。遂杀幽王骊山下,虏褒姒,尽取周赂而去。"西周由此而终。相倾国,见《马嵬二首》注④。

③ "何劳"句:《吴越春秋》载:伍子胥临死前,流着泪对吴王夫差说:"将灭吴国:宗庙既夷,社稷不食,城郭丘墟,殿生荆棘。"又《晋书·索靖传》:"(索)靖有先识远量,知天下将乱,指洛阳宫门铜驼,叹曰:'会见汝在荆棘中耳!'"这句说不用看到荆棘丛生才为亡国而感伤。

④ 小怜:或作"小莲"。北齐后主高纬宠妃冯淑妃,名小怜,深得宠爱,后主愿意和她同生死。玉体横陈,指小怜侍寝。

⑤ 晋阳:故址在今山西太原晋源。

⑥ "巧笑"句:巧笑,迷人的笑容。《诗经·卫风·硕人》:"巧笑倩兮,美目盼兮。"堪,能够。万机,君王日理万机,因借指君王。这句说美女的笑容能匹配君王。

⑦ "倾城"句:北周军队攻打晋阳时,冯小怜正随齐后主去前线。这句说穿上军装的美女最迷人。

⑧“晋阳”二句：这二句是冯小怜的话。猎一围，即再围猎一次。据史实，周师攻克的是平阳，非晋阳。见注①。

解读

刘学锴、余恕诚《集解》将此诗编入会昌五年（845）。从字面上看，这也是一首咏史诗，讥刺齐后主高纬以宠爱女色而亡国。吟咏女祸的诗连篇累牍，此诗能颖脱而出，为世所重，全在诗人不同寻常的艺术表现才能。第一首说君王一旦惑于女色，亡国之祸接踵而至。玉体横陈，本是艳词，语带亵昵，有碍庄严，但与危在旦夕的周师入境连读，便有触目惊心之效。前人或称此诗“警快”，或说此诗“反复深至”，看似抵牾，其实不然。“一笑”与“便亡”，“何劳”与“始堪”，“横陈”与“已报”字，字字照应，可谓警快。而“一笑”又和“玉体”、“荆棘”又和“周师”前后呼应，可谓反复深至。第二首说大祸临头，但后主仍不醒悟。这首诗只是叙述事实，不作评判，朱彝尊谓“有案无断，其旨更深”（沈厚塽《李义山诗集辑评》引）。“巧笑”与“万机”，“晋阳已陷”与“更猎一围”，孰轻孰重，孰急孰缓，不言而喻。“已陷”之后紧接“更请”，那真荒唐得不可救药，让人徒唤奈何了。那些好作议论的诗，决不可能写得如此蕴藉深切。此诗妙在含蓄不尽，风调清绝，不纤不佻，意味无穷。“后二句神采飞扬，千载下诵之，声口宛然，词人妙笔也”（俞陛云《诗境浅说续编》）。关于这首诗的主旨，前人也以为是影射唐武宗。史称得武宗专宠的王才人，“状纤颀（身材修长），颇类帝。每畋（打猎）苑中，才人必从，袍而骑（穿着皮袍骑马），校服光侈（军装光鲜），略同至尊，相与驰出入，观者莫知孰为帝也。"（《新唐书·后妃传》）和诗中所写"着戎衣""猎一围"，颇为相似。但武宗虽有荒淫之处，毕竟还是一个有所作为的君王，与亡国之君高纬不可同日而语。李商隐不可能视而不见，将武宗比作齐后主。刘学锴、余恕诚说："谓义山视武宗为高纬一流固非，然谓其借北齐后主荒淫亡国以警戒武宗，藉收防微杜渐之效，似无不可。"（《李商隐诗歌集解》）不失为中肯之言。

瑶　池

瑶池阿母绮窗开[①]，黄竹歌声动地哀[②]。八骏日行三万里，穆王何事不重来[③]？

注释

① "瑶池"句：瑶池，古代神话传说中的池名，西王母所居，在昆仑山上。今人将天山博格达峰下的天池，指为古代的瑶池。阿母，指西王母，《武帝内传》称西王母为"玄都阿母"，传说中的女神。绮窗，雕刻花纹的窗户。《穆天子传》："天子（周穆王）宾（作客）于西王母，天子觞（举杯祝酒）西王母于瑶池之上。西王母为天子谣（歌）曰：'白云在天，山陵自出。道里悠

远,山川间(隔)之。将(如果)子无死,尚能复来。'天子答之曰:'予归东土,和治诸夏(中原)。万民平均,吾顾(拜访)见汝。比(等到)及三年,将复(回到)而(你的)野(疆域)。'"

② "黄竹"句:黄竹,传说中的地名。《穆天子传》:"天子(周穆王)游黄台之丘,猎于苹泽,有阴雨,天子乃休。日中大寒,北风雨(下)雪,有冻人。天子作诗三章以哀民,曰:'我徂(往)黄竹,□员闵寒……'"今河南禹州黄台村,传说即周穆王东巡时曾经下榻的"黄台之丘"。黄竹应该就在这里。

③ 八骏:传说周穆王有八匹骏马,能日行三万里。

解读

　　冯浩《年谱》将此诗编入会昌六年(846)。这也是一首讥刺求仙长生的诗,和《汉宫词》相比,描述简单明了,没有可能引起分歧的曲折之处。但这不等于说此诗没有什么特色,相反,诗人匠心独运,在众口流传的故实中翻出新意。与此诗同一题材的诗甚多,通常都将求仙者作为描述的对象,而此诗只写西王母的行为和感受,通过侧面描写表现主题。诗中描绘了西王母等候穆王这样一幕场景。下联写她心中的疑惑:八骏日行万里,来往并非不便,那穆王又为何事,背离原来的承诺,不再来呢? 莫非穆王已经死了? 可他是一个一心求仙、希望长生的人。西王母自身就是个神仙,和穆王两情相笃,为什么对穆王的情况一无所知? 为什么不去帮助他,却在这里苦苦等待? 莫非连神仙也不懂得长生之道? 这岂不是说,求仙毫无用处,长生只是一种妄想？穆王死了,他治下的百姓又怎样呢？西王母没有等到穆王,但听到了黄竹歌声,在这歌声中,传出了百姓巨大的苦难和悲哀,以致振动大地,阵阵传来。难道这就是君王求仙的后果和代价？据《穆天子传》的传说,黄竹远离瑶池,歌是穆王所唱,但诗人在此已作了连接时空的艺术处理,读者也不应作泥于陈说的理解。《汉宫词》写神仙不可遇,长生不可求,这首诗更进一层,写即使遇上神仙,也无用处,对求仙长生的荒谬,作了深刻的揭示。虽讽刺之意明显,但表现方式婉转,故程梦星说此诗“运思最深,措词最巧”(《李义山诗集笺注》)。

岳阳楼①

　　欲为平生一散愁, 洞庭湖上岳阳楼②。可怜万里堪乘兴③, 枉是蛟龙解覆舟④。

注释

① 岳阳楼:位于湖南岳阳古城西门城墙之上,下瞰洞庭,前望君山,自古有“洞庭天下水,岳阳天下楼”之美誉,与湖北武汉黄鹤楼、江西南昌滕王阁并称为“江南三大名楼”。

② “欲为”二句:洞庭湖处于长江中游荆江南岸,以湖中洞庭山

(即今君山)而得名,自古为五湖之首。这二句说想一散平生郁积的烦愁,于是登临洞庭湖上的岳阳楼。

③ "可怜"句:可怜,可喜。怜,喜爱。这句言可喜的是能够乘兴游历万里行程。

④ 枉是:纪昀以为"即'遮莫'之义"。遮莫,尽管,任凭。

解读

张采田《年谱会笺》将此诗编入唐宣宗大中二年(848),刘学锴、余恕诚《集解》编入大中元年。大中元年,李商隐应邀入桂管观察使(治所在今广西桂林)郑亚幕府,一年后,郑亚再次被贬,李商隐离开桂州,冬初回长安,这首诗可能作于往返的途中。此时宣宗即位,重用牛党,信任令狐绹,以李德裕为首的李党遭到贬斥。政治风波陡起,使李商隐因看不到希望而更加烦愁,面对翻腾的江水,出现蛟龙将船倾覆的想法。但当他登上岳阳楼,面对"浩浩汤汤,横无际涯;朝晖夕阴,气象万千"的壮观,心胸为之一振,因此诗中不仅没有忧谗畏讥、凄凉衰飒之意,反而流呈现出一种临危不惧、宠辱皆忘的豪情。下联说任凭蛟龙兴风作浪,身处险境之中,但我还是以能乘兴畅游而感到欣喜,显示出敢于与命运搏斗的豪迈气概。如此壮语,在李商隐诗中,实不多见。后来李商隐作《偶成转韵七十二句赠四同舍》诗,其中有几句追记当年情景:"顷之失职辞南风,破帆坏桨荆江中。斩蛟破璧不无意,平生自许非匆匆。"写自己身处险境而坦然处之的胸怀,可与此诗参看。但前人也有作反面的理解,如王鸣盛认为:"本是

愁极,却言不愁,正深于愁者也。其用笔回曲,应诗人中所罕见。"(《李商隐诗歌集解》引)

梦　泽[①]

　　梦泽悲风动白茅,楚王葬尽满城娇[②]。未知歌舞能多少? 虚减宫厨为细腰[③]。

注释

① 梦泽:长江中游江汉平原上的湖泊群,古代总称云梦泽。也指洞庭湖。

② "楚王"句:楚王,指楚灵王。娇,形容女子美丽可爱,这里指宫女。楚灵王将宫女葬在云梦泽。

③ "虚减"句:虚,空,白白。宫厨,指宫中的膳食。细腰,言人瘦,也指瘦人。《韩非子·二柄》:"楚灵王好细腰,而国中多饿人。"《后汉书·马廖传》:"传曰:楚王好细腰,宫中多饿死。"

解读

　　张采田《年谱会笺》将此诗编入唐宣宗大中二年(848),刘学锴、余恕诚《集解》编入大中元年。"楚王好细腰,宫中多饿死。"这是流传千载的名句,而楚灵王也因此成了荒淫无道的代名词。冯浩说此诗"刺荒淫亡国",并没有错。但若说诗意尽于此,则不免肤浅。上联写楚王,只是下联写宫女的陪衬,通过宫女的遭遇致慨,这才是诗人的初衷。在悲风吹动的白茅之下,埋葬着多少曾经青春洋溢的生命。当初她们为了迎合楚王对纤瘦的癖好,一味节食,希望以此博得楚王的垂爱。但这样做,又有几人、又有几回,能获得在楚王面前展露自己(歌舞)的机会?对很多人来说,如果因此而饿死,岂不成了"虚减"?诗人对这些宫女应该是同情的,但对她们盲目的自戕式的行为,则又感到深深的悲哀。传说楚王的祸害还限于"宫中",而诗中却扩展到"满城",似乎有些夸张。但只要有这种盲目顺从迎合的念头存在,祸害蔓延到全城也是自然而然的事。其实,为了迎合一人喜好、一时风尚而自己为难自己、糟蹋自己的人,又何止这些宫女,又何止楚宫一处、一时。以这些宫女为镜子,对照自己,弄清自己究竟应该怎么想、怎么做,把握自己的人生方向,这才是诗人寄托的深意,是这首诗意义和价值所在。

晚　晴

深居俯夹城^①,春去夏犹清^②。天意怜幽草,人间重晚晴。并添高阁迥③，微注小窗明④。越鸟巢干后，归飞体更轻⑤。

注释

① 深居:幽居,幽静的居处。夹城,一说是两重城墙,中间有通道。一说是瓮城,即大城门外的月城,用以增强城池的防卫功能。

② "春去"句:时值初夏,故天气依然清爽。

③ 并:更。迥:远。

④ 注:注入,照射。

⑤ "越鸟"二句:桂林古时属百越之地,故称作越鸟。雨过天晴,鸟的羽毛被吹干,故体态更加轻盈。

解读

冯浩《年谱》将此诗编入大中元年(847)。据末联"越鸟"二字,此诗当作于桂管观察使郑亚幕府。虽然郑亚对诗人颇为优礼,但万里投荒,孑然一身,鸟犹怀归,人何以堪。在桂期间,诗人写过一些言词凄婉、情意悲怆的诗。但这首作于初夏、描写傍晚雨后放晴景象的诗,却能以轻灵明快之笔,写清新煦和之景,唯见生意欣欣之状,绝无气象率飒之态,细意熨帖,高朗秀美,殊属难得。春天虽已过去,初夏依然清明可喜。眼前的幽草,得到雨露的滋润,格外青葱鲜嫩。下面六句,都是在深居俯视的所见所感。颔联上句言天若有情,爱怜幽草,使之苏生。云散雨霁,景物清妍,余晖映照,四顾明净,只是来去匆匆,很快被暮色吞没,故下句言人间对晚晴尤其珍惜。颔联为李商隐诗名句,"在可解不可解之间。风人比兴之意,纯自意匠经营中得来"(宋宗元《网师园唐诗笺》)。"幽草"与首句"深居"呼应,有自喻之意。"人间"句承上句而来,言天意如此,不我遐弃,人更当自强不息,珍惜光阴。李商隐写晚照的诗句,常用流丽形象的语言,寄寓身世之感,将诗情和哲理融为一体,寄托深邃,表达自然。颔联疏隽朗快,含欣慰奋发之意。这可能与诗人当时的境遇,以及作诗时的心情有关。郑亚属李(德裕)党,遭牛党排挤,出为外官,而诗人也无端卷入党争之中,无法在京城立足。至桂林后,对郑亚由同情感激,进而产生报答知遇之意。虽然韶华易逝,穷途潦倒,仍望能抓住时机,有所作为。此时面对晚晴景色,心与境会,这种意念油然而起,分外强烈,从而在这首诗中,表现出不同的风格。颈联"高阁""小窗",均为诗人深居之处。雨过天晴,景物爽朗,登阁凭眺,视野更为迥远;夕阳斜照,射进小窗,幽深之处,透入光明。因高处眺望,故用"并"字;因余晖柔弱,故用"微"字。而视通万里,引起诗人对前程的展望;幽室生辉,激起逆境奋发之志。"迥"字、"明"字,不仅写出环境的爽朗,也表现出诗人心境的高远。尽管如此,诗人还是无法抛开迁客之思。末联写眺望所见,面对眼前飞鸟,格外动情,不觉心与之偕,神驰故乡。"巢干"点"晴","归飞"切"晚","体更轻"写出飞鸟轻盈的姿态,与诗人的心情相应。

到　秋

扇风淅沥簟流离①，万里南云滞所思②。守到清秋还寂寞，叶丹苔碧闭门时。

注释

① 淅沥:形容风声。簟:竹席。流离:形容竹席光洁。
② 南云:南方的云,借指南方。滞:停滞,停留。所思:所思念的人。

解读

　　张采田《年谱会笺》将此诗编入唐宣宗大中二年(848),刘学锴、余恕诚《集解》编入大中元年。当时诗人身在巴、楚,作了这首怀念友人的诗。首句写夏日景象,可见诗人的怀念,从这时已经开始,所思念的人,在万里之外的南方滞留。当时以为清秋能够相见,但直等到霜叶转红,青苔遍地,屋门紧闭,依然不见所思的人到来。"守"字写出思念之深,"还"字含无可奈何之意,"闭"字则表出萧条冷落、百无聊赖之况。而思念愈深,失望愈甚;无可奈何,但又难以承受。这几个字,看似互不相关,实际上却是一字紧一字,一层逼一层。"到"字是全诗的转折语、关键词。此前的等待到此成空,心中的思念到此成灰,到了这一地步,又该何去何从? 诗中无一字言愁,但此境此情,愁苦之意,显而易见。

前人说李商隐诗"深情绵邈",于此可见。

夜　意

　　帘垂幕半卷，枕冷被犹香。如何为相忆，魂梦过潇湘①？

注释

① 潇湘：潇，潇水；湘，湘水，都在湖南。也用以指今湖南地区。

解读

　　冯浩《年谱》将此诗编入大中元年（847），当时诗人在桂林幕府。这是一首忆内诗，但诗中却全从对方着笔，写夫人对自己的思念。帘垂幕卷，本是夜深时分，加上一个"半"字，可见已有人将帘幕卷起，倚窗凝望。枕冷被香，分明闺中景象。上联有杜诗"今夜鄜州月，闺中只独看""香雾云鬟湿，清辉玉臂寒"的意境。稍后于李商隐的韦庄，作《浣溪沙》词："夜夜相思更漏残，伤心明月凭阑干，想君思我锦衾寒。　咫尺画堂深似海，忆来惟把旧书看，几时携手入长安？"上阕所写，也是这种意境。但无论是杜甫，还是韦庄，都将相聚的希望，寄于来日。而李商隐笔下的夫人，却似岑参诗中的思妇："洞房昨夜春风起，故人尚隔湘江水。枕上片时春梦中，行尽江南数千里。"因为相思，为了相爱，魂梦竟不顾"水深波浪阔"，越过潇湘，来到诗人的身旁。"如何"二字，既写了夫人一往情深，也露出诗人对此的感动和不安，毕竟从故乡到南粤，不仅路途遥远，还有"魑魅喜人过"的险恶。虽然诗中所写的是夫人梦中寻找诗人，但实际上却是诗人梦见夫人。杜甫诗："三夜频梦君，情亲见君意。"这首诗正是"情亲见君意"的体现。

赠刘司户蒉①

江风扬浪动云根②，重碇危樯白日昏③。已断燕鸿初起势④，更惊骚客后归魂⑤。汉廷急诏谁先入⑥，楚路高歌自欲翻⑦。万里相逢欢复泣⑧，凤巢西隔九重门⑨。

注释

① 刘司户蒉(fén)：刘蒉，字去华，幽州昌平(今属北京)人。唐敬宗宝历二年(826)进士。因宦官嫉恨，被贬为柳州(今属广西)司户参军。后与明达、明通在宝庆(今湖南邵阳)深山隐

居。今湖南邵阳新邵石门山发现刘蕡墓和"三郎庙"。

② 云根:山石。古人因"云触石而生,故曰云根"(《文选》张协
《杂诗》"云根临八极,雨足洒四溟"注)。

③ "重碇"句:碇,系船的石墩。危,高。樯,船的桅杆。重碇危
樯,即系在坚固的石墩上的大船。

④ "已断"句:燕鸿,燕地的鸿雁,刘蕡为幽州(先秦燕地)人,故
用作比喻。初起势,刚开始起飞的劲头。《旧唐书·刘蕡传》
载:大和二年,刘蕡应贤良方正、能直言极谏科,上万言策,极
言当世之弊,痛陈宦官专权之害,言辞激切,语无讳避,慷慨
激昂,轰动一时。"是岁左散骑常侍冯宿、太常少卿贾𬤊、库
部郎中庞严为考策官,三人者,时之文士也,睹蕡条对,叹服
嗟悒,以为汉之晁、董,无以过之。言论激切,士林感动。时
登科者二十二人,而中官(宦官)当途,考官不敢留蕡在籍中。
物论喧然不平之。守道正人传读其文,至有相对垂泣者,谏
官御史扼腕愤发,而执政之臣从而弭之,以避黄门(宦官)
之怨。"

⑤ "更惊"句:骚客,战国时屈原被放逐,作《离骚》,后世多以骚
客形容诗人,或文人的不得志。这里指刘蕡。后归,指刘蕡
日后从放逐地归来。

⑥ "汉廷"句:急诏,紧急的诏书。《汉书·贾谊传》载:因权臣谗
言,贾谊被贬谪为长沙王太傅。"后岁余,文帝思谊,征之。
至,入见。"谁先入,言谁能先得到朝廷紧急召回的诏书,回
京城。

⑦ "楚路"句:屈原为楚国人,故谓之"楚路高歌"。另外,刘蕡此时正在楚地。翻,以旧曲翻作新词。这句说刘蕡如同屈原,所写的新诗继承了《楚辞》的精神。还可作另一种解释:《论语·微子》:"楚狂接舆歌而过(经过)孔子曰:'凤兮凤兮,何德之衰。往者不可谏,来者犹可追。已而,已而(罢了),今之从政者殆(危险)而!'"楚路高歌即接舆歌。翻,翻转,改变原先经纶天下的想法。这句承上句,既然朝政黑暗,贤良之士不能"先入",那还不如归隐。

⑧ "万里"句:李商隐和刘蕡相逢在京城万里之外。欢复泣,在为相逢而欢欣之后,又为国事和身世而悲泣。

⑨ "凤巢"句:凤巢,《帝王世纪》:黄帝时,凤凰"止帝之东园,或巢于阿阁"。比喻贤臣在朝。西隔,长安在楚地西北。九重门,宋玉《九辩》:"岂不郁陶而思君兮? 君之门兮九重。"指朝廷。这句像刘蕡这样的贤臣,反而远离朝廷,难以返回。

解读

刘学锴、余恕诚《集解》将此诗编入大中二年(848)。当时李商隐和刘蕡在黄陵山(在今湖南湘阴)相遇。首联兴而比。江风怒号,浊浪排空,惊涛拍崖,滔天蔽日,山为之动,日为之昏,纵使重碇危樯,高耸坚固,也难免倾覆。既是即景起兴,也是比喻时事,映射宦官气焰嚣张,横行妄为,皇权凌夷,朝政黑暗,忠贞之士,遭受迫害。即使不读下面几句,已觉时局险恶,冤气抑塞。虽情意抑郁,悲愤满纸,但笔力雄健,诗境阔大,纪昀誉之为"神到之笔"。颔联是对刘蕡际遇的概括。心怀澄清天下之志,能言人所不敢言,为人所不能为,高行危论,振聋发聩,本该青云直上,鹏程万里,竟以得罪宦官,遭受迫害,英气初露,便遽断其翼,不能再奋飞高举,即使日后思量,依然触目惊心。颈联上句承颔联上句。和刘蕡行事相似的贾谊,因文帝思念,回到京城。而如今被朝廷召回的又是些什么人呢? 在刘蕡应贤良方正科落选时,只有一个李郃对人说:"刘蕡不第,我辈登科,实厚颜矣!"朝廷衮衮诸公,大多尸位素餐,唯宦官马首是瞻,而又泰然处之,不以为耻。"蝉翼为重,千钧为轻,黄钟毁弃,瓦釜雷鸣",莫此为甚。颈联下句承颔联下句。战国屈原"信而见疑,忠而被谤""竭忠尽智,谗人间之",和刘蕡相似。屈原"忧愁幽思而作《离骚》",如今的刘蕡,继承屈原的精神,也像屈原作《离骚》那样,在诗中抒写自己的不平。末联写诗人和刘蕡意外相逢,而当时两人又同在落难之际,故在一阵惊喜之后,又为身世的坎坷、世事的艰险、前程的无望而悲泣。结句含奸邪当道、贤良放逐之意,但并不明言,而以凤隔九重戛然收束,余音袅袅,不绝如缕。纪昀评:"一句竟住,不消更说,绝好收法。"(《玉溪生诗说》)此诗通篇都用典故、比喻,但又感慨淋漓,一气直下,并无堆砌板滞之弊,充分显示了诗人驾驭语言的才力。

木兰花①

洞庭波冷晓侵云，日日征帆送远人②。几度木兰舟上望③，不知元是此花身④。

注释

① 木兰花:花卉名,现主要产于华东地区的山林。

② 征帆:指远行的船。

③ "几度"句:几度,几回。木兰舟:用木兰木造的船。《述异记》载:"木兰洲在浔阳江中,多木兰树……七里洲中,有鲁般刻木兰为舟,舟至今在洲中。"后常用为船的美称。

④ 元:原来。

解读

冯浩《年谱》、张采田《年谱会笺》将此诗编入大中三年(849),刘学锴、余恕诚《集解》编入大中二年。关于此诗,有两个传说:"义山游长安,客旅店,客赋《木兰花》诗,众皆夸示。义山后成,客尽惊,问之,始知是义山。"(《古今诗话》)"唐末馆阁数公泛舟,以木兰为题。忽一贫士登舟作此,诸公览诗大惊,物色之,乃李义山之魄,时义山下世久矣。"(《西溪丛语》)传说未必可信,但诗的艺术感染力则毋庸置疑。冯浩说此诗是在令狐家借物托意之作,张采田则认为是诗人任京兆掾时的怨言,都想从中寻找微言

万里橋邊一艸堂
杜工部退隱處也
癸亥四月雨窻寫意
金陵葉記

王念慈先生山水畫譜

《木兰花》

深意,殊属无谓。首联上句写景,下句写人,景是凄冷之景,人是孤寂之人。湖面上的船只,载着远行的游子,来往不息,因此说"日日送人",并非真有人要诗人日日送行。上联仅是铺垫,下联才是诗人真实的感受:好几回登上船只,举目迎送在水面漂流的征帆,却忘记了自身浪迹天涯,岂不就是在人世间漂泊的孤帆?无论从诗的旨意还是表现手法看,都和《夕阳楼》相似,只是措辞更加含蓄蕴藉。

过楚宫

巫峡迢迢旧楚宫①,至今云雨暗丹枫。微生尽恋人间乐②,只有襄王忆梦中。

注释

① "巫峡"二句:战国宋玉作《高唐赋》,写楚襄王和宋玉在云梦台游览时,宋玉对襄王说:先王曾游高唐,梦见巫山神女,与其交欢。临别时,神女对楚王说:"妾在巫山之阳,高丘之阻,旦为朝云,暮为行雨。朝朝暮暮,阳台之下。"《寰宇记》:"楚宫在巫山县北二百步,在阳台古城内,即襄王所游之地。"

② 微生:卑微的人生。指普通人。

解读

　　冯浩《年谱》将此诗编入大中二年(848)。就遣词用语看,这首诗浅显明白,不难理解。南宋谢枋得说:"高唐云雨本是说梦,古今皆以为实事。此诗讥襄王之愚,前人未道破。"(《唐诗品汇》)似乎也没错。不过这样理解,那真像纪昀所言"亦无佳处"了。屈复认为:"辞意似刺襄王,其实作者自有寄托,不可呆讲。"(《玉溪生诗意》)冯浩说此诗"自伤独不得志,几于哀猿之啼矣"(《玉溪生诗集笺注》)。寄托是有了,但有些牵强,因为诗中并没有哀猿般的悲啼。纪昀说这是一首悼亡诗,又被张采田否定了。郝世峰解此诗:"(巫山神女)那缥缈恍惚、超尘绝俗的仙人风度,尤其令人神往。可是世人又有几个能够认识并愿意去追求这种妙臻神境的美呢?他们只知迷恋平庸的世俗之乐,却不了解追求更高更美的境界才是人生的最大乐趣……襄王的至情,是庸人不能理解的。"(《李商隐七绝臆会》)刘学锴、余恕诚作了进一步发挥:"人间之乐与云雨之梦,似代表现实与理想两种不同境界……作者乃刻意追求更美好之人生理想。而此种理想境界又正如云雨梦思,虚幻恍惚,难以寻求,且并追求理想之高情远意,亦不为世所理解。"(《李商隐诗歌集解》)这种新解,虽不知是否符合诗人的本意,但对读者理解、欣赏李商隐诗,很有启发。

韩　碑①

元和天子神武姿②，彼何人哉轩与羲③。誓将上雪列圣耻④，坐法宫中朝四夷⑤。淮西有贼五十载⑥，封狼生貙貙生罴⑦。不据山河据平地，长戈利矛日可麾⑧。帝得圣相相曰度，贼斫不死神扶持⑨，腰悬相印作都统⑩，阴风惨澹天王旗⑪。愬武古通作牙爪⑫，仪曹外郎载笔随⑬，行军司马智且勇⑭，十四万众犹虎貔⑮。入蔡缚贼献太庙⑯，功无与让恩不訾⑰。

帝曰汝度功第一，汝从事愈宜为辞⑱。愈拜稽首蹈且舞⑲，金石刻画臣能为，古者世称大手笔，此事不系于职司，当仁自古有不让⑳。言讫屡颔天子颐㉑。公退斋戒坐小阁㉒，濡染大笔何淋漓㉓。点窜《尧典》《舜典》字，涂改《清庙》《生民》诗㉔。文成破体书在纸㉕，清晨再拜铺丹墀㉖。表曰臣愈昧死上，咏神圣功书之碑㉗。碑高三丈字如斗㉘，负以灵鳌蟠以螭㉙。句奇语重喻者少㉚，谗之天子言其私㉛。长绳百尺拽碑倒，粗砂大石相磨治㉜。公之斯文若元气㉝，先时已入人肝脾㉞。汤盘孔鼎有述作㉟，今无其器存其辞㊱。

　　呜呼圣王及圣相，相与烜赫流淳熙㊲。公之斯文不示后㊳，曷与三五相攀追㊴？愿书万本诵万过㊵，口角流沫右手胝㊶。传之七十有三代㊷，以为封禅玉检明堂基㊸。

注释

① 韩碑：韩愈《平淮西碑》。唐宪宗即位后，发兵讨伐盘踞淮西的藩镇吴元济，但久而无功。元和十二年(817)，宰相裴度自请赴淮西督师。十月，部将李愬雪夜入蔡州，生擒吴元济，淮西平定。宪宗下诏，令行军司马判官书记韩愈撰《平淮西碑》，文中多叙裴度事。对此李愬心怀不平。其妻为唐安公主之女，出入宫廷，诉说碑文有违事实。宪宗诏令磨灭韩碑，由翰林学士段文昌重新撰写，刻石立碑。宋朝有人又将段文昌的碑文磨去，重新刻上韩愈的碑文。

② 元和：唐宪宗年号。

③ "彼何"句：轩，轩辕，即黄帝，上古五帝之一。羲，伏羲，中古三皇之一。这句说唐宪宗是像三皇五帝那样的圣君。

④ "誓将"句：发誓洗雪唐玄宗以后历朝君王蒙受的藩镇割据、外族入侵的耻辱。

⑤ "坐法"句：法宫，君王处理政事的正殿。四夷，古时对中国周边各族的泛称。这句说坐在宫中接受各族的朝拜。

⑥ "淮西"句:自李希烈割据淮西称王,到吴元济自领军务,前后五十余年。

⑦ "封狼"句:封狼,大狼。貙(chū),一种似狸而大的野兽。罴(pí),即棕熊。这里用以比喻各时期的叛将。

⑧ "不据"二句:日可麾,《淮南子·览冥训》:"鲁阳公与韩构难(交锋),战酣日暮,援戈而㧑(挥)之,日为之反(退避)三舍(三十里)。"这句说淮西地处平原,虽无山河之险,但仍能击退朝廷讨伐的军队。麾,通"挥"。

⑨ "帝得"二句:度,指裴度。《资治通鉴》元和十年"六月,癸卯,天未明,元衡入朝,出所居靖安坊东门;有贼自暗中突出射之,从者皆散走,贼执元衡马行十余步而杀之,取其颅骨而去。又入通化坊击裴度,伤其首,坠沟中,度毡帽厚,得不死。"当时宰相武元衡、御史中丞裴度坚决主张讨伐吴元济,淄青节度使李师道感到威胁,派刺客谋害武元衡、裴度。

⑩ 都统:讨伐淮西的统帅。

⑪ 天王旗:皇帝的旗帜。

⑫ "愬武"句:愬,随唐邓节度使李愬;武,淮西驻军行营都统韩弘之子韩公武;古,鄂岳蕲安团练使李道古;通,寿州团练使李文通,四人皆裴度手下大将。牙抓,抓牙,得力帮手。

⑬ "仪曹"句:以礼部员外郎李宗闵为判官书记。仪曹,官署名,后世称礼部郎官为仪曹。载笔,携带文具以记录要事。

⑭ "行军"句:以右庶子韩愈为行军司马。

⑮ 虎貔:比喻勇猛的军士或军队。貔(pí),传说中的一种猛兽。

⑯ "入蔡"句:蔡,蔡州(治所在今河南汝南)。贼,指吴元济。太
　庙,古代皇帝的宗庙。平淮西是为了"上雪列圣耻",故先将
　吴元济祭告宗庙,然后斩首。

⑰ "功无"句:无与让,即当仁不让之意。不訾,即"不赀",不可
　计量。

⑱ "帝曰"二句:"汝度"以下十二字为宪宗的话。汝度,你裴度。
　从事,属僚。宜为辞,应该作文纪念,即撰写《平淮西碑》。

⑲ "愈拜"句:稽(qǐ)首,叩头。蹈且舞,古代臣子朝拜皇帝时手
　舞足蹈的礼节。

⑳ "金石"四句:这四句是韩愈回答宪宗的话。金石刻画,指刻
　在钟鼎和石碑诗的文字。大手笔,指撰写朝廷重大文告的名
　家。职司,指朝廷起草文告的部门。

㉑ "言讫"句:说完话后,宪宗频频点头赞许。屡,使皇帝多次点
　头称赞。颔颐,点头。颐,面颊。

㉒ "公退"句:公,指韩愈。退,退朝(后)。斋戒,素食、沐浴、独
　居以表示虔诚。

㉓ "濡染"句:濡染,浸沾,指笔酣墨饱。淋漓,言描绘尽致。

㉔ "点窜"二句:朱彝尊:"'点窜'二字奇想。减之曰点,添之曰
　窜。"点窜、涂改,点和涂谓涂抹文字,窜和改谓改换文字。
　《尧典》《舜典》,《尚书》篇名。《清庙》《生民》,《诗经》篇名。
　这二句说韩愈所写的碑文,以《诗经》《尚书》为榜样。

㉕ "文成"句:破体,破当时通行的文体。当时朝廷文告都用四
　六文,这篇碑文以《诗经》《尚书》为本,所以说破体。书在纸,

写在纸上。

㉖ 丹墀:宫殿前涂红色的台阶。

㉗ "表曰"二句:"臣愈昧死上"五字是韩愈上表起首的文字。昧死,冒死,古时臣子上书时所用的敬语。神圣功,君王所建的神圣之功,指平定淮西的功绩。

㉘ 字如斗:字大如斗。

㉙ "负以"句:灵鳌,神话传说中的巨龟,指负碑的龟形石座。蟠以螭,指碑上所刻的盘绕的龙纹。螭(chī),古代传说中没有角的龙。

㉚ "句奇"句:重,庄重。喻者,看懂这篇碑文的人。

㉛ "谗之"句:指李愬之妻在宪宗前诬告韩愈写碑文怀有私心,歪曲事实,突出裴度。

㉜ "长绳"二句:拽,拉。治,修理。这二句说宪宗诏令将碑推到,磨去碑文,重新撰刻。

㉝ 斯文:这篇文章。

㉞ "先时"句:言早已深入人心。

㉟ "汤盘"句:汤盘,商汤沐浴用的铜盆,《史记正义》:"商汤沐浴之盘而刻铭为戒。"孔鼎,孔子先祖正考父的鼎。述作,撰写著作,也指作品。

㊱ "今无"句:言盘、鼎没能留下,但刻在盘、鼎上的铭文还在。汤盘上的铭文是:"苟日新,日日新,又日新。"言外之意,即使韩碑不能保存,韩愈的碑文也会流传后世。

㊲ "相与"句:相与,相互。烜赫,显耀。淳熙,淳正熙洽。

㊳ 不示后：不流传后世。

㊴ "曷与"句：曷，怎么。三五，三皇五帝。攀追，攀比追随，这里有并驾齐驱意。

㊵ "愿书"句：书，抄写。万过，万遍。过，表示完毕。

㊶ 胝：生老茧。

㊷ 七十有三代：《史记·封禅书》："古者封泰山、禅梁父者七十二家。"加上唐代为七十三代。

㊸ "以为"句：封禅，封，祭天；禅，祭地，指古代帝王在太平盛世或天降祥瑞之时祭祀天地的大型典礼。玉检，置放玉牒书（古代帝王封禅、郊祀的玉简文书）的封箧，也借指玉牒文。明堂，古代帝王朝会诸侯、发布政令、秋季大享祭天，并配祀祖宗的场所。这句说韩碑可用作帝王举行大典的基石。

解读

刘学锴、余恕诚《集解》将此诗编入大中二年（848）。平定淮西之功，众口交赞，并无异议，但如何撰刻、树立《平淮西碑》，有一段公案，出现了韩碑和段碑都遇上的先立后倒的风波。韩愈撰写的碑文，以颂扬主帅裴度为主，文体仿效先秦经籍，古朴典雅；段文昌撰写的碑文，以颂扬大将李愬为主，是当时朝廷通行的四六体。中唐韩愈、柳宗元等人倡导的古文运动，对李商隐的影响不大，他和段文昌之子段成式及温庭筠，都以擅长骈文知名于世，号"三十六体"。但对韩碑和段碑之间的纠纷，却毫无保留地站在韩碑这一边。这固然与韩愈的文学成就有关，但主要还是取决于他的经世理念。平淮西是对藩镇的一次致命打击,厥功至伟,那第一功又该属谁?李愬雪夜入蔡州,生擒吴元济,战功甚大。"但须鸑鷟巢阿阁,岂假鸱鸮在泮林。"(《随师东》)在李商隐看来,政事不修,威令不行,藩镇割据,主要是因为朝廷没有任用贤臣主政。这次平淮西能够进行和成功,就在于圣相裴度的坚持和运筹,李愬只是裴度的爪牙而已。此外,李商隐写这首诗,并不仅仅是对这场纠纷的表态,用冯浩的话说:"淮西覆辙在前,河朔终于怙恶,作者其以铺张为风戒乎?"(《玉溪生诗集笺注》)也就是说,他希望韩碑能在后世起警戒的作用。故诗的最后抒写感慨,认为公道自在人间,韩碑能流传千古。

既咏《韩碑》,自当效法韩体,用韩文叙事笔法。韩愈以文为诗(即以作文的方式写诗),此诗也有这个特点。诗中叙述和议论相兼,而以叙事为主,简洁明了,极似碑文。以文为诗,其弊在有损一唱三叹之韵,易招非议。谭元春说:"文章语作诗,毕竟要看来是诗,不是文章。"(《唐诗归》)这首诗词语古朴,但行文流畅;条理清晰,但笔力雄健。诗中以"句奇语重"四字,概括韩愈碑文的特色,前人也以这四字,评价此诗。王士禛说此诗直追韩愈,何焯认为"气雄力健,足与题称。与韩(愈)《石鼓歌》气调魄力,旗鼓相当"(沈厚塽《李义山诗集辑评》引)。贺裳甚至说此诗"亦甚肖韩,仿佛《石鼓歌》气概,造语更胜之"(《载酒园诗话又编》)。李商隐的诗,字字锻炼,用事婉约,以奇丽见长,以近体据多。其古诗有效法杜甫、近似李贺之处。这首诗在集中别成一体,在晚唐诗中也属罕见。"星心月口,忽变为伟调雄文"(史承豫《唐贤小三昧集续集》），才人能事，无所不可。此诗过去曾被看作是李商隐的扛鼎之笔，与《行次西郊作一百韵》为集中两篇大作。冯浩《玉溪生诗集笺注》，前二卷为编年诗，后一卷不编年，但将这首诗置于首篇："今以其赋元和时事，煌煌巨篇，实当弁冕（居首）全集，故首登之，无嫌少通其例。"即以此诗为李商隐集中的压卷之作。晚清以后，随着对经籍迷信的消减、艺术趣味的变化，对这首诗的评价也出现了一些不同的看法。如近人吴闿生认为："此诗琢句有近韩处，至其取势平衍，意亦庸常，无纵荡开合、跌宕票姚之韵，以故无甚可观，王、姚、刘诸公，皆盛推赞，以为有过昌黎，盖非笃论也。"（吴汝纶评《古诗钞》附吴闿生按语）

骄儿诗

衮师我骄儿①，美秀乃无匹。文葆未周晬，固已知六七②。四岁知姓名，眼不视梨栗③。交朋颇窥观④，谓是丹穴物⑤。前朝尚器貌，流品方第一⑥。不然神仙姿，不尔燕鹤骨⑦。安得此相谓？欲慰衰朽质⑧。青春妍和月⑨，朋戏浑甥侄⑩。绕堂复穿林，沸若金鼎溢⑪。门有长者来，造次请先出⑫。客前问所须⑬，含意不吐实⑭。归来学客面，闵败秉爷笏⑮。或

谑张飞胡，或笑邓艾吃^⑯。豪鹰毛崱屴，猛马气佶^⑯
傈^⑰。截得青筼筜，骑走恣唐突^⑱。忽复学参军，按
声唤苍鹘^⑲。又复纱灯旁^⑳，稽首礼夜佛^㉑。仰鞭胃
蛛网^㉒，俯首饮花蜜。欲争蛱蝶轻，未谢柳絮疾^㉓。
阶前逢阿姊，六甲颇输失^㉔。凝走弄香奁，拔脱金屈
戌^㉕。抱持多反倒，威怒不可律^㉖。曲躬牵窗网^㉗，略
唾拭琴漆^㉘。有时看临书，挺立不动膝^㉙。古锦请裁
衣，玉轴亦欲乞^㉚。请爷书春胜^㉛，春胜宜春日^㉜。芭
蕉斜卷笺，辛夷低过笔^㉝。爷昔好读书，恳苦自著
述。憔悴欲四十，无肉畏蚤虱^㉞。儿慎勿学爷，读书
求甲乙^㉟。穰苴司马法^㊱，张良黄石术^㊲。便为帝王
师，不假更纤悉^㊳。况今西与北，羌戎正狂悖^㊴。诛
赦两未成^㊵，将养如痼疾^㊶。儿当速长大，探雏入虎
窟。当为万户侯^㊷，勿守一经帙^㊸！

注释

① "衮师"句：衮师，诗人孩子的名字。张采田说他生于会昌六
   年(846)，此时已五岁。骄儿，受宠骄纵的男孩。

② "文葆"二句：文葆，也作"文褓"，绣上花纹的襁褓(包裹婴儿
   的被子)。周晬，周岁。知六七，知道六、七这些数字。

③ "眼不"句：言对食物并不在意。陶潜《责子》诗："雍端年十三，不识六与七。通子垂九龄，但觅梨与栗。"这里反用其意。

④ "交朋"句：言朋友中有人很会观察。

⑤ "谓是"句：丹穴物，指凤凰。《山海经》："丹穴之山，有鸟焉，其状如鸡，五彩，名曰凤凰。"这句说朋友称衮师是凤凰。以下五句都是朋友夸奖衮师的话。

⑥ "前朝"二句：前朝，指魏晋南北朝。器貌，器度容貌。流品，品评的等第。方，等同。这二句说前朝注重风度容貌，如果衮师生在那时，在品评中会名列榜首。

⑦ "不然"二句：不然、不尔，要么是……要么是……。神仙姿，谓风神潇洒，如同仙人。燕鹤骨，谓燕颔鹤步，贵人骨相。

⑧ "安得"二句：衰朽质，体质衰老的人，作者自谓。这二句是自谦之词，说哪能这样夸奖衮师，只是为了安慰老夫罢了。

⑨ 妍和：明媚温暖。

⑩ "朋戏"句：朋戏，群聚嬉戏。浑甥侄，和外甥、侄子浑杂在一起游戏。

⑪ "沸若"句：言孩子们的吵闹，就像水在鼎中沸腾漫溢。

⑫ "造次"句：造次，鲁莽。这句说衮师总是莽莽撞撞地先出去迎客。

⑬ 问所须：问他想要什么。须，通"需"，需要。

⑭ "含意"句：藏起真实的想法不说。

⑮ "归来"二句：闳败，撞开门，门几乎被撞坏。笏，上朝时拿的手板。这二句说送客回来后，衮师冲进门，拿着父亲的笏板，模仿客人的面部表情。

⑯ "或谑"二句:有时打趣客人长着像张飞那样胡子,有时取笑客人像邓艾一样口吃。张飞,三国时蜀国将领。图像中的张飞,肤色黝黑,满脸络腮胡子。邓艾,三国时魏国将领。《世说新语》:"邓艾口吃,语称艾艾。"

⑰ "豪鹰"二句:峛屼(zè lì),形容高峻。佶傈,形容耸动。这二句写衮师模仿客人的形象:有时如羽毛耸起的雄鹰,有时如意欲奔腾的骏马。

⑱ "截得"二句:箆筜,竹子。唐突,横冲直撞。这二句说截取一根青竹当马骑,尽兴奔走,横冲直撞。

⑲ "忽复"二句:参军、苍鹘,唐代参军戏中的两个角色,前者多扮官员,后者多扮仆人。按声,按照戏中的声调。

⑳ 纱灯:用薄纱做的灯笼。

㉑ "稽首"句:夜间拜佛磕头。

㉒ "仰鞭"句:罥(juàn),挂。言抬头用鞭子打下悬挂的蛛网。

㉓ "欲争"二句:争,争高下。谢,辞让,自以为不如。这二句说衮师行动敏捷,想和蝴蝶比谁更轻快,不比柳絮飞得慢。

㉔ "六甲"句:六甲,周振甫注:"一说古代用干支记年或日,有甲子、甲寅、甲辰、甲午、甲申、甲戌。《汉书·食货志》上:'八岁入小学,学六甲五方书计之事。'一说引虞裕《谈撰》:'凡白黑各用六子,乃今人所谓六甲是也。'六甲即双陆。"这二句说衮师和姐姐比赛算(或玩)六甲,老是输。

㉕ "凝走"二句:纪昀说"凝"是"痴(癡)"的讹字。刘盼遂认为"凝"是"硬"的意思。金屈戌,环纽、搭扣,一般由铜制成,故

106

称金屈戌。这二句说衮师(输了后想找地方发泄,)硬要过来玩弄姐姐的妆奁,将上面的铜扣环拔掉。

㉖ "抱持"二句:别人将他抱走,就使劲反抗,头往下倒,即使对他发火,也无法制止。律,约束。

㉗ "曲躬"句:窗网,窗上网形的格子。言弯下身拉窗格。

㉘ "咯唾"句:咯唾(kè tuò),吐唾沫。咯,同"喀",呕,吐。言用唾沫擦琴上的漆。这二句写衮师没人理时无聊的举动。

㉙ "有时"二句:临书,临摹前人书法。李商隐书法,字体很像《黄庭经》。这二句说衮师看父亲写字时,专心致志,一动不动。

㉚ "古锦"二句:古锦,年代久远的锦缎。衣,书衣,包在书外面的布。玉轴,卷轴的美称。这二句说衮师喜欢书籍、画卷,看到古锦就想裁成书衣,看到卷轴也想要。

㉛ 春胜:书写春联的春幡。旧俗于立春日或挂春幡(旗)于树梢。

㉜ "春胜"句:此句结构倒装,即春日宜写春胜。宜,应该,合适。

㉝ "芭蕉"二句:上句说斜卷的笺纸像芭蕉叶。下句是低低递过来的笔像辛夷花。辛夷,花名,又名木笔花。含苞欲放时形状如笔,北方人称为木笔。辛夷花开得最早,南方人称为迎春。这二句写衮师请父亲写字时递过来的纸和笔。

㉞ "无肉"句:《南史·卞彬传》:"颇饮酒,摈弃形骸,仕既不遂,乃著《蚤虱》《蜗虫》《虾蟆》等赋,皆大有指斥。其《蚤虱赋序》曰:'苇席蓬缨之间,蚤虱猥流。淫痒渭濩,无时恝肉,探揣撮搦,日不替手(衣帽蓬席之间,跳蚤虱子成堆,浑身奇痒难熬,皮肉无时不受其苦,伸手抓挠,整天不停手)。'"这里借用其

意。李商隐曾作《虱赋》:"汝职惟啮,而不善啮。回臭而多,跖香而绝。"后二句说颜回因穷而脏,身上有臭味,因此虱子也多;盗跖富裕,身边有熏香,因而没有虱子。言虱子欺贫怕富,欺弱怕强,影射世上专与贤人作对的小人。

㉟ 甲乙:唐朝科举考试,分为甲、乙两第。《新唐书·选举志上》:"凡进士,试时务策(论)五道、帖一大经(考官从经书中选取一页,摘其中一行印在试卷上。根据这一行文字,考生要填写出与之相联系的上下文),经、策全通为甲第,策通四、帖过四以上为乙第。"

㊱ "穰苴"句:田穰苴为春秋末期齐国名将,因功被封为大司马,著有《司马穰苴兵法》。

㊲ "张良"句:《史记·留侯世家》载:"汉初三杰"之一的张良,早年在下邳桥上,遇见一位老人(黄石公),赠他《太公兵法》,说:"读此则为王者师矣。"黄石术,即用兵方略。

㊳ "不假"句:假,凭借。纤悉,细微,这里指繁琐的科举应试。

㊴ 羌戎:指吐蕃、党项等民族。

㊵ 诛放:指讨伐和安抚。

㊶ "将养"句:言将养痈为患,成为痼疾(不治之病)。

㊷ "探雏"三句:雏,小鸟,这里指小虎。《后汉书·班超传》载:东汉名将班超早年以替官府抄书为生,"尝辍业投笔叹曰:'大丈夫无他志略,犹当效傅介子、张骞立功异域,以取封侯,安能久事笔砚间乎?'"后从戎至西域,在攻打匈奴使者时说:"不入虎穴,不得虎子。"这三句希望衮师长大后以班超为榜

样,立功封侯。

㊸ "勿守"句：不要死守着一部经书，无所作为。经，儒家经籍。帙，书画外面的布套。

解读

冯浩《年谱》将此诗编入大中四年(850)，张采田《年谱会笺》编入大中三年。西晋左思作《娇女诗》，写两个小女娇顽伶俐之状，童趣四溢，妙趣横生，绘影绘声，纤悉如画。这首诗无论所写内容，还是表现手法，都有仿效左诗之处。诗中通过一连串的细节描写，表现幼子衮师的淘气、任性、聪慧、好学，形象活泼，骄态可掬，传神写照，曲尽情状。幼子可爱之态、为父怜惜之情，宛然在目。既为生活增添乐趣，也使作品富于情趣。谭元春评《娇女诗》："字字是女，字字是娇女，尽情，尽理，尽态。"(《古诗归》)也可用于此诗。但这首诗对《娇女诗》的仿效，并未亦步亦趋，二者之间还是有着明显的区别。左诗类似漫记，叙述涣散，此诗则精心结撰，条理清晰。左诗写的是通常的父女之情，表现为父的挚爱；此诗题名"骄儿"，也写了由为父的骄宠，而导致的幼儿的骄纵，但又不仅于此，更是一个历经忧患的父亲，对幼子深切的关怀，其中包含着深沉的感慨。

开篇提出"美秀无匹"四字，通篇围绕"美秀"二字展开，颇能看出诗人运思的苦心。前面借朋友之口，称赞衮师容貌，主要是显示他的"神仙姿""燕鹤骨"，这样的孩子，将来一定能成大器，从中寄托着诗人的希望，也是诗人对自己一生潦倒的安慰。接着写衮师模仿客人的表情、形象,模仿生活中的各种行为,看似淘气,实际上是显示他的机灵。再写他故意和姐姐捣乱,其中也露出他不肯服输的劲头。让人出其不意的是:紧接"顽劣"行为的,却是描写衮师文静、好学的一面。如果说,前面所写的那些举动,都出自一个孩子的天性,可称外秀,那么一个幼儿竟能如此好学,非内秀不能了。内外兼秀,此儿前程必定如锦。在仕途取决于科举应试的状况下,好学尤其重要。但让人大跌眼镜的是:诗人却告诫幼子切莫死守经书,刻苦读书,这种人没有出路,而应该像张良、班超那样,心怀大志,敢于冒险,为国效力,如此才有辉煌的前程。这么说,那些机灵、顽劣、不肯服输的人,反倒更有竞争力,前面这些描写,不仅是表现他当前的童性,也预示了他的未来,都成了赞美之词。当然,这种希望和期待,全都出自诗人对自身怀才不遇的无奈,也可看作是一种愤激之词,在自嘲的背后,是深深的叹息。

《蔡宽夫诗话》载:"白乐天(居易)晚极喜李义山诗文,尝谓我死得为尔子足矣。义山生子,遂以'白老'字之。既长,略无文性。温庭筠尝戏之曰:'以尔为乐天后身,不亦忝(辱没他人,自己有愧)乎?'"钱钟书说:"放翁诗余所喜诵,而有二痴事:好誉儿,好说梦。儿实庸材,梦太得意,已令人生倦矣。"(《谈艺录》)誉儿的人并不少见,但情况各有不同。陆游和李商隐一样,也是一个怀才不遇之人,他们誉儿,更多的是以此作为一种情感上的慰藉,应该作同情的理解。元辛文房《唐才子传》载:李商隐还有一个儿子,"名衮师,异常聪俊……此或白(居易)之后身也"。这可能是因为此诗所写的骄儿,和蔡宽夫《诗话》记载的白老,反差甚大,故强分两子,不足为据。

杜司勋①

高楼风雨感斯文②,短翼差池不及群③。刻意伤春复伤别④,人间唯有杜司勋。

注释

① 杜司勋:杜牧,字牧之。与李商隐齐名的晚唐诗人。宣宗大中二年为司勋员外郎、史馆修撰。

② "高楼"句:风雨,《诗经·郑风·风雨》:"风雨如晦,鸡鸣不已。"写风雨声中的思亲之情。后经《毛诗序》和郑玄的笺释,"风雨如晦"变成象征乱世,"鸡鸣不已"变成象征君子不改其度。斯文,这类文字,即伤春、伤别的诗文。

③ "短翼"句:差池(cī chí),《诗经·邶风·燕燕》:"燕燕于飞,差池其羽。"马瑞辰《通释》:"差池二字叠韵,义与参差同,皆不齐貌。"这里指燕飞行时尾羽参差不齐。这句说自己翅膀短小(才力微弱),不能与众鸟比翼群飞。

④ 刻意:用尽心思。

解读

　　冯浩《年谱》将此诗编入大中三年(849)。前一年,受党争牵累多年在外的杜牧、李商隐,先后回到京城长安,时有往来,此诗即作于这期间。独立高楼,凭栏眺望,风雨如晦,烟云迷茫。当此之时,吟咏伤春伤别之作,令人心有戚戚,抚时感事,百感交并。风雨如晦,既是眼前景,也是心中恨,是时局昏暗的象征。起句以读杜牧诗为引子,抒写诗人自身的感慨。上联下句是自谦之词,有自愧不如之意。若说李商隐读斯文而自愧不如杜牧,与上句衔接,也很自然。但问题是"不及群",不及众人,那就不是说文才了。这是诗人自道,感伤才微力薄,仕途蹭蹬,不能奋飞远举。看似自谦,实为自伤。而仕途蹭蹬,又何止诗人,杜牧也有壮志难酬的感叹。因此,这句自喻的诗,也包含了对杜牧遭遇的惋惜。下联回到题上,专写杜牧。伤春伤别,本是诗中常见的题材,似乎无需刻意为之。杜牧的刻意,应另有深意。志在天下的杜牧,本该"论列大事,指陈病利"(《新唐书·杜牧传》),但是没人愿听,只能百无聊赖以诗鸣,将心中的块垒,付之伤春伤别之中。伤春是伤时,伤别是伤世,其中包含着丰富的社会内容。风雨如晦可伤,时局昏暗可伤,颠沛流离可伤,时不我待可伤。但在这世上,除了杜牧,还有谁怀有这样的感伤之情、这样的忧患意识? 再说,还有谁能理解杜牧的感伤之情、忧患意识? 能有这样情怀的人,能理解杜牧的人,唯有作者。前人说同声相应,同气相求。李商隐能理解杜牧,不仅是因为有同样的沦落之感,更是因为有同样的志趣和追求。和杜牧一样,他也是"刻意伤春复伤别"的人:"天荒地变心虽折,若比伤春意未多。"(《曲江》)"人世死前唯有别,春风争拟惜长条。"(《离亭赋得折杨柳二首》)以此,下联看似写杜牧,实际上已将主客合一了。故纪昀说:"后二句乃借司勋对面写照,诗家弄笔法耳。'杜司勋'三字摘出为题,非咏杜也。借以自比,含思悠然。"(《玉溪生诗说》)

李卫公①

绛纱弟子音尘绝②,鸾镜佳人旧会稀③。今日致身歌舞地④,木棉花暖鹧鸪飞⑤。

注释

① 李卫公:李德裕,字文饶。出身望门,历仕宪宗、穆宗、敬宗、文宗四朝,武宗即位后,再次入朝为相。执政五年,外攘回纥、内平泽潞、裁汰冗官、制驭宦官,功绩显赫,官太尉,封卫国公。宣宗继位后,李德裕因位高权重,接连遭到谴谪,大中二年冬,被贬为崖州司户参军。大中三年正月,抵达崖州(治所在今海南海口)。十二月病逝。

② "绛纱"句:《后汉书·马融传》:"尝坐高堂,施绛纱帐,前授生

徒,后列女乐。"绛纱弟子,指李德裕门下士子。音尘绝,音讯
断绝。

③ "鸾镜"句:《太平御览》引南朝宋范泰《鸾鸟诗序》:"昔罽宾王
结罝(捕鸟兽的网)峻祁之山,获一鸾鸟,王甚爱之,欲其鸣而
不致也。乃饰以金樊(黄金装饰的樊笼),饗以珍羞。(鸾鸟)
对之逾戚,三年不鸣。夫人曰:'闻鸟见其类而后鸣,何不县
(悬挂)镜以映之!'王从言。鸾覩影感契(感激铭记),慨焉悲
鸣,哀响中霄,一奋而绝。"后以"鸾镜"指妆镜。鸾镜佳人,指
李德裕身边的名媛丽姝。旧会稀,和旧情相会十分稀少。

④ "今日"句:致身,归身,收身。致,同"致仕"的致,归还,交还。
歌舞地,刘学锴、余恕诚注:"即歌舞冈,在今广州市越秀山
上,南越王赵佗曾在此歌舞,因而得名。此以'歌舞地'代指
岭南地区。"(《李商隐诗歌集解》)

⑤ "木棉"句:木棉,又名红棉、攀枝花,产于南方。杨慎:"南中
木棉树,大如抱,花红似山茶而蕊黄,花片极厚。"(《升庵诗
话》)《禽经》:"子规啼必北向,鹧鸪飞必南翥(振翼向上高
飞)。"鹧鸪的叫声很像"行不得也哥哥",故前人以鹧鸪的啼
声表示行路艰难。

解读

　　冯浩《年谱》、张采田《年谱会笺》将此诗编入唐宣宗大中二
年(848),刘学锴、余恕诚《集解》编入大中三年。此诗作于李德
裕谪居崖州期间。尽管李商隐并不愿卷入党争之中,但无论在

情感或理智上,他又都不能完全逃避。毕竟王茂元是他的岳丈,对卢弘正有知遇之感,而这二人都属李党。至于李德裕,更是他最崇敬的当代大臣,李商隐曾为李德裕《会昌一品集》写了一篇长序,誉之为"万古之良相""一代之高士",令人"景山仰止"。即使在李党失势、李德裕被贬后,依然不变,此诗便是这份感情真实的流露。李德裕执政时,颇能奖掖后进,为寒俊开路。但遭贬谪之后,"物情所弃,无复音书,平生旧知,无复吊问……大海之中,无人拯恤,资储荡尽,家事一空,百口嗷然,往往绝食,块独穷悴,终日苦饥,惟恨垂没之年,顿作馁死之鬼。"(李德裕《与姚谏议合书三首》其二)上联所写,便是世态炎凉、翻云覆雨、失势一落千丈强的苦况。纪昀称赞这首诗"格意殊高,亦有神韵",但认为下联难以索解:"如指南迁,不合云'歌舞地';如指旧第,不合云'木棉''鹧鸪',此不了了。"(《玉溪生诗说》)其实"歌舞地"只是借指南粤而已,并不是"富贵场""温柔乡"的代称。下联说如今李德裕贬居南粤之地,眼前所见所闻,唯有木棉花开、鹧鸪飞鸣而已。冯浩说:"下二句不言身赴南荒,而反折其词,与'旧时王谢堂前燕,飞入寻常百姓家'同一笔法,伤之,非幸之也。"(《玉溪生诗集笺注》)说"伤之"没错,但说和刘禹锡《乌衣巷》同一笔法,似乎误解了诗意。其实这首诗出自杜诗:"岐王宅里寻常见,崔九堂前几度闻。正是江南好风景,落花时节又逢君。"(《江南逢李龟年》)这两首诗的上联,都以往昔的贵盛,反衬当前的凄苦,只是落笔的对象不同而已。下联也都有"空对他乡好风景,身世飘零不能归"之意,虽不及杜诗风神潇洒,但同样感慨淋漓,充满沧桑之感、流落之感。大中二年,李商隐还写过一首怀念李德裕的诗:"云台高议正纷纷,谁定当时荡寇勋。日暮灞陵原上猎,李将军是故将军。"(《旧将军》)对朝廷排斥功臣,深表不满。

流　莺

流莺漂荡复参差①,渡陌临流不自持②。巧啭岂能无本意③?良辰未必有佳期④。风朝露夜阴晴里,万户千门开闭时⑤。曾苦伤春不忍听,凤城何处有花枝⑥?

注释

① "流莺"句:流莺,指飘荡流转的黄莺。参差(cēn cī),高低不齐,形容流莺的飞翔。

② 不自持:不能自主。

③ 啭:鸟宛转地叫。

④ "良辰"句:言即使在良辰,也未必有美好的期遇(所期待的遇合)。

⑤ "风朝"二句:《史记·孝武本纪》:"作建章宫,度为千门万户。"这二句写京城的流莺,不论在什么时候(如风晨露夜、阴

晦晴朗、开门闭户时），都飘荡啼啭不已。

⑥ "凤城"句：凤城，指京城长安。冯浩《笺注》引赵次公注杜诗：
"弄玉吹箫，凤降其城，因号丹凤城。其后曰京师之盛曰凤
城"。花枝，指住所。这句问京城哪里有花枝，可以让流莺栖
息？（这样它就不会因为飘荡流转而悲鸣不已了。）

解读

　　张采田说："味其词似在京所作，岂大中三年春间耶？"（《李
义山诗辨正》）这年春，已返回京城的李商隐，由盩厔尉转任京兆
掾曹，主管章表文字。在《偶成转韵七十二句赠四同舍》诗中，李
商隐这样回忆当时情景："归来寂寞灵台下，著破蓝衫出无马。
天官补吏府中趋，玉骨瘦来无一把。"身为下僚，食不饱，居无屋，
出无马，境况十分凄凉。这是一首托物寓怀的诗，起句扣题，借
流莺飘荡流转，无所归依，抒写自身的感伤，隐寓身世飘蓬之感。
次句"渡陌临流"，即浪迹天涯；"不自持"，写出身不由己、无可奈
何的悲伤。前一年，诗人在离开桂州幕府北归时，曾作诗："昔去
真无奈，今还岂自知。"（《陆发荆南始至商洛》）便是"不自持"更
明确的表白。颔联言莺语百啭，自有其深意苦衷，可谁能"怀我
好音"？即使在明媚的阳春，也没有理想的遇合。隐喻诗人屡屡
陈情，吐露心衷，却无人理解，即使在朝政清明之时，也难一展抱
负。颈联承颔联下句，写流莺飞鸣不止，风露阴晴，朱门曲巷，无
时不啼，无处不到，无日不望佳期，但无日得遇佳期。末联落到
自身，与流莺合一。上句也承颔联下句，"伤春"就因为良辰未逢

佳期。流莺伤春,是找不到一枝栖息。诗人伤春,是空对似水年华,依然壮志未酬。同是天涯沦落,同怀伤春之心,诗人对流莺的悲啼,更是不忍卒听。结句从"上林多少树,不借一枝栖"翻出。京城之大,竟没有你我的容身之所,既怜流莺,也是自怜。此诗语言轻倩流美,情意低回要眇,冯浩说此诗"颔联入神,通体凄婉,点点杜鹃血泪矣"(《玉溪生诗集笺注》)。张采田称之为"含思宛转,独绝古今之佳篇"(《李义山诗辨正》)。纪昀评此诗:"前六句将流莺说做有情,七句打合到自己身上,若合若离,是一是二,绝妙运掉。与《蝉》诗同一关捩。"(《玉溪生诗说》)

野　菊

　　苦竹园南椒坞边①,微香冉冉泪涓涓②。已悲节物同寒雁③,忍委芳心与暮蝉。细路独来当此夕,清尊相伴省他年④。紫云新苑移花处⑤,不取霜栽近御筵⑥。

注释

① 椒坞:生长椒木的村坞。坞,地势四周高而中间凹的地方。

《野菊》

② 冉冉:渐渐。涓涓:形容细水慢流。

③ 节物:季节物象。

④ "清尊"句:清尊,也作"清樽",酒器,借指清酒。省(xǐng),晓喻,醒悟。

⑤ "紫云"句:紫云,一作"紫薇"。开元元年,改中书省名紫薇省,中书令称紫薇令。后复旧。移花,指大中三年二月,令狐绹转任中书舍人。

⑥ "不取"句:霜栽,指凌霜的野菊。这句隐喻令狐绹不肯向朝廷推荐自己。

解读

　　张采田《年谱会笺》将此诗编入大中三年(849)。这首诗和《流莺》,一作于春日,一作于秋季,但作诗旨意、表现方式,均无不同。朱鹤龄说此诗是"君子在野之叹"(《李义山诗集笺注》),即贤者被遗弃草野,无从自进。这首诗除颈联外,句句写菊,且句句是野菊。首联写菊花地处郊野,北对竹园,旁邻椒坞。竹心苦,椒味辛,野菊就托根在这样的辛苦之地,暗喻诗人被抛入党争的漩涡中,备尝辛酸。但野菊毕竟是秋花,是含露带霜之花,即使在辛苦的郊野之地,依然微香冉冉,随风远送,只是无人眷顾,何其寂寞,故泡雨则如泪涓涓。颔联说野菊生当凉秋,花开已晚,和寒空中的飞燕同样悲凄;但芳心尚在,不忍自弃,不甘随同暮蝉的哀吟销声匿迹。程梦星说这二句诗,"即《离骚》'老冉冉其将至,恐修名之不立'意"(《李义山诗集笺注》)。虽时不我予，仍不甘沉沦，寓自强不息于深沉的感慨之中。唯其地处郊野，故既无通衢，也无人迹。夜色降临，唯有一条孤寂的瘦影，沿着细曲的小径，缓缓走来。这是惜花之人，带来一壶清酒、一颗惜花之心。在李商隐集中，有一首《九日》诗，与此诗作于同时。诗中回顾令狐楚昔日对自己的奖掖提携，同时也流露出对令狐绹绝情的怨怼。颈联"省他年"，即思量往日陪伴令狐楚欢饮的情景。《九日》中有两句诗，责备令狐绹"不学汉臣栽苜蓿，空教楚客咏江篱"。《汉书·西域传》载：大宛国盛产汗血天马，"马耆（嗜好）目宿（苜蓿）"。"宛王蝉封与汉约，岁献天马二匹。汉使采蒲陶（葡萄）、目宿种归。天子以天马多，又外国使来众，益种蒲陶、目宿离宫馆旁，极望（一望无际）焉"。后来将移植苜蓿，比喻选拔人才。末联写郊野的"霜栽"，不能接近宫廷，与"不学汉臣"二句，含意正同。这首诗，既写了野菊的境况，也写了野菊的品格，同时寄寓了身世之感，王夫之赞道："有飞雪回风之度，锦瑟集中赖此以传本色。"（《唐诗评选》）

哭刘蕡①

上帝深宫闭九阍②，巫咸不下问衔冤③。黄陵别后春涛隔④，溢浦书来秋雨翻⑤。只有安仁能作诔⑥，何曾宋玉解招魂⑦？平生风义兼师友，不敢同君哭寝门⑧。

注释

① 刘蕡：见《赠刘司户蕡》注①。

② 九阍：九天之门。九天，言天有许多重，也指天的极高处。阍，日落时皇宫关门。宋玉《九辩》："君之门以九重。"

③ "巫咸"句：巫咸，古代神巫，代表上天在人间行使权力。这句说朝廷不派人查问刘蕡的冤屈。

④ "黄陵"句：《哭刘司户蕡》"去年相送地，春雪满黄陵"。黄陵，黄陵山，在今湖南湘阴北，传说为帝舜二妃的葬地，山上有黄陵庙。李商隐和刘蕡在前一年春天分手，此后天各一方，远隔大江，故云"春涛隔"。

⑤ "溢浦"句：溢浦，指江州，在今江西九江。这句说从江州传来刘蕡的死讯，正是秋雨倾盆的时候。

⑥ "只有"句：安仁，西晋诗人潘安字，所作《悼亡诗》《哀永逝文》《金鹿哀辞》等，情深意切，享有盛名。诔，哀悼死者的文章。

⑦ "何曾"句：宋玉，战国时楚国辞赋家，屈原弟子。屈原死后，"宋玉怜哀屈原忠而斥弃，愁懑山泽，魂魄放佚，厥命将落。故作《招魂》，欲以复其精神，延其年寿"（王逸《楚辞章句》）。

⑧ "平生"二句：风义，指刘蕡的风概节操。兼师友，论平生交情

则为友,论风概节操则为师。《礼记·檀弓上》引孔子语:"师,吾哭诸寝;朋友,吾哭诸寝门之外。"寝,指正寝,古人斋戒及生病时所居之处。寝门,正寝之门。下句说因为兼师友,所以不敢与君等同,作为一个朋友,在寝门外哭吊。

解读

　　冯浩《年谱》、张采田《年谱会笺》将此诗和下一首《哭刘司户蒉》编入武宗会昌二年(842),刘学锴、余恕诚《集解》编入宣宗大中三年(849)。关于刘蒉去世的年月和所在地,史籍并无明确的记载。李商隐从江州传来的消息,得知刘蒉的死讯。晚唐宦官擅权,骄横跋扈,君王无奈,朝野结舌。刘蒉不忍与世浮沉,坐看国家危亡,挺身而出,慷慨陈词,极言宦官祸国,众人叹服,名重一时,但也因此被贬,客死他乡。李商隐与刘蒉同怀忧世之心,俱为沦落之人,对刘蒉遭遇,深表同情。噩耗传来,诗人悲愤填膺,不能自已,于是接连写了几首诗,以表哀思。《离骚》:"欲从灵氛(古代善占吉凶者)之吉占兮,心犹豫而狐疑。巫咸将夕降兮,怀椒糈(以椒香拌精米制成的祭神的食物)而要(邀)之。"屈原正道直行,不容于楚,心中困惑,不知所从,于是请巫咸前来占卜,传示神意。如今刘蒉以直言极谏,愠于群小,远贬南荒,其心迹遭遇,均与屈原相似。而上帝却紧闭九重宫门,巫咸也不下临人世探问,使其衔冤莫伸。首联以愤激之情、不平之声,借指责上帝、巫咸,直斥朝廷冷酷、人世不公。在前一年,诗人和刘蒉晤别黄陵,颔联上句即记其事。别后而隔以春涛,不仅指时间又过一春,地域远隔江湖,也表达了诗人的思情,如春江波涛,无穷无尽。下句写正值秋雨淫淫之时,得到刘蕡的死讯。"秋雨翻"三字,不仅写出当时的凄切景象,同时也借以形容诗人泪水浪浪,悲不自胜,就像秋日淫雨,滂沱不止。颈联说自己如今只能像潘岳那样,作诗以致哀悼,但又何尝能召其魂魄,使之复生。言下颇有死者长逝、一去不返的伤痛。末联说刘蕡风概节操,迥出侪辈,与自己兼有师友之谊,故今日又怎敢居于同列,哭于寝门之外呢? 从中表达了对刘蕡无比的钦敬。金圣叹说此诗"有搏胸叫天、奋颅击地、放声长号、涕泗纵横之状"(《贯华堂选批唐才子诗》)。纪昀评此诗:"一气鼓荡,字字沉郁。"(《玉溪生诗说》)全诗激情鼓荡而组织精巧。起句逆笔运掉,如先写别后惊闻噩耗,则平熟无奇,唯如此方见跌宕不平之气。颔联写别后到闻噩时间之短促,承上点出何以愤激如此,启下引起作诔、招魂之叹,更以春涛、秋雨渲染地动天哭的悲壮情景。前人说李商隐诗能得杜甫沉郁顿挫之旨,正当于此处参入。

哭刘司户蕡

路有论冤谪①,言皆在中兴②。空闻迁贾谊③,不待相孙弘④。江阔唯回首,天高但抚膺⑤。去年相送地，春雪满黄陵⑥。

注释

① 论:议论,这里指舆论。

② "言皆"句:言,指刘蕡应贤良方正试所上万言策。中兴,中途振兴,通常指国家由衰退而复兴。

③ "空闻"句:迁,迁徙,这里指从京城外放出去。贾谊,西汉政论家,深得汉文帝信任,针砭时弊,力主变革弊。因在朝大臣嫉妒诽谤,被贬为长沙王太傅。

④ "不待"句:不待,等不到。孙弘,公孙弘,汉武帝时出使匈奴,以不合帝意被罢职。后再征为博士,累官至丞相,封平津侯。

⑤ 抚膺(yīng):抚摩或捶拍胸口,表示惋惜、哀叹、悲愤。这里说捶胸痛哭。

⑥ 黄陵:见《哭刘蕡》注④。

解读

此诗和前诗作于同一年,但细味诗意,所作时间仍有先后。前一首作于乍闻死讯之时,如惊飙翻江,在诗人心中掀起绝大的感情波澜,故感慨郁勃,言辞愤激;此诗则作于痛定思痛之际,如山泉百折,在诗人的记忆中起伏流动,故含思凄怨,情意深切。以刘蕡的气节才识,理应肩负国家重任,岂料赍志而没,饮恨吞声。为刘蕡感慨和伤心的,何止诗人一人。起句指出:当时整个社会,都在为刘蕡哀悼不平。次句回答何以如此的原因:刘蕡的悲剧,因其对策造成,而他奋笔直书,则全为了国家中兴。这就使得刘蕡的悲剧,越出了个人恩怨的纠缠,而具有时代和社会的意义。首联以高屋建瓴之势,统摄全篇。刘蕡的情状,和贾谊相似;而一斥不复,以至于死,与公孙弘正异。颔联"空闻""不待"四字转接呼应,因为"不待",故成"空闻"。刘蕡有贾谊之才,无公孙弘之命,终不能一展其才,为国效力,言下含有无限的感伤。诗人和刘蕡情谊笃深,但此时因正在长安供职,不能前往江州哭吊,唯有遥隔大江,频频回首,以寄哀悼之意。尽管刘蕡如鸾凤伏窜,黄钟毁弃,但九门深闭,天高难问,唯有仰天太息,捶胸痛哭而已。前两联都是议论,为刘蕡的不幸致慨。颈联落到自己,写出诗人此时悲痛欲绝的情状。从表面上看,颈联如波澜陡起,与前两联似不相属。但细加分析,上句正承颔联,因有一斥不复之事,才有江阔回首之悲;下句正承首联,因有衔冤莫伸之恨,才有天高抚膺之叹。末联回忆往事,将去年惜别时的悲凉境况,与今日凄凉的哀悼之情融为一体,逆挽收结,含蕴无穷。李商隐这几首哭刘蕡的诗,既为刘蕡的不幸而哭,为自己失去一个畏友而哭,也为国家失去栋梁之材而哭,为所有志士的抑郁不伸而哭,从而使得这哭,浸渍着极其真挚的情感,包含了十分丰富的内容。

偶成转韵七十二句赠四同舍①

沛国东风吹大泽②，蒲青柳碧春一色③。我来不见隆准人④，沥酒空余庙中客⑤。征东同舍鸳与鸾⑥，酒酣劝我悬征鞍⑦。蓝山宝肆不可入，玉中仍是青琅玕⑧。武威将军使中侠⑨，少年箭道惊杨叶⑩。战功高后数文章⑪，怜我秋斋梦蝴蝶⑫。诘旦天门传奏章，高车大马来煌煌⑬。路逢邹枚不暇揖，腊月大雪过大梁⑭。

忆昔公为会昌宰⑮，我时入谒虚怀待⑯。众中赏我赋《高唐》，回看屈宋由年辈⑰。公事武皇为铁冠⑱，历厅请我相所难⑲。我时憔悴在书阁⑳，卧枕芸香春夜阑㉑。明年赴辟下昭桂㉒，东郊恸哭辞兄弟㉓。韩公堆上跋马时㉔，回望秦川树如荠㉕。依稀南指阳台云㉖，鲤鱼食钩猿失群㉗。湘妃庙下已春尽㉘，虞帝城前初日曛㉙。谢游桥上澄江馆㉚，下望山城如一弹㉛。鹧鸪声苦晓惊眠，朱槿花娇晚相伴㉜。顷之失职辞南风，破帆坏桨荆江中㉝。斩蛟破璧不无意，平生自许非匆匆㉞。归来寂寞灵台下，著破蓝衫出无马㉟。天官补吏府中趋㊱，玉骨瘦来无一把㊲。手封狴牢屯制囚，直厅印锁黄昏愁㊳。平明赤帖使修表，上贺嫖姚收贼州㊴。旧山万仞青霞外，望见扶桑出东海㊵。爱君忧国去未能，白道青松了然在㊶。此时闻有燕昭台㊷，挺身东望心眼开㊸。且吟王粲《从军》乐㊹，不赋渊明《归去来》㊺。

彭门十万皆雄勇㊻，首戴公恩若山重㊼。廷评日下握灵蛇㊽，书记眠时吞彩凤㊾。之子夫君郑与裴㊿，何甥谢舅当世才㉛。青袍白简风流极㉜，碧沼红莲倾倒开㉝。我生粗疏不足数㉞，《梁父》哀吟《鸲鹆舞》㉟。横行阔视倚公怜㊱，狂来笔力如牛弩㊲。借酒祝公千万年㊳，吾徒礼分常周旋㊴。收旗卧鼓相天子㊵，相门出相光青史㊶。

注释

① 转韵：换韵。四同舍：即诗中所言郑、裴、何、谢四人。同舍，同僚。

② "沛国"句：沛国，汉初分封的侯国，治所在相县（在今安徽淮北）。当地有大泽（在今江苏徐州西北）。泽，湖泊。

③ "蒲青"句：春一色，一片春色。这句写诗人到沛地的季节和景象。

④ 隆准人：指汉高祖刘邦。刘邦为沛郡人，秦末在此地起兵，称

沛公。"高祖为人,隆准而龙颜。"(《史记·高祖本纪》)隆准,
高鼻梁。准,鼻子。

⑤ "沥酒"句:沥酒,洒酒于地,表祝愿或起誓。这里作祭奠解。
庙,指高祖庙,在今徐州城东。庙中客,作者自指。这句说汉
高祖已经一去不返,如今我唯有洒酒祭奠,以表敬仰。史称
刘邦知人善任,此句含有生不逢时的慨叹。

⑥ "征东"句:征东,汉代设有征东将军。这里借指镇守东部徐
州的武宁军节度使卢弘正(一作"止")。同舍,指幕府的同
僚。鸳与鸾,意同鸳侣鸾朋,比喻同舍的才俊。

⑦ 悬征鞍:挂起马鞍,不再出行。即留在这里。

⑧ "蓝山"二句:蓝山,蓝田山,位于秦岭北麓,在长安东南,以产
玉知名,又名玉山。宝肆,珠宝店。肆,铺子,商店。琅玕,神
话传说中的仙树,其实似珠,这里指珠玉。玉以青玉为贵,青
琅玕即青玉。这二句是同僚的话,劝说李商隐不必一定要留
在京城寻找出路,你毕竟是玉中的青玉,人才中的人才,在这
里会有颖脱而出的机会。也有这样的解释:卢弘正的幕府如
同珠宝店,人才济济,自己不宜混迹其中,是赞美同僚的自谦
之词。但这种说法和下句不合。

⑨ "武威"句:武威将军,指卢弘正。这句说卢弘正是节度使中
有侠气的人。

⑩ "少年"句:箭道惊杨叶:《战国策·西周》载:"楚有养由基者,
善射,去杨叶百步射之,百发百中。"唐人称科举考为穿杨。
这句说卢弘正擅长作文,少年登第。

⑪ "战功"句:这句说卢弘正立下大功后评论文章。数,计量,这里是评判的意思。

⑫ "怜我"句:《庄子·齐物论》:"昔者庄周梦为蝴蝶,栩栩然(自得)蝴蝶也。自喻(愉悦)适(合乎,合适)志(心意)与,不知周也。俄然觉,则蘧蘧然(惊怪)周也。不知周之梦为蝴蝶与?蝴蝶之梦为周与?"这里以庄周梦蝶,比喻自己不能实现理想。这句说卢弘正同情自己的困顿,招自己入幕府任职。

⑬ "诘旦"二句:诘旦,明朝,第二天清晨。天门,指宫门。煌煌,形容明亮,光彩鲜明。这二句说卢弘正立即呈上奏章,聘请李商隐入幕任职,并派华丽的车马迎接李商隐上任。

⑭ "路逢"二句:邹枚,见《寄令狐郎中》注④。不暇揖,来不及凭吊。大梁,唐代为汴州(治所在今河南开封),这里指西汉时的梁国,梁孝王所建梁园的所在地。这二句是倒装句,言寒冬腊月路过古梁国,因急于赶路,来不及留下凭吊邹阳、枚乘这两个前贤。从中可见卢弘正急于让李商隐上任的诚意,以及他对诗人的器重。

⑮ 公:指卢弘正。会昌,昭应县的旧名,即今陕西临潼。文宗大和八年,卢弘正出任昭应县令。

⑯ 虚怀待:言卢弘正以谦虚博大的胸怀待诗人。

⑰ "众中"二句:众中,大庭广众之下。高唐,战国时楚国人宋玉作《高唐赋》,写楚王在梦中与巫山高唐神女相遇之事。李商隐《有感》:"一自《高唐赋》成后,楚天云雨尽堪疑。"屈宋,战国时楚国诗人、辞赋家屈原、宋玉。由,通"犹",犹如。年辈,

年纪和辈分。由年辈,犹如年辈相当。这二句说卢弘正赞赏自己所作类似《高唐》、含有寓意的诗赋作品,以为可以追配屈宋。

⑱ "公事"句:武皇,指唐武宗李炎。铁冠,古代御史所戴的法冠,以铁为帽骨,故名。亦称"柱后",借指御史。会昌四年,卢弘正为邢洺磁观察留后,唐制,观察使多带御史中丞衔,故称铁冠。

⑲ "历厅"句:历厅,经过厅堂。当时李商隐任秘书省正字,卢弘正任御史中丞,历厅,即从御史台去秘书省。相所难,帮助解决疑难问题。相,辅助。

⑳ "我时"句:书阁,指秘书省的藏书阁。秘书省正字的工作,主要是校雠典籍,刊正文章。

㉑ "卧枕"句:芸香,一种驱除蠹鱼(书虫)的香草。阑,尽。这句说在秘书省值夜。

㉒ "明年"句:明年,指宣宗大中元年。赴辟,应聘。辟,辟除,征召授官。昭桂:昭州(今广西平乐)、桂州(今广西桂林)。这句说应聘入桂管观察使郑亚的幕府。

㉓ "东郊"句:东郊,指长安东郊。兄弟,指诗人之弟李羲叟,这年登进士第,当时正在长安。

㉔ "韩公"句:韩公堆,驿站名,在蓝田县南。跋马,勒马回转。

㉕ "回望"句:秦川,今陕西秦岭以北的关中平原。荠,荠菜。这句说登高回头远望,长安郊野的树木如同小草。

㉖ "依稀"句:依稀,仿佛。阳台云,见《过楚宫》注①。这句写心

神不宁。

㉗ "鲤鱼"句：古人以鲤鱼跃龙门比喻飞黄腾达,如今却是"食钩",比喻为生计所迫,不得已入幕府。猿失群,比喻和亲人分离。

㉘ 湘妃庙：在湖南湘阴北,祭祀娥皇、女英。相传帝尧之二女,帝舜之二妃,名娥皇、女英。舜巡察南方,在苍梧之野(今湖南九嶷山附近)去世,二妃投入湘水自尽,成为湘水之神。

㉙ "虞帝"句：虞帝城,指桂林城。桂林虞山下有舜祠。曛,落日的余光。以上二句说自己到桂州已经入夏,正是傍晚时分,太阳刚下山的时候。

㉚ "谢游"句：南朝齐谢朓《晚登三山还望京邑》："余霞散成绮,澄江静如练。"谢朓曾贬官广州,可能去过桂林,谢游桥、澄江馆,或许是当年谢朓在桂林的遗迹。

㉛ 一弹：一个弹丸,形容极小。

㉜ "鹧鸪"二句：鹧鸪,鸣声凄苦,"俗谓其鸣曰行不得也哥哥"(《本草纲目》),前人常用以表示行路艰难。朱槿,红色的木槿花,朝开暮落,夜间花苞待放,故说"晚相伴"。这二句写客居他乡的寂寞和由此产生的思乡之情。

㉝ "顷之"二句：顷之,不久。失职,失去职务。南风,借指位于南方的桂州。荆江,指长江自湖北枝江到湖南城陵矶的一段。大中二年二月,郑亚被贬为循州刺史,李商隐离职北归,过洞庭湖,入荆江。破帆坏桨,既写江上遇险,也含仕途挫折之意。

㉞ "斩蛟"二句:西晋张华《博物志》:"澹台子羽渡河,赍千金之璧于河,河伯欲之,至阳侯波起,两鲛挟船,子羽左掺璧,右操剑,击鲛皆死。既渡,三投璧于河伯,河伯跃而归之,子羽毁而去。"后以"斩蛟破璧"形容气概豪迈。不无意,不在意,即既不怕风浪,也不爱珍宝。下句说平生自许甚高,这种气概豪迈不是匆忙之间产生的。

㉟ "归来"二句:灵台,天文台,唐代称司天台。东汉第五颉为"谏议大夫。洛阳无主人,乡里无田宅,客止(居)灵台中,或十日不炊"(《后汉书·第五伦传》注引《三辅决录》)。上句写自己在京城没有房产。著(zhuó),"着"的本字,穿着。蓝衫,青袍。唐代八品九品的官服。李商隐回长安后,任盩厔(今陕西西安周至)县尉,正九品下,穿青袍。这二句写回京后的困顿。

㊱ "天官"句:天官,《周礼》载:分设六官,以天官冢宰居首,总御百官。唐武后光宅元年改吏部为天官,不久复旧,后世因称吏部为天官。补吏,补选官吏。这句说自己被选为京兆府的属官,在府中奔走。

㊲ "玉骨"句:玉骨,高洁的骨骼。无一把,言腰身之细,即极瘦。禀高洁的品性,却又如此潦倒,这句颇有不平之意。

㊳ "手封"二句:狴(bì)牢:监狱。传说龙生九子,第七子名狴犴(àn),形似虎,平生好讼,又有威力,旧时狱门上部虎头形的装饰便是其图像。屯,聚集。制囚,皇帝诏令拘押的犯人。制,帝王的命令。直厅,在府厅值夜班。印锁,盖印加锁。当

时李商隐任法曹参军,主管审案牢狱等事。

㉟ "平明"二句:赤帖,红色的文书纸。上句说上司让李商隐起
草祝贺的表文。嫖姚,西汉霍去病曾任嫖姚都尉,故后世称
之为霍嫖姚。《旧唐书·宣宗本纪》:"大中三年正月,吐蕃宰
相论恐热以秦、原、安乐三州及石门等七关军民归国。诏灵
武节度使朱叔明、邠宁节度使张景绪等各出兵应接。"下句即
说此事。

㊵ "旧山"二句:旧山,指作者诗人故乡怀州附近的王屋山。《云
笈七签》:"元始天王,禀天自然之胤,结形未沌之霞……东游
碧水豪林之境,上憩青霞九曲之房。"这里以"青霞外"借指道
教圣境。扶桑,神话中的树名,为太阳升起的地方。这二句
追记年轻时在王屋山求仙学道的情景。在此之前,李商隐曾
作《李肱所遗画松诗》,追忆学仙往事,其中有这二句:"形魄
天坛上,海日高瞳瞳。"天坛为王屋山绝顶,可观日出。据此
可知,诗人当时曾登上天坛看日出。

㊶ "爱君"二句:白道青松,指王屋山上的白石山路和青松。这
二句是倒装句,言在王屋山求仙学道的情景清晰地呈现在眼
前,但现在因爱君忧国,不能弃官归隐。

㊷ "此时"句:燕昭台,战国时燕昭王建黄金台以招徕天下贤才。
故址在今河北定兴。这里比喻卢弘正出镇徐州,招纳人才。

㊸ "挺身"句:徐州在长安东面,故说"东望"。心眼开,言眼睛一
亮,心中顿时觉得有了希望。

㊹ "且吟"句:东汉末年,王粲随曹操出征,作《从军诗》五首,其

134

中云："从军有苦乐,但问所从谁。"

㊺ "不赋"句:东晋陶渊明不愿为五斗米折腰,弃官归隐,作《归去来辞》。以上二句说自己乐意去卢弘正幕府,不想归隐。

㊻ "彭门"句:徐州古称彭城。这句说卢弘正部属众多,个个英勇。

㊼ "首戴"句:《旧唐书·卢弘正传》:"徐方自王自兴之后,军士骄怠,有银刀都尤甚,前后屡逐主帅。弘正……去其首恶,喻之忠义。讫于受代,军旅无哗。"这句说部属感戴卢弘正恩重如山。

㊽ "廷评"句:廷评,即大理评事。唐代幕府中的官常带有"试大理评事"衔。日下,旧时以日指帝王,日下即帝王治下,指京城。大理评事属朝官,故言"日下"。握灵蛇,曹植《与杨德祖书》:"人人自谓握灵蛇之珠。"李善注:"《淮南子》曰:'隋侯之珠。'高诱曰:'隋侯见大蛇伤断,以药傅而涂之。后蛇于大江中衔珠以报之。'"后用以比喻才学出众。

㊾ "书记"句:书记,节度使幕府掌书记。吞彩凤,《晋书·罗含传》:"少有志尚,尝昼卧,梦一鸟,文彩异常,飞入口中。因惊起,说之。(叔母)朱氏曰:'鸟有文彩,汝后必有文章。'自此后藻思日新。"以上二句赞美卢弘正幕僚的文才。

㊿ "之子"句:《诗经·魏风·汾沮洳》:"彼其之子,美如玉。"《楚辞·九歌·云中君》:"望夫君兮叹息。"这里之子、夫君,用作美称,指郑、裴两位同僚。

51 "何甥"句:南朝宋何无忌为东晋名将刘牢之的外甥,很像他

135

的舅舅。甥，一作“生”。东晋名相谢安是羊昙的舅舅。这句赞美两位有甥舅关系的同僚。

(52) “青袍”句：幕僚官阶低，只能穿青袍，持竹简（竹木手板），但都是文采风流之士。

(53) “碧沼”句：《南史·庾杲之传》：“杲之，字景行……（王俭领吏部）用杲之为卫将军长史。安陆侯萧缅与俭书曰：‘盛府元僚，实难其选。庾景行泛绿水，依芙蓉，何其丽也。’时人以入俭府为莲花池，故缅书美之。”这里以“碧沼红莲”比喻幕府中的同僚。倾倒开，言这些人各呈异彩，令人为之倾倒。

(54) 不足数：无足称道。谦称自己无法与同僚相比。

(55) “梁父”句：《梁父吟》，汉代乐府歌辞，传说为诸葛亮所作。《三国志·蜀志·诸葛亮传》：“亮躬耕陇亩，好为《梁父吟》。”《晋书·谢尚传》：“善音乐，博综众艺。司徒王导深器之，比之王戎……谓曰：‘闻君能作鸲鹆舞，一坐倾想，宁有此理不？’尚曰：‘佳。’便著衣帻而舞。导令坐者抚掌击节，尚俯仰在中，傍若无人，其率诣如此。”这句说自己在幕府吟咏起舞，颇为自得。也有相反的理解：言自己虽有诸葛亮的政治抱负，但没有像谢尚那样的表现机会，只能作诗哀吟。不过联系上下文，似乎不太协调。

(56) “横行”句：横行阔视，纵横驰骋，放眼四望。这句说自己依仗卢弘正的爱护，意气飞扬。

(57) 牛弩：用牛筋为弦、牛角为弓的弓弩。这里借以形容笔力雄健。

(58) 千万年：千秋万岁，即祝卢弘正长寿。

(59) “吾徒”句：吾徒，吾辈。礼分，礼节。周旋，追随。这句说按礼节我们应该追随府主，为其效力，以报答知遇之感。

(60) “收旗”句：收旗卧鼓，指凯旋归朝，不用战时的旗鼓。相，辅佐。

(61) “相门”句：卢弘正为范阳人，范阳卢氏为世家大族，人才辈出，在唐代曾出过八个宰相，有“八相佐唐”之说。这句是预祝卢弘正入朝为相，光耀青史。

解读

冯浩《年谱》将此诗编入大中五年（851），张采田《年谱会笺》、刘学锴余恕诚《集解》编入大中四年。大中三年十月，李商隐应聘入武宁节度使卢弘正幕府，任节度判官。卢弘正和李商隐早有交往，对他十分赏识，虽然此时官阶依然不高，但职权颇为重要，这让诗人心中燃起了新的希望，精神为之一振，长期被压抑的豪情很快释放出来，在这首诗中得到尽情的表现。清田兰芳说此诗“皆为卢弘正发，纬以平生所历”（冯浩《玉溪生诗集笺注》引），不免本末倒置。这是一首类似自传的诗，自叙平生经历，抒写性情抱负，才是诗的主线，而关于卢弘正及同僚的叙述，只是起牵引和收束的作用。其中写了原先和卢弘正的交往，赴桂途中的情景，在桂州幕府的生活、离桂北归所遇的险况，返京蹋居的困窘，应卢弘正聘请而涌起的激情，以及对卢弘正和同僚的赞美。虽然这段经历十分坎坷，但诗人的政治抱负、忧国情怀始终不渝。从中呈现的诗人形象，和通常印象中多愁善感的诗人形象显然有别，是研究李商隐生平经历和思想的重要资料。

李商隐的诗，以近体见长，古风不多，此诗和《行次西郊作一百韵》《韩碑》，在集中别具一格，是罕见的例外。纪昀说这首诗是长庆体。长庆体诗注重形象和细节的描写，铺叙排比，淋漓尽致，风情宛转，跌宕多姿，灵活生动，圆转流利，如行云流水，无不如意。这些也正是此诗的长处。纪昀又说："而沉郁顿挫之气，时时震荡于其中……觉与盛唐诸公面目各别，精神不殊。"（《玉溪生诗说》）这就非元（稹）白（居易）长庆体所及了。开篇苍苍茫茫，感慨深沉。"腊月大雪过大梁""回望秦川树如荠"，笔意空阔；"怜我秋斋梦蝴蝶""卧枕芸香春夜阑"，情意凄婉；"旧山万仞青霞外，望见扶桑出东海"，运思飘忽；"斩蛟断璧不无意，平生自许非匆匆"，豪放不羁；诗末自谓"横行阔视倚公怜，狂来笔力如牛弩"，这二句也可用来形容这首诗。诗中或直叙目前，或追记以往，行文波澜起伏，笔势不可阻挡，以斐然的文采，叙写壮阔多变的场景、不同流俗俗的情怀，语多豪迈，俊快绝伦，挥洒自如，夭矫如龙。管世铭说此诗"开合顿挫中，一振当时凡陋之习"（《读雪山房唐诗序例》）；田兰芳说"傲岸激昂，儒酸一洗"，可谓知言。冯浩赞道："顺序中变化开展，语无隐晦，词必鲜妍，神来妙境，本集中少有匹者。"（《玉溪生诗集笺注》）作为一首类似长庆体的诗，此诗四句一转韵，平韵与仄韵交错，音节流美，颇为前人称道。最后四句变成二句转韵，一平一仄，以促节收束，有徐徐不尽之意。"唐人律诗,有仄韵者,有通篇无对偶者,其声调皆今体,故皆名律诗。前人论之甚详。"钱良择据此认为:"此律诗也。题曰转韵,自明其为律诗也。"(《玉溪生诗集笺注》引《审体选本》)方世举则说此诗是"七古似七律音调者"(《兰丛诗话》)。长庆体原本为元白体,不限体裁,后来虽多为歌行,但在韵律、形式上还带有律体的成分。这种特色,在这首诗中表现得十分明显。

戏题枢言草阁三十二韵[①]

君家在河北[②],我家在山西[③]。百岁本无业[④],阴阴仙李枝[⑤]。尚书文与武[⑥],战罢幕府开。君从渭南至[⑦],我自仙游来[⑧]。平昔苦南北,动成云雨乖[⑨]。逮今两携手,对若床下鞋[⑩]。夜归碣石馆,朝上黄金台[⑪]。我有苦寒调,君抱阳春才[⑫]。年颜各少壮,发绿齿尚齐[⑬]。我虽不能饮,君时醉如泥。政静筹画简[⑭],退食多相携[⑮]。扫掠走马路[⑯],整顿射雉罦[⑰]。春风二三月,柳密莺正啼。清河在门外[⑱],上与浮云齐[⑲]。欹冠调玉琴[⑳],弹作《松风》哀[㉑]。又弹《明君怨》㉒，一去怨不回。感激坐者泣㉓，起视雁行低。翻忧龙山雪，却杂胡沙飞㉔。仲容铜琵琶㉕，项直声凄凄㉖。上贴金捍拨㉗，画为承露鸡㉘。君时卧枨触㉙，劝客白玉杯。苦云年光疾，不饮将安归？我赏此言是，因循未能谐㉚。君言中圣人，坐卧莫我违㉛。榆荚乱不整㉜，杨花飞相随。上有白日照，下有东风吹。青楼有美人，颜色如玫瑰。歌声入青云，所痛无良媒。少年苦不久，顾慕良难哉㉝。徒令真珠肭㉞，涊入珊瑚腮㉟。君今且少安，听我苦吟诗。古诗何人作？老大徒伤悲㊱。

注释

① 枢言：冯浩《笺注》引钱良择注，以为是草阁主人的字。据诗意，当时李商隐在卢弘正幕府时的同僚。

② 河北：黄河之北。

③ 山西：太行山之西。这里指陇西(今甘肃省天水、兰州等地区)。李商隐与唐王室同宗，出自陇西李氏。

④ "百岁"句：百岁，一生。业，家业。这句说一生贫困。

⑤ "阴阴"句：阴阴，绿荫遮掩。仙李，《神仙传》："老子生而能言，指李树曰：'此为我姓。'"仙李枝，比喻老子的后人。这句说老子后人众多。以上二句说自己和枢言虽然贫困，但

出身高贵。

⑥ "尚书"句：尚书，指卢弘正。卢曾任兵部尚书。这句说卢弘正兼有文武之才。

⑦ 渭南：在今陕西。

⑧ 仙游：在今陕西周至。

⑨ 云雨乖：云在天，雨落地，两相乖离。乖，背离。

⑩ "对若"句：言关系亲密，朝夕相处，就像床下的鞋那样不分离。

⑪ "夜归"二句：陈子昂诗："南登碣石馆，遥望黄金台。"(《燕昭王》)碣石馆，即碣石宫。《史记·孟子荀卿列传》载：战国时，齐人驺衍至燕国，"昭王拥彗先驱，请列弟子之座而受业，筑碣石宫"。黄金台，《清一统志·顺天府三》引《上谷郡图经》："黄金台在易水东南，燕昭王置千金台上，以延天下士。"这二句说自己与枢言夜归馆舍，朝入幕府。

⑫ "我有"二句：《子夜警歌》："谁知苦寒调，共作《白雪》弦。"这里以苦寒调比喻凄苦之音。宋玉《对楚王问》，称曲调高雅的歌曲为《阳春》《白雪》。

⑬ 发绿：头发黑色。

⑭ "政静"句：言幕府政事清净，举措简单。

⑮ 退食：退朝就食于家，或公务余暇休息。

⑯ "扫掠"句：扫掠，洒扫。走马路，马走的路。

⑰ 射雉翳：射野鸡时用来隐身的屏障。

⑱ 清河：在徐州城角，汴水和泗水的交流处。

⑲ "上与"句:言远远望去,水天相接。

⑳ "欹冠"句:欹(qī)冠,歪戴帽子。欹,倾侧。

㉑ 松风:《乐府诗集》琴曲有《风入松》。

㉒ 明君怨:《乐府诗集》琴曲有《昭君怨》。晋代避文帝司马昭
讳,改名明君。

㉓ "感激"句:在座的人因感动而哭泣。

㉔ "翻忧"二句:鲍照诗:"胡风吹朔雪,千里渡龙山。"(《学刘公
干体》)龙山,在云中(今山西大同与朔州怀仁一带),当时为
胡地。

㉕ "仲容"句:仲容,西晋阮咸字。阮咸精通音律,善弹琵琶,时
号"妙达八音",有"神解"之誉。《国史纂异》:"元行冲宾客为
太常少卿时,有人破古冢,得铜器,似琵琶,身正圆,人莫能
辨。元行冲曰:'此阮咸所作器也。'乃令匠人改以木,为声清
雅,今呼为'阮咸'者是也。"

㉖ 项直:《乐府杂录》;"琵琶有直项者,有曲项者。"项,指琵琶上
端,又称颈部。

㉗ 金捍拨:弹琵琶时拨弦所用的器物,上面镀金。

㉘ 承露鸡:《江表传》:"南郡献长鸣承露鸡。"

㉙ 枨(chéng)触:感触。南方人以物触物为枨。

㉚ "因循"句:因循,轻率,随便。未能谐,言不能与枢言一致,即
不能陪同枢言饮酒。和前面"我虽不能饮"呼应。

㉛ "君言"二句:中圣人,言饮酒而醉,是酒醉的隐语。中,如"中
暑""中毒"之中。《三国志·魏书·徐邈传》:"魏国初建,(徐

142

邈)为尚书郎,时科禁酒,而邈私饮至于沈醉。校事赵达问以曹事,邈曰:'中圣人。'达白之太祖,太祖甚怒。度辽将军鲜于辅进曰:'平日醉客谓酒清者为圣人,浊者为贤人,邈性修慎,偶醉言耳。'"下句自谓无论坐还是睡,都离不开酒。

㉜ 榆荚:又称榆钱,榆树的种子。

㉝ 顾慕:眷念爱慕,向往。

㉞ 真珠肶:冯浩《笺注》引徐逢源注:"真珠,泪也。肶,脏也。泪出痛肠之意。"

㉟ "浥入"句:浥,润湿。珊瑚,指美丽的脸颊。珊瑚颜色鲜艳美丽。此句即泪流满面。

㊱ "老大"句:《古乐府》:"少壮不努力,老大徒伤悲。"

解读

　　冯浩《年谱》将此诗编入大中五年(851),张采田《年谱会笺》、刘学锴余恕诚《集解》编入大中四年。此诗为枢言而写。枢言生平不可考,据诗意,当与诗人同姓。诗的前半部分,主要叙写诸如饮酒、听歌、弹琴、走马之类的游戏之事,而这些其实都不是诗人旨意所在,所以称作"戏题"。起首四句,写家世出身,已隐寓不甘沉沦之意。随后写自己和枢言在卢幕的聚合游乐。"年颜各少壮"二句,插在这里,主要是为末句作伏笔。纪昀说"凡平叙长诗,如无一段振起,则索然散漫。名篇皆留意于是"(《玉溪生诗说》)。此诗振起,全在中间一段。"春风二三月,柳密莺正啼",显然出自南朝丘迟的名句:"暮春三月,江南草长,杂花生树,群莺乱飞。"(《与陈伯之书》)丘迟文下面还有几句:"见故国之旗鼓,感平生于畴日,抚弦登陴,岂不怆恨!"此诗则写眼见天水一色,归雁低飞;耳听琴声哀切,诉说昭君别怨;浮想联翩,似见飞雪挟带胡沙,如闻琵琶声声悲凄。情景相生,曲折尽情。不似丘文直截了当,但感伤之意,尽在其中。纪昀说这段"淋漓飞动,乃一篇之警策"(《玉溪生诗说》)。接着写枢言劝酒,并转述其言,有"君不见高堂明镜悲白发,朝如青丝暮成雪。人生得意须尽欢,莫使金樽空对月"之意。下面一段,便是对枢言感叹的回应。榆荚乱飞,杨花相随,春将归去,在景物的描写中,暗示韶华易逝、时不我待之意。青楼美女,歌声入云,才情超逸;只是不见良媒,幽居闺中,蹉跎青春,独自思量,痛彻心扉。前面"政静筹画简"二句,言幕府政事清净,举措简单。对志在天下的诗人来说,未免虚度光阴。梁园虽好,非久居之地。诗中以美人自喻,痛惜不遇良媒,还是希望有人荐举,回朝廷任职。仕进无门,壮志难酬,少年容颜,转瞬便成老大伤悲,能不惊心。由于身处卢幕,颇得礼遇,故虽怀暮春之感,毕竟不同秋意衰飒,对前景仍抱希望,故诗中的人物形象,依然落拓不羁,英姿豪迈。此诗音节流美,行文灵动,纪昀谓之长庆体。何焯则认为"气味逼古,后幅纯乎汉魏乐府"(《李义山诗集辑评》)。冯浩评此诗:"音节古雅,情景潇洒,神味绵邈,离合承引,极细极自然,五古中上乘也。"(《玉溪生诗集笺注》)

板桥晓别①

回望高城落晓河②，长亭窗户压微波③。水仙欲上鲤鱼去④，一夜芙蓉红泪多⑤。

注释

① 板桥：冯浩《笺注》："板桥虽非一家，而唐人记板桥三娘子者，首云汴州(今河南开封)西有板桥店，行旅多归之，即梁园城西也。义山往来东甸，其必此板桥矣。"

② "回望"句：高城，指汴州城。晓河，指银河。

③ "长亭"句：长亭，秦制在驿站路上大约每十里设一亭，负责给驿传信使提供馆舍、给养等服务。后来也成为人们郊游驻足和分别相送之地。压微波，言窗户与水面接近。

④ "水仙"句：《列仙传》："琴高者，赵人也，以鼓琴为宋康王舍人，行涓彭(涓子、彭祖，传说中的古代仙人)之术，浮游冀州、涿郡之间二百余年。后辞入涿水中取龙子，与诸弟子期曰：'皆洁斋待于水旁，设祠。'果乘赤鲤来，出坐祠中，旦有万人观之。留一月余，复入水去。"

⑤ "一夜"句：芙蓉，比喻女子脸容。白居易《长恨歌》："芙蓉如面柳如眉。"红泪，《拾遗记》："魏文帝美人薛灵芸，常山人也。别父母升车就路，以玉唾壶承泪，壶则红色，及至京师，壶中泪凝如血。"

《板桥晓别》

解读

刘学锴余恕诚《集解》将此诗编入大中四年(850)。程梦星说:"此诗与香山诗合看,板桥当是唐时冶游之地。香山诗虽淡荡,其实情语也。义山《晓别》,尤见情致。"(《李义山诗集笺注》)香山诗即白居易的《板桥路》,诗云:"梁苑城西三十里,一渠春水柳千条。若为此路今重过,十五年前旧板桥。曾共玉颜桥上别,不知消息到今朝。"王士禛认为李商隐所写板桥,和白居易笔下的板桥,为同一地方(见《渔洋诗话》)。而且都是写旅途中的一夜之情,只是白诗是多年后的追忆和怀念,此诗则写眼前的离别和留恋。屈复解此诗:"一晓别,二板桥,三行矣,四别恨,指所别言。"(《玉溪生诗意》)起句写银河渐落,晓星初沉,正是别离时分,有"伤情处,高楼望断"的凄切。次句长亭,即是板桥。窗压微波,正见兰舟催发,昨夜缠绵之所,今成分飞之地。"过尽长亭人更远,特地魂销。"虽未着一个"愁"字,已觉纸上生愁。下联水仙代指游客,鲤鱼代指行舟,芙蓉带雨,形容泪流满脸。多情自古伤离别,更那堪为君流泪到天明。此时此地,又怎能分别?此诗虽写冶游之事,但妙不伤雅,唯觉一往情深,毫无轻薄之意。即使在礼教森严的清代,也令人动容。连对义山情诗常抱偏见的纪昀也说:"何等风韵,如此作艳语,乃佳。"(《玉溪生诗说》)李郢赠李商隐诗,写板桥情事,云:"梁苑城西蘸水头,玉鞭公子醉风流。几多红粉低鬟恨,一部清商驻拍留。王事有程须饤饤,客身如梦正悠悠。洛阳津畔逢神女,莫坠金楼醉石榴。"(《板桥重送》)可参看。

蝉

　　本以高难饱①，徒劳恨费声②。五更疏欲断③，一树碧无情④。薄宦梗犹泛⑤，故园芜已平⑥。烦君最相警⑦，我亦举家清⑧。

注释

① "本以"句：以，因为；又通"已"，已经。在此二者均通。《吴越春秋·夫差内传》："夫秋蝉登高树，饮清露，随风挈挠，长吟悲鸣。"古人以为蝉在高处饮食露水为生。

② "徒劳"句：恨费声，因恨而耗费(发出)更多的鸣声。费，同"费力""费劲"的费。这句说蝉竭力鸣叫，但徒劳无用。

③ 疏欲断：言蝉声稀疏，快要断绝(结束)。

④ "一树"句：言绿树对蝉的悲鸣无动于衷。

⑤ "薄宦"句：薄宦，卑微的官职。梗犹泛，《战国策·齐策》："有土偶人与桃梗相与语。桃梗谓土偶人曰：'子，西岸之土也，挺子以为人，至岁八月，降雨下，淄水至，则汝残矣。'土偶曰：'不然，吾西岸之土也，土则复西岸耳。今子，东国之桃梗也，刻削子以为人，降雨下，淄水至，流子而去，则子漂漂者将何如耳。'"后以梗泛比喻漂泊不定。梗，树木的枝茎。

⑥ "故园"句：故园，原来的家园，故乡。芜已平，野草已经掩没了土地。芜，杂草丛生。陶渊明《归去来辞》："田园将芜胡

不归?"

⑦ "烦君"句:君,指蝉。警,告诫。这句说蝉的鸣声最能触动自己的身世之感。

⑧ 举家清:全家清贫。举,全。

解读

　　冯浩《年谱》将此诗编入大中五年(851),刘学锴余恕诚《集解》编入大中四年。作咏物诗,如果仅仅只是描摹物色,即使刻画尽致,终非上乘,只有遗形取神,超相入理,因物见人,方能生色。纪昀说此诗首联"斗入有力,意在笔先"(《玉溪生诗说》),可见当诗人搦笔之时,其情其意,已移入诗中。而此情此意,又全取决于诗人的身世、感受,因此他不可能像久享清福的虞世南那样,朗咏"居高声自远,不是藉秋风";也不会像骆宾王那样,慨叹"露重飞难进,风多响易沉"。蝉性高洁,蜕于浊秽,餐风饮露,清心拔萃,临风长吟,声声含悲,这才是诗人认可的秉性。餐风饮露,当然不能果腹,二者又全因栖居高处的缘故,即使悲鸣不已,又何曾能得到同情。诗人生性清高,但终身潦倒,纵然吟诗作文,以抒长恨,世无知音,又有何用? 可谓"与蝉同操,与蝉同病"。颔联为流水对,以追魂之笔、奇警之语写沉痛之怀,堪称神来之句。"疏欲断"承上"声"字,"碧无情"承上"恨"字。钟惺说"碧无情"三字"冷极,幻极"(《唐诗归》)。这三字用冷色来渲染一种幻渺的意境,但其冷其幻,还不仅此。蝉一夜悲鸣,声嘶力竭,直至五更,稀疏欲绝。如此哀怨,谁能不为之动容、为之改色?"树若有情时,不会得青青如许"。可无情之树,依然青碧,对蝉的悲鸣,完全无动于衷,以示自己屡屡陈情,心力交瘁,却始终得不得理解。世态如此,令人心寒,故谓之冷极。树本无知之物,其青其碧,与蝉何关?与人何关?但诗中通过哀蝉的感觉,去写碧树的情态,空际传神,笔墨通灵,可谓代物揣意,善诉衷情,故谓之幻极。正因为诗人自身多情,故觉鸣蝉分外有情,似乎正在告诫自己:既然居高难饱,何不及早归去?如今我为薄宦所累,如桃梗入河,漂泊不定,怎不思归?只是故乡田园早已荒芜,又怎能归去?声声鸣蝉,催人长恨,只是枉然;而以清高之故困于贫贱,也是理所当然。末联照应首联,以"清"对"高",以"警"接"声",人蝉双写,宛转相关,神理俱足,感慨遥深。

房中曲①

蔷薇泣幽素②,翠带花钱小③。娇郎痴若云,抱日西帘晓④。枕是龙宫石,割得秋波色⑤。玉簟失柔肤,但见蒙罗碧⑥。忆得前年春⑦,未语含悲辛。归来已不见,锦瑟长于人⑧。今日涧底松⑨,明日山头蘗⑩。愁到天地翻,相看不相识⑪。

注释

① 房中曲:古代曲名。《旧唐书·音乐志》:"平调、清调、瑟调,皆周《房中曲》之遗声也。"

② 幽素:清幽,幽寂。

③ "翠带"句:翠带,言蔷薇的枝条,如同翠色的衣带。花钱,古代民间用作娱乐而不通用的"钱币"。这句说枝上的花萼小如花钱。

④ "娇郎"二句:娇郎,指儿子。若云,形容迷糊。这二句说娇儿年幼无知,还不懂得失去母亲的伤痛,依然一觉睡到天亮。

⑤ "枕是"二句:上句以龙宫宝石,比喻夫人用过的枕头。下句说枕头光洁,仿佛留下了夫人明亮的眼神。秋波,形容女子的眼神清澈如水。

⑥ "玉簟"二句:玉簟,竹席的美称,形容其光滑如玉。柔肤,指夫人柔软的肤体。蒙,遮盖。罗碧,碧绿的罗衾(丝绸被子)。这二句写物在人亡。

⑦ 前年春:指诗人和夫人辞别之时。

⑧ "锦瑟"句:锦瑟,见《回中牡丹为雨所败二首》注④。长于人,言锦瑟存在的年月比人长。也写物在人亡。

⑨ 涧底松:左思《咏史》诗:"郁郁涧底松,离离山上苗,以彼径寸茎,荫此百尺条。世胄蹑高位,英俊沉下僚。地势使之然,由来非一朝。"以涧底松比喻德高而位卑的人。这里写自己如今不得志。

⑩ 檗(bò):黄檗,树皮内层可入药,味苦。这句说以后还将在苦

涩中生活。

⑪"愁到"二句：言这种愁苦，会一直延续下去，只有到天翻地覆的时候，才有可能和夫人相见，但那时彼此又不认识了。

解读

张采田《年谱会笺》将此诗编入大中五年(851)。大中七年十一月，李商隐自序《樊南乙集》，道："三年以来，丧失家道，平居忽忽不乐，始克意事佛，方愿打钟扫地，为清凉山(五台山)行者。"据此则其夫人王氏亡故，应在大中五年。又据诗中"忆得前年春"一句，可知诗人和夫人分别，在大中三年，诗人离京赴徐州卢弘正幕府之时。此诗作于大中五年诗人离开徐州回京之后，分别仅两年，夫人就已去世。诗人和夫人于开成三年(838)成婚，结缡十四年。中年丧妻，儿女幼稚，仕途坎坷，心情抑郁，夫人去世对他的打击，极为沉重，以至产生出家修行的念头。李商隐前后写过不少思念、哀悼夫人的诗篇，冯浩说这首诗是集中最早的一首悼亡诗。起句比而兴，以"蔷薇"比夫人，以"幽素"比黄泉，以"翠带花钱"比绕膝的儿女。隐喻夫人虽魂魄归去，生死相隔，但仍牵挂幼弱的子女，为此在黄泉悲泣。可怜小儿女，未解父母心。再看娇痴的儿郎，竟然迷迷糊糊，并不在意，连日光照入室内，也未影响他抱枕安睡。和"唯将终夜长开眼，报答平生未展眉"的父亲，全然不同。下面二联，从小儿的床转到夫人生前的卧榻。香枕光洁，仿佛留下了夫人脉脉含情的眼神；玉簪仍在，只是不见那曾相依相偎的肤体。物是人非，更觉伤怀。追忆前年离别,心中含悲,多少话,欲说还休,如今纵有深情密意,更与何人说?夫人为名门闺秀,尤其擅长弹奏丝竹,如今屋内锦瑟仍在,可它的主人,魂归何处?夫人已矣,诗人还得独自继续生活。最后二联,转到自身。朱彝尊说"今日涧底青松"二句,"言情至此,奇辟为前古所无"(沈厚塽《李义山诗集辑评》引)。如今我如涧底青松,抑塞难伸,又如山头黄檗,愁苦日长。"深知身在情常在",只要这情常在,那么愁也常在,苦也常在。汉乐府诗:"上邪!我欲与君相知,长命无绝衰!山无陵,江水为竭,冬雷震震,夏雨雪,天地合,乃敢与君绝。"这是表达忠贞爱情的自誓之词。同样对爱情矢志不移的诗人,反其意而用之:此恨绵绵,无有尽期,这彻骨深愁,会延续到天翻地覆之时,或许唯有到那时,两人才会有相见的机会,只怕那时彼此音容已改,即使相见,也互不认识了。结句致地老天荒之恨,"设必无之想,作必无之虑,哀悼之情于此为极"(《唐音审体》)。苏轼悼亡词"纵使相逢应不识,尘满面,鬓如霜",即本于此。就语言风格而言,这首诗幽艳纤冷,纪昀称之为"略有古意""未甚诡怪"的长吉体(《玉溪生诗说》)。

青陵台[①]

青陵台畔日光斜,万古贞魂倚暮霞。莫讶韩凭为蛱蝶，等闲飞上别枝花②。

注释

① 青陵台:在今河南商丘梁园。台后有韩凭妻何氏墓,是"相思树""比翼鸟"凄美爱情故事的发源地。晋干宝《搜神记》:"宋康王舍人韩凭,娶妻何氏,美,康王夺之。凭怨,王囚之沦为城旦(秦汉时的一种刑罚名,即筑城)……俄而凭乃自杀。其妻乃阴腐其衣。王与之登台,妻遂自投台,左右揽之,衣不中手而死。遗书于带曰:'王利其生,妾利其死。愿以尸骨,赐凭合葬。'王怒,弗听。使里人埋之,冢相望也。王曰:'尔夫妇相爱不已,若能使冢合,则吾弗阻也。'宿昔(早晚之间)之间,便有大梓木生于二冢之端,旬日而大盈抱,屈体相就,根交于下,枝错于上。又有鸳鸯,雌雄各一,恒栖树上,晨夕不去,交颈悲鸣,音声感人。宋人哀之,遂号其木曰'相思树'。相思之名,起于此也。"《太平寰宇记·河南道济州恽城县》引《搜神记》:韩凭妻自投台,"左右揽之,着手化为蝴蝶"。

② 等闲:轻易。

解读

　　韩凭和何氏的爱情,成为忠贞不渝的象征。不知后世梁山伯与祝英台的故事,是否即出于此。李白《白头吟》诗,写司马相如和卓文君的爱情波折,有"古来得意不相负,只今惟见青陵台"

的慨叹。李商隐的《蜂诗》，则有"青陵粉蝶休离恨，长定相逢二月中"的慰勉。但"万古贞魂"化成的蝴蝶，竟然"等闲飞上别枝花"，未免有违情理。而更让人不解的是，诗人还劝世人：无须对此感到惊讶。这又是什么缘故？诗中悬而未答，冯浩给出的解释是："此诗之眼全在'莫讶'二字，言虽暂上别枝，而贞魂终古不变。盖自诉将傍他家门户，而终怀旧恩也。疑为令狐（楚）作于将游江南时矣。若作'莫许'，而徒以艳情解之，与上二句意不可贯。《太平御览》引《郡国志》：'青陵台在郓州须昌县。'与《寰宇记》所引，皆唐时郓州属也。疑义山受知令狐，实始郓幕，故以托意欤？"应该说符合作诗的本意。令狐楚为天平军节度使（驻地在郓州），聘年仅十七岁的李商隐入幕，让他和自己的儿子令狐绹一起学习，亲自教导，恩深义重。但后来诗人却成了令狐楚政敌王茂元的女婿，这就像"飞上别枝花"了。作这首诗，只是为了表明：自己虽然依傍他人，但对令狐楚的忠诚，永不会变，世人对自己的行为，切莫惊讶猜疑。纪昀说此诗"借事点染，生出波折，此化直为曲、化板为活之法"（《玉溪生诗说》）。

辛未七夕[①]

恐是仙家好别离，故教迢递作佳期[②]。由来碧落银河畔，可要金风玉露时③。清漏渐移相望久④，微云未接过来迟⑤。岂能无意酬乌鹊，惟与蜘蛛乞巧丝⑥。

注释

① 辛未，大中五年辛未。七夕，农历七月初七夜。古代神话传说，每年七夕，喜鹊会飞来搭成桥，让织女从桥上过银河，与牛郎相会。

② "故教"句：迢递，形容长远。佳期，男女相会的时候。牛郎织女每年只有在七夕才能相会，所以说"迢递作佳期"。

③ "由来"二句：由来，历来。碧落，道家言东方第一层天，碧霞满空，称为"碧落"。后来泛指天上。可要，岂要，哪要。金风，秋风。古代五行学说，四季之秋属金。玉露，秋露。七夕为中秋，金风玉露时即指七夕。

④ "清漏"句：古代以漏壶（漏刻）中滴水、沙的多少来计时，漏壶中有浮箭，随水面升降，浮箭上的刻度指示时间。清漏即夜间清晰的滴漏声。移即浮箭的移动。这句说时间过了很久。

⑤ "微云"句：这句说因为天上的云未接上，故织女还无法过银河。

⑥ "岂能"二句：酬，酬谢。乞巧，乞求女工的技巧。《荆楚岁时记》："七月七曰，为牵牛织女聚会之夜……是夕，人家妇女结彩缕，穿七孔针，或以金银瑜石（玉石）为针，陈瓜果于庭中以

乞巧,有喜子(蟢子,蜘蛛)网于瓜上,则以为符应。"这二句说织女在七夕渡河,应该感谢喜鹊,怎能漠视这一点,只知道向蜘蛛乞巧呢？巧丝,巧思。丝与思谐音,且女工多用丝线,故以巧丝代指巧思。

解读

　　冯浩《年谱》将此诗编入大中五年(851)。纪昀说此诗"超忽跌宕,不可方物。只是命意高,则下笔得势耳"(《玉溪生诗说》)。即此诗立意甚高,运思奇特,写得缥缈超逸,出人意外,难以捉摸。牛郎织女,七夕相会,这是流传已久的故事,寄托着世人对有情人被强行分拆的同情,以及帮助他们相聚的愿望。无论在此诗之前,还是之后,在艺术作品,还是民间习俗,说到七夕,都未背离这个主题。但此诗起句便翻新出奇,从仙界的角度,取代人间的神话。多情自古伤别离,这是凡人的感情,对人世来说,一年一度的相会,中间的等待未免过于漫长,而来去自由的神仙,对此根本就不在乎,恐怕这还是他们故意的安排,为自己逍遥自在留有时间。否则,碧落银河,良辰美景,从来都是理想的聚会之所,又何必一定要等到金风玉露来临之时呢？而且即使到了七夕佳期,仙界似乎依然有人对此漫不经心,一方在时间的流逝中焦急地等待,而另一方却并没有及时翔云驾雾来接迎。"今夕何夕？见此良人。"对世人来说,这是期盼已久的日子,怀着迫不及待的心情。而仙界居然"行道迟迟,中心有违"。人世间的凡夫俗子,对此真难以理解。不过,人世也有让人不解的地方。牛郎织女能在七夕相会,全靠喜鹊热情、无私的帮助,可那天人间的妇女向心灵手巧的织女求教,最后却将功劳归于蜘蛛,这就未免有悖常情了。此诗所写,似乎都是想入非非的事,但又环环相扣,叙写入理,并无荒诞不经之处。黄侃说此诗"用意之高,制格之密,即玉溪集中,亦罕见其比也"(《李义山诗集偶评》)。

七月二十九日崇让宅宴作①

露如微霰下前池②,风过回塘万竹悲③。浮世本来多聚散④,红蕖何事亦离披⑤?悠扬归梦惟灯见⑥,漂落生涯独酒知⑦。岂到白头长只尔⑧,嵩阳松雪有心期⑨。

注释

① 崇让宅:李商隐岳父王茂元在洛阳崇让坊的宅第。

② 霰(xiàn):下雪时在空中凝结的冰粒。

③ "风过"句:回塘,曲折回绕的水池。万竹,《韦氏述征记》载:崇让宅出大竹。

④ 浮世:人世,人间。

⑤ "红蕖"句:蕖,芙蕖,荷花。离披,分散,这里指零落。

⑥ 悠扬:起伏不定,飘忽。

⑦ 濩(huò)落:廓落。引申谓沦落失意。

⑧ 只尔:只是如此。

⑨ "嵩阳"句:嵩阳,嵩山之南。嵩山,在河南登封,五岳中的中岳。心期,心愿,期望。

解读

冯浩《年谱》、张采田《会笺》将此诗编入武宗会昌元年(841),刘学锴余恕诚《集解》编入大中五年(851),相差长达十年。题名"宴作",但从诗中的描写看,当作于曲终宴散、夜深人静之时。首联在对秋夜景物的描述中起兴。池塘生冷露,风篁传悲韵,写出凉夜自凄、节物悲秋的意境。额联上句致慨,下句写景,移情入景。见草木之盛衰,感人世之聚散,有亲故零落之意。如果此诗作于夫人王氏去世之后,那么红蕖似乎隐喻夫人,在"何事更离披"中,蕴含着"西风恶,欢情薄"的哀怨,"不吊昊天,不宜夺我爱"的愤懑。颈联是承额联抒发的感慨,极写此时自身的孤独和无助。如今我生涯沦落,栖栖皇皇,只能以酒消愁;魂梦恍惚,了无去处,唯有青灯相伴。而除了酒不拒人,注入愁肠,青灯有心,照人不眠,茫茫人世,还有谁关心我的境遇、同情我的苦衷?但诗人并未在这种痛苦中消沉下去。"人生岂得长无谓,怀古思乡共白头。"(《无题》)末联上句含意与此相同。嵩阳松雪,孤高洁白,和人的气节情操呼应,正是诗人向往的地方。结句振起,一扫悲凄。相对前面几首诗,此诗写得比较平直,没有错彩缕金的语言,没有穷形尽相的描述,没有纷至沓来的比喻,没有一一罗列的典故,既不曲折深邃,也不华美缛丽,除了作诗年月,并无难解之处,但能平中尽致,直中见婉,用朱彝尊的话说:"情深于言,义山所独。"(《李义山诗集辑评》)

夜　冷

树绕池宽月影多,村砧坞笛隔风萝。西亭翠被余香薄,一夜将愁向败荷。

解读

冯浩《年谱》将此诗编入大中六年(852),刘学锴、余恕诚《集解》编入大中五年。据诗意,似乎也在崇让宅中,为悼念夫人王氏而作。如果说前一首诗写残荷,还只是触景伤怀的一部分,那么这首诗中的败荷,则成了凝聚诗人情意的意象,全诗就围绕着这二字展开。翠被的余香渐渐淡薄,可见女主人离它已久,但诗人的心依然系在逝者的身上。屋内空冷,睹物伤情,于是推门而出。夜深人静,唯有砧声、笛声,随风穿过萝蔓,阵阵入耳。夜色凄清,孤独的伤心人更觉凄冷。朗月映照,波光粼粼,水面上的荷花,曾经那么清纯,那么明丽,如今已经枯萎,从中岂不映现出夫人的身影？此景此情，又怎能让人离去？于是整夜环绕着池边的树木，缓缓而行，向那枯萎的荷花，倾诉愁肠。诗中所写的情意极其愁苦，但语言却清新流丽，颇有远韵，故纪昀说此诗"憔悴欲绝，而不为蹙蹙之声"（《李义山诗集辑评》）。集中还有两首诗，所写情景，和此诗相仿。一为《西亭》："此夜西亭月正圆，疏帘相伴宿风烟。梧桐莫更翻清露，孤鹤从来不得眠。"一为《昨夜》："不辞鹈鴂妒年芳，但惜流尘暗烛房。昨夜西池凉露满，桂花吹断月中香。"同样是夜色，同样是西亭，同样是月光，同样是池水；"但惜流尘暗烛房"和"西亭翠被余香薄"，同样有物是人非之感；"孤鹤从来不得眠"和"一夜将愁向败荷"，同样写多情人的彻夜不眠。这二首诗，似乎也都抒写对夫人王氏的思念和哀悼。

王十二兄与畏之员外相访见招小饮时予以悼亡日近不去因寄①

　　谢傅门庭旧末行②，今朝歌管属檀郎③。更无人处帘垂地，欲拂尘时簟竟床④。嵇氏幼男犹可悯⑤，左家娇女岂能忘⑥？秋霖腹疾俱难遣⑦，万里西风夜正长。

注释

① 王十二兄:李商隐岳父王茂元之子。畏之:韩瞻,字畏之,与李商隐同年举进士,也娶王茂元之女为妻。员外:原指正员以外的官员,后多指乡绅。见招:招我。见,表示被动的助词,同"见谅""见笑"的"见"。悼亡日近:言妻子去世不久。

② "谢傅"句:谢傅,东晋大臣谢安,死后赠太傅。这里以谢傅门庭借指王茂元家。末行,排行最后。李商隐娶王茂元小女儿,故说"旧末行"。

③ "今朝"句:歌管,歌唱吹奏。檀郎,西晋潘岳貌美,小字檀奴,后人称为檀郎。檀郎常被用作美男子的代称,唐人也常称女婿为檀郎。这里指韩瞻。因自己不能赴宴,所以今天的歌吹只属于韩瞻了。

④ "更无"二句:更,再。簟,竹席。竟,从头到尾。簟竟床,整张席子铺在床上。这二句说屋内再也无人居住。

⑤ 嵇氏幼男:指西晋嵇绍,嵇康之子,十岁丧父。这里借指诗人之子。

⑥ 左家娇女:西晋左思作《娇女诗》,写二女情态。这里借指诗人之女。

⑦ 秋霖:秋雨绵绵。腹疾:腹泻。遣:去除。

解读

　　张采田《会笺》将此诗编入大中五年(851)。当时夫人王氏

162

去世不久,正是李商隐最伤感的时候。也许有见于此,王、韩二人约他聚饮,以酒消愁。这首诗既是陈述不愿应约的理由,也是心灵悲伤的诉说。潘岳《悼亡诗》:"展转眄枕席,长簟竟床空。床空委清尘,室虚来悲风。"颔联写夫人屋中"更无人处"的景象:重帘垂地不卷,可见房门锁闭,已无人进入;床上唯有凉席,可见被褥已经收起,无人在此安睡。这二句诗,看似寻常,意甚悲切,前人称之为销魂语,有"貌不瘁而神伤之叹"(金圣叹《贯华堂选批唐才子诗》)。在《骄儿诗》中,已见诗人舐犊情深。夫人去世,面对失恃的小儿女,诗人更是难舍难分,亲情在此格外深切。颈联写幼男可悯,娇女难忘,情既不堪,愁更难遣,加上正逢秋雨淫淫,又有腹疾在身,哪里还有心情聚饮?更何况难遣的又岂止这些情事。"谢公最小偏怜女,自嫁黔娄百事乖。""诚知此恨人人有,贫贱夫妻百事哀。"元稹这几句悼亡诗所写,也可用于李商隐。和元稹夫人韦氏一样,王氏也出身豪门,也是最得宠爱的小女,和诗人成婚后,也一直生活在不如意之中。对此,诗人深怀内疚,而这又都因诗人仕途坎坷造成。"闲坐悲君亦自悲",以此,在李商隐的悼亡诗中,多寓身世之感。屋外风声雨声,声声入耳,室内长开泪眼,耿耿不眠。"西风"再加"万里",正是长夜不眠在感觉上的延续。此诗声情哀楚,多镂心刻骨之言。读此诗,有"弦弦掩抑声声思,说尽心中无限事"之感。钱良择叹道:"平平写去,凄断欲绝,唐以后无此风格矣。"(《李商隐诗歌集解》)

西南行却寄相送者

百里阴云覆雪泥，行人只在雪云西。明朝惊破还乡梦，定是陈仓碧野鸡①。

注释

① 陈仓碧野鸡：《史记·封禅书》："（秦）文公获若石（像石块的宝物）云，于陈仓北阪城祠之。其神或岁不至，或岁数来，来也常以夜，光辉若流星，从东南来集于祠城，则若雄鸡，其声殷（盛大）云，野鸡夜雊（雄性野鸡鸣叫）。以一牢（古代祭祀或宴享时用的牲畜）祠，命曰陈宝。"近人研究认为：所谓若石、陈宝，不过是流星、陨石而已。《汉书·郊祀志下》："宣帝即位，或言益州有金马、碧鸡之神，可醮祭而致。"如淳注："金形似马，碧形似鸡。"碧鸡之神和陈仓宝鸡神并无关系，这里只是借言在陈仓被鸡声唤醒而已。陈仓，在今陕西宝鸡。

解读

张采田《会笺》将此诗编入大中五年（851）。程梦星说这首诗可能作于赴东川途中。冯浩不同意这种看法，认为赴东川在悼亡后不久，"迟暮之悲，羁孤之痛，必无此诗情态，是为驰赴兴元作无疑"（《玉溪生诗集笺注》）。即作于文宗开成二年（837）赴兴元探望令狐楚之时。不过这种说法未被人接受。李商隐离京去东川,韩瞻陪伴他,"送到咸阳见夕阳"(《赴职梓潼留别畏之员外同年》)。陈仓离咸阳不算远,或以为相送者即韩瞻。朱彝尊说这首诗是戏谑之语,无甚深意。纪昀认为一首好诗,不必一定要有所寓意,这首诗是"以风致胜"。起句泛写冬日景象,阴云、雪泥,只是表现行路的艰难、游子心情的黯淡。次句落到眼下所在的地方,雪云阻隔,和相送者已相望不相见了。下联写明日清晨归梦被鸡声惊醒。李商隐的友人温庭筠有一首作于旅途的诗,其中"鸡声茅店月,人迹板桥霜",传为名句,前人说"非行路之人不知此景之真","描画不得者,偏能写出"(盛传敏《碛砂唐诗纂释》)。两相比较,温诗是实写眼前景象,此诗则出自揣测而已;就意象鲜明而言,下联不如"鸡声茅店月"二句,但多了一份婉曲的情致。

悼伤后赴东蜀辟至散关遇雪[①]

剑外从军远[②],无家与寄衣[③]。散关三尺雪,回梦旧鸳机[④]。

注释

① 悼伤:即悼亡。东蜀:指东川,治所在梓州(今四川三台)。

辟,官职。散关:大散关,位于陕西宝鸡南大散岭上,古时为由巴蜀、汉中进出关中的咽喉。

② 剑外:剑门关外。剑门关在今四川剑阁城南十五公里处。从军:指赴东川节度使幕府。

③ 无家:因王氏去世,故言无家。

④ 鸳机:鸳鸯机,织锦机的美称。

解读

张采田《会笺》将此诗编入大中五年(851)。这年柳仲郢出任东川节度使,聘李商隐为节度判官,此诗即作于赴任途中。当时诗人尚未从悼亡中解脱出来,在散关遇上大雪,心有戚戚,写了这首诗。"夫戍边关妾在吴,西风吹妾妾忧夫。一行书信千行泪,寒到君边衣到无?"(陈玉兰《寄夫》)思妇的心,永远都在远方夫婿的身上。当此天寒地冻,首先关心的便是夫婿的衣服能否御寒。闺中寄衣,这既是现实生活中,也是艺术作品中十分常见的情景。如今夫人已经去世,家不成家,没人再会向远方寄送冬衣。此时此地,茕茕独吊,就更加怀念当初夫人的关心体贴,以至在梦中,都会出现家中那台象征鸳鸯好合、伉俪情深的织机,有"梦里不知人已去,一晌贪暖"的意境。一个已经无家的人,孑然一身,出外远游,在风雪交加之夜,忽做有家之梦,何以为怀?王士禛评:"此悼亡诗也。情深语婉,意味不尽,义山五绝中压卷之作。"(《唐人万首绝句选评》)纪昀说此诗为"盛唐馀响"。

武侯庙古柏①

蜀相阶前柏②，龙蛇捧閟宫③。阴成外江畔④，老向惠陵东⑤。大树思冯异⑥，《甘棠》忆召公⑦。叶凋湘燕雨⑧，枝拆海鹏风⑨。玉垒经纶远⑩，金刀历数终⑪。谁将《出师表》，一为问昭融⑫。

注释

① 武侯庙：即武侯祠，在四川成都城南，祭祀三国蜀汉丞相诸葛亮。诸葛亮生前被封为武乡侯，死后追封为忠武侯。赵抃《成都古今记》："武侯庙前有双文柏，古峭可爱，人言诸葛手植。"

② "蜀相"句：杜甫《蜀相》："丞相祠堂何处寻？锦官城外柏森森。"

③ "龙蛇"句：閟宫，神庙，指武侯祠。捧，拱卫。段文昌《古柏文》："武侯祠前，柏寿千龄。盘根拥门，势如龙形。"

④ "阴成"句：流经成都的江水分为内江、外江。外江指汶江（即岷江）。这句说古柏长在岷江畔，枝叶繁茂。

⑤ "老向"句：惠陵，蜀汉昭烈帝刘备陵墓。成都先主庙和武侯庙合祠，先主庙西即武侯庙。以上二句隐喻诸葛亮庇护蜀人，忠于先主（刘备）。

⑥ "大树"句：东汉开国名将冯异为人谦退不伐。每到一处住下

后,其他将军都坐下摆功,唯独冯异常独自躲在树下,军中称之为"大树将军"。这句说后人见古柏而思念诸葛亮功高不伐。

⑦ "甘棠"句:《甘棠》,《诗经·召南》的一篇,前人认为是怀念召伯德行的诗作。这句说后人作诗称颂诸葛亮的德行。

⑧ "叶凋"句:即"湘燕雨凋叶"。这句说湘中的燕子在雨中飞舞,古柏的树叶被吹落。

⑨ "枝拆"句:即"海鹏风拆枝"。这句说海上的大鹏在风中飞翔,古柏的枝条被折断。拆,拆裂,裂开。以上二句以古柏遭到风雨摧残,隐喻诸葛亮的事功受挫。

⑩ "玉垒"句:玉垒,山名,在四川灌县(今都江堰市)西北。这里借指蜀中。经纶,整理蚕丝,比喻筹划、处理国家大事。这句说诸葛亮治理蜀国,规划宏远。

⑪ "金刀"句:金刀,繁体文"劉"字由卯、金、刀三部分合成,故用以代指刘姓。这里指蜀汉。历数,古代迷信说法,认为帝位相承和天象运行次序相应。这句说蜀汉气运已尽。

⑫ "谁将"二句:《出师表》,蜀汉后主建兴五年,诸葛亮率军进驻汉中,上表讨伐中原(魏国)。昭融,指天。昭,光明;融,长远。这二句说:(凭诸葛亮的德行才干,理应取得成功,但蜀国还是覆灭了)谁能拿着《出师表》,问一下苍天,为何会这样呢?

解读

张采田《会笺》将此诗编入大中五年(851)。当时诗人任东川节度判官,冬天,去西川(治所在成都)办案,至成都。清黄生说杜甫《古柏行》,"口中说物,意中说人,结句人物(武侯、古柏)双关"(《杜诗说》)。这首诗也通过吟咏古柏,赞颂诸葛亮的德行功业,对其出师未捷深表惋惜。但其意还不仅于此。张采田提出:"因武侯而借慨赞皇(指李德裕,李为赵郡赞皇人)也。'大树'二句,一篇主意。赞皇始终武宗一朝,后遭贬黜,故曰'阴成外江畔,老向惠陵东'也。'叶凋'句指李回湖南,'枝拆'句指郑亚桂海,二人皆义山故主,又皆受卫公恩遇,同时远窜,故特言之。'玉垒'句暗指卫公维州之事,'金刀'句言其相业烟消,亦以见天之不祚武宗也。结则搔首彼苍之意。"(《玉溪生年谱会笺》)刘学锴、余恕诚先生作了进一步的阐述:"(李)德裕曾任西川节度,有治绩。《新(唐)书》本传载:'蜀自南诏入寇……民失职,无聊生。德裕至,则完残奋怯,皆有条次……蜀风大变,于是二边寝惧,南诏请还所俘掠四千人,吐蕃维州将悉怛谋以城降……(牛)僧孺居中沮其功,命返悉怛谋与虏。'凡此,与所谓'阴成外江畔''玉垒经纶远'者均极相合。……诸葛亮治蜀,行事与玉垒山似无直接牵涉,此处特标'玉垒',颇似有意透露蛛丝马迹,以明诗之非单纯咏古。'湘燕''海鹏'二语,如纯咏武侯,直无所取义,而以藉慨李回、郑亚之摧折于湘中、海上解之,则又豁然贯通。故诗虽未必即以武侯喻德裕,然追慨武侯之中寓有现实政治感受则无疑。"(《李商隐诗歌集解》)对理解此诗,颇有裨益。

这是一首五言排律,和前面所录的二首五排,风格全然不同。如果说《戏赠张书记》流丽,《独居有怀》幽丽,此诗可谓雄丽。前人

169

评此诗,常说善于用典,这本诗人所长,在其他诗中,同样可见。由于诗中所写的对象,是诸葛亮、李德裕这样功业彪炳的名臣,是古柏那样落落盘踞、冥冥孤高的大树,因此遣词造句,刚劲雄健,有铮铮铁石之声。李商隐以善学杜诗著称,但像这种"雄壮似杜"(《瀛奎律髓刊误》引冯班语)的作品,实不多见。纪昀评此诗:"风格老重,五六尤警切。唯'湘燕雨''海鹏风'事外添出,毫无取义,昆体之可厌在此等。"(《瀛奎律髓刊误》)但依上面所引的诠释,"湘燕雨""海鹏风"这二句诗,并非毫无取义,反有托物寓意之妙,只是用词未免纤丽,和其他几句不太谐和。

杜工部蜀中离席[①]

人生何处不离群[②]?世路干戈惜暂分[③]。雪岭未归天外使[④],松州犹驻殿前军[⑤]。座中醉客延醒客[⑥],江上晴云杂雨云[⑦]。美酒成都堪送老[⑧],当垆仍是卓文君[⑨]。

注释

① 杜工部:杜甫居成都时,剑南节度使严武表荐他为节度参谋、检校工部员外郎。后人以此称他为杜工部。

② "人生"句：离群，和朋友分离。这句和"浮世本来多聚散"（《七月二十九日崇让宅燕作》）意同。

③ "世路"句：世路，世道，指社会状况。这句说当兵荒马乱之时，即使短暂的离别也让人难分难舍（因为谁也不知道什么时候还会再见）。

④ "雪岭"句：又名西山，在成都西，以主峰终年积雪得名。山外即与吐蕃接壤的松州（治所在今四川松潘）、维州（治所薛城在今四川理县东北）、保州三城。天外使，唐朝出使绝域异国的使者。《旧唐书·吐蕃传》："（代宗）宝应二年三月，遣李之芳、崔伦使于吐蕃，至其境而留之。"

⑤ "松州"句：松州为蜀中军事要地，故驻军防守。殿前军，皇家禁军，这里指戍守三州的官军。

⑥ "座中"句：延，邀请。这句说喝醉的人请未醉的人喝酒，形容惜别。

⑦ "江上"句：这句说天气忽晴忽雨。

⑧ "美酒"句：杜甫诗："应须美酒送生涯。"（《江畔独步寻花七绝句》）这句和杜诗意同。

⑨ "当垆"句：《史记·司马相如列传》："相如与（卓）文君俱之临邛，尽卖其车骑，买一酒舍酤酒，而令文君当垆。"当垆，对着酒垆，指卖酒。

解读

张采田《会笺》将此诗编入大中六年（852）。这年春天，李商隐结束在西川的办案,回梓州,这首诗可能作于临行饯别的宴席上。此诗并非吟咏杜甫,但题名冠以"杜工部"三字,引起后人不少揣测。朱鹤龄说:"此拟杜工部体也。"(《李义山诗集笺注》)程梦星不同意这种看法:"大凡拟诗,必原本其旧题,如江淹《杂拟》诸作可证。杜子美未尝有'蜀中离席'之题,义山何从拟之?"他认为当时李商隐还带着"检校工部郎中"一衔,故"工部"系诗人自指,"杜"是误入的字(《李义山诗集笺注》)。冯浩说杜工部指西川节度使杜悰,王鸣盛谓之"曲说太迂"。沈德潜、纪昀、张采田等人都主"拟杜"说。即使同样认为拟杜,在此诗如何拟杜上也存在不少分歧。周振甫认为:"这首诗实际上是代杜甫作'蜀中离席'。因为'雪岭未归天外使,松州犹驻殿前军',写的是杜甫时的事。所以说成是拟杜完全可以,不过不是模仿杜甫来写商隐时事,而是代杜甫来写杜甫时事。"(《李商隐选集》)首联上句点离席,下句从人生转入世道,从离别转到干戈,思维跳跃,笔势轩腾,纪昀谓之"大开大合,极龙跳虎卧之观"(《玉溪生诗说》)。杜甫诗:"西山白雪三城戍。"颔联承次句"干戈",分明杜诗景象。颈联承次句"惜暂分",写离席情景。上句醉客劝酒,依依惜别;下句晴云杂雨,天色多变化。末联写成都佳人美酒兼备,正是养老的好去处,可见当时天下扰扰,唯独成都依然安乐,和"世路干戈"相对,又加强了"惜暂分"的情绪。陆昆曾说:"义山拟为是诗,直如置身当日,字字从杜甫心坎中流露出来,非徒求似其声音笑貌也。"(《李义山诗解》)管世铭认为:"善学少陵七言律者,终唐之世,唯李义山一人。胎息在神骨之间,不在形貌。"(《读雪山房唐诗钞序列》)无论是模拟杜诗,还是代杜立言,最理想的形式,便是用杜诗笔法。关于这一点,前人似乎没什么异议。何焯认为起句和杜诗尤为相似。"起用反喝,使曲折顿挫,杜诗笔势也"(沈厚塽《李义山诗集辑评》引)。颈联为当句对(即在一句中自成对偶),和杜诗"即从巴峡穿巫峡,便下襄阳向洛阳""戎马不如归马逸,千家今有百家存"等,句式相仿。钱钟书说:"此体创于少陵,而名定于义山。"李商隐有七律《当句有对》,其中有一联:"池光不定花光乱,日气初涵露气干。"这是在句式上对杜诗的模拟。

井　络①

井络天彭一掌中②,漫夸天设剑为峰③。阵图东聚烟江石④,边柝西悬雪岭松⑤。堪叹故君成杜宇⑥,可能先主是真龙⑦?将来为报奸雄辈,莫向金牛访旧踪⑧。

注释

① 井络:西晋左思《蜀都赋》:"岷山之精,上为井络。"刘逵注:
　"《河图括地象》曰:'岷山之地,上为井络,帝以会昌,神以建

福,上为天井。'言岷山之地,上为东井维络(连络);岷山之精,上为天之井星也。"井为二十八宿之一。古人根据天空星宿的位置,划分地面相应的区域。井络即井宿的分野,后或专指岷山,或泛指蜀地。

② 天彭:山名,在今四川都江堰。《水经注·江水》引《益州记》:"秦昭王以李冰为蜀守,冰见氐道县(汉代为湔氐县,后名灌县)有天彭山,两山相对,其形如阙(城门两旁的瞭望楼),谓之天彭门,亦曰天彭阙。"

③ 剑:剑山,在今四川剑阁城南十五公里处。《大清一统志》:"大剑山削壁中断,两崖相嵌,如门之辟,如剑之植,故又名剑门山。"自古被称为天险之地。

④ "阵图"句:阵图,八阵图,在奉节城西南七里原永安宫前平沙上,现已淹没。诸葛亮建造,是由天、地、风、云、龙、虎、鸟、蛇八种阵势组成的图形,用来操练军队或作战。烟江,云雾笼罩的长江。

⑤ "边柝"句:柝,旧时巡夜打更用的梆子。雪岭,见《杜工部蜀中离席》注④。

⑥ "堪叹"句:故君,以前的君主。杜宇,传说中的古蜀国开国国王,死后化为杜鹃鸟。这里指杜鹃。

⑦ "可能"句:可能,难道。先主,蜀汉仅两朝君主,后世称刘备为先主,刘禅为后主。真龙,真命天子。《三国志·吴书·周瑜传》:"刘备以枭雄之姿,而有关羽、张飞熊虎之将,必非久屈为人用者……恐蛟龙得云雨,终非池中物也。"

⑧金牛:金牛道,自今陕西勉县至四川剑门,是联系汉中和巴蜀的交通要道。据《华阳国志》等书载:战国期间,秦国想吞灭蜀国。但蜀国地势险要,不易攻打。秦惠王想出一条妙计:叫人造了五头石牛,每天在石牛屁股后面摆上一堆金子,谎称石牛是金牛,每天能拉金子。贪婪的蜀王听到这个消息,想得到这些金牛,便托人向秦王索求。秦王答应了。为了搬取这些石牛,当时蜀国有五个大力士,去凿山开路,把金牛拉回成都,才发现上当受骗了。从秦国到蜀国的路就这样开通。

解读

　　张采田《会笺》将此诗编入大中五年(851),刘学锴、余恕诚《集解》编入大中六年。蜀道天险,自古而然。此诗上半首写岷山千里绵亘,天彭双阙相对;剑门峭壁中断,蜀人恃之以为门户;川东长江烟波浩渺,八阵图岿然不动;川西雪岭兵家必争,山上松枝长年悬挂着警夜的响木。前四句诗,以沉雄之笔,写奇险之景,气盖一世,力具千钧。古往今来,多少奸雄,企图凭险割据,逞威一方。安史之乱后,蜀将趁机为乱的事屡屡发生。诗人有感于此,借题发挥,抒写其忧国深心。蜀中有此天险,自宜固若金汤。但自古以来,却罕见有人据此成事。首联上句言岷山、天彭,如在一掌之中,暗示千里蜀中,于全国也不过一方之地;下句"漫夸"二字,更有天险不足恃之意。后半首对此进一步抒发议论。古代蜀王杜宇,自以为功高德厚,称作"望帝",但却被迫去位,死后魂魄化为杜鹃,让人为之叹息不已。蜀国先主刘备,虽有"功盖三分国,名成八阵图"的诸葛亮辅佐,最后也兵败彝陵,饮恨白帝城。周瑜说刘备一旦有所凭恃,必如蛟龙得水。诗中用反语诘问,正表明刘备虽得蜀地,并未成为一统天下的真命天子。末联以杜宇、刘备都未能据蜀成事的史实,警告当时怀有二心的奸雄:自古以来,英雄辈出,但从未能成功,故不要再恃险割据,重蹈历史覆辙了。这首诗将吟咏史实和描写形胜融为一气,音节高亮,语意浩然,抑扬顿挫,唱叹有情,田兰芳说"足褫奸雄之魄,而冷其觊觎之心"(《玉溪生诗集笺注》引)。

西　溪①

怅望西溪水,潺湲奈尔何②。不惊春物少,只觉夕阳多。色染妖韶柳③,光含窈窕萝④。人间从到海,天上莫为河。凤女弹瑶瑟⑤,龙孙撼玉珂⑥。京华他夜梦,好好寄云波⑦。

注释

① 西溪:在梓州西门外。

② 尔:指西溪。

③ 妖韶:妖娆美好。

④ 窈窕:形容姿态美好。萝:女萝,又名松萝。

⑤ 瑶瑟:用玉镶的琴瑟。

⑥ 龙孙:龙种。李商隐与唐皇室同宗,故称子孙为龙孙。玉珂:
马络头上的装饰物,多为玉制。

⑦ 云波:飘荡不定的云气。

解读

　　张采田《会笺》将此诗编入大中六年(852)。东川节度使柳
仲郢看后写了一首和诗。《樊南文集》中有《谢河东公和诗启》,
道出作此诗的缘由:"某前因暇日,出次西溪,既惜斜阳,聊裁短
什。盖以徘徊胜景,顾慕佳辰,为芳草以怨王孙,借美人以喻君
子。"可见此诗并非单纯的写景,都有所指。前二句写眼望溪水
潺潺流去,春色阑珊,夕阳明媚,有"逝者如斯夫,不舍昼夜"的感
慨,第四句更有"夕阳无限好,只是近黄昏"的迟暮之感。"不惊"
"只觉"四字,强作旷达,实际上却是"怅望"的流露。"色染"二句
承"春物",写娇艳多姿的柳枝、女萝倒映水中,水面因此平添了
美丽的光色。"人间"二句为流水对,承次句,寓意深婉,言溪水
只要还在人间,即使流到大海也无妨,但不可到天上为河,阻隔
牛郎织女的相会。纪昀说"七八句深远蕴藉,可称高唱"(《玉溪
生诗说》)。"凤女"二句抒写了对远在京城的小儿女的思念。最
后二句追念过去作客他乡,还能梦见京城,通过浮云寄意,如今
已不可复得,颇有夫人一去,万事成空的怅惘,言外含悲,隐而不

露。这是一首五言排律,写得简洁明快,清新自然,不用典故,屈复道:"此诗想成于游览之顷,不暇獭祭(堆砌典故),遂能爽利近情,全无堆集之病,在本集中最为难得,在排律中更难得也。"(《玉溪生诗意》)

二月二日①

　　二月二日江上行,东风日暖闻吹笙。花须柳眼各无赖②,紫蝶黄蜂俱有情。万里忆归元亮井③,三年从事亚夫营④。新滩莫悟游人意,更作风檐夜雨声⑤。

注释

① 二月二日:旧时成都以二月二日为踏青节。

② 花须:花蕊细长如须,故称为花须。柳眼:柳叶的嫩芽和人眼睛相像,故称为柳眼。无赖:指似憎而实爱,含亲昵意。这里形容花柳撩人。

③ 元亮井:东晋诗人陶渊明字元亮,其《归田园居》诗:"井灶有遗处,桑竹残朽株。"这里以元亮井代指故乡。

④ 三年:李商隐于大中五年去梓州幕府,至此前后三年。亚夫营:

西汉周亚夫驻军细柳营,汉文帝去慰问军队,见他军纪严明,称
他为"真将军"。亚夫营即细柳营,这里代指柳仲郢的军营。
⑤ 风檐雨夜声:夜间檐前风吹雨打的声音。

解读

张采田《会笺》将此诗编入大中七年(853)。当时李商隐仍
在梓州幕府任职。前半首写诗人去江边踏青,但见春回大地,丽
日当空,东风拂面,笙歌入耳,花柳撩人,蜂蝶有情。春天就在眼
前,春意四处洋溢,寻春者举手可掬,赏春者流连忘返,正是阖家
尽兴的大好时光。但客游万里、从军数载的诗人,当此满眼春
色,羁旅之情油然兴起,独自漫步,能不怀乡?颔联"无赖""有
情",都是对游客的挑逗撩拨,对常人可以助兴,对诗人徒然伤
情。物得其所,人独不然,情何以堪。颈联境变阔大,语转激昂。
这是倒装句,因从军已久,故更思念故乡。历时三年,分离已久;
相隔万里,路程遥远。但寄人庑下,又无可奈何。以愁心相对,
愁耳倾听,于是声声都带愁意,即使江滩的水声,也都如同凄凄
风雨之声。冯浩说:"'悟'字入微。我方借此遣恨,乃新滩莫悟,
而更作风雨凄其之态,以动我愁,真令人驱愁无地矣。"(《玉溪生
诗集笺注》)此诗前半首写良辰美景、赏心乐事,后半首写身世飘
零,情景凄凉。前半首的描述,都成了后半首的反衬,所谓以乐
境写悲情,更见其悲。李商隐漂泊他乡,以居蜀中最久,这一点
颇似杜甫,其间模拟、神似杜诗的作品也最多。何焯说此诗"神
似老杜处,在作用不在气调"(《义门读书记》)。"作用"即用意,

179

"气调"即气韵才调。此诗笔致轻倩,词意沉郁。"摹仿少陵,笔墨至此,字字化工。"(同上)杜甫在蜀中,写过一些颇有影响的拗体诗。这也是一首拗体诗,但和杜诗有所区别。李重华说:"拗体律诗亦有古、近之别。如老杜'玉山草堂'一派,黄山谷纯用此体,竟用古体音节,但式样仍是律耳。如义山'二月二日'等类,许丁卯最善此种,每首有一定章法,每句有一定字法,乃拗体中另自成律,不许凌乱下笔。"(《贞一斋诗说》)

夜　饮

卜夜容衰鬓①, 开筵属异方②。烛分歌扇泪③,雨送酒船香。江海三年客④, 乾坤百战场。谁能辞酩酊, 淹卧剧清漳⑤。

注释

① "卜夜"句:卜夜,占卜问神,是否适宜夜间饮酒。《左传》庄公二十二年:"齐侯(桓公)使敬仲(陈公子完)为卿……饮桓公酒,乐。公曰:'以火继之(点灯继续喝)。'(敬仲)辞曰:'臣卜其昼,未卜其夜,不敢。'"后以不分昼夜、毫无节制地饮酒作乐为"卜昼卜夜"。衰鬓,因衰老而白的鬓发。这里指老年。

② 属:系,是。异方:指他乡。

③ "烛分"句:即"歌扇分烛泪"。因歌扇挥舞,致使蜡烛的泪滴分别溅在各把扇子上。歌扇,歌舞时用的扇子。

④ 江海:义同江湖。

⑤ "淹卧"句:淹,迟延,久留。剧,厉害,更甚。清漳,漳水的源头之一。刘桢《赠五官中郎将》:"余婴沉痼疾,窜身清漳滨。"徐孝穆《与李那书》:"卧病漳水之滨。"这句说自己长期卧病,病情比刘桢更加厉害。

解读

张采田《会笺》将此诗编入大中七年(853)。前半首写夜宴景象:烛影摇红,歌扇起舞,夜雨潇潇,飘送酒香,颇有"舞低杨柳楼心月,歌尽桃花扇底风"的意味。一个两鬓苍苍的长者,支离风尘,漂泊他乡,厕身其间,举杯劝酒,该是一种怎样的心情?又会产生怎样的联想?颈联上句写自身,如孤蓬远征,浪迹江湖三年;下句写时世,朗朗乾坤,竟成持续不休的战场。此时眼前的情景,便成"蜡烛有心还惜别""举杯消愁愁更愁"了。王安石十分欣赏这二句诗,纪昀也有同感,说:"五六沉雄。王荆公谓近杜,良然。"(《瀛奎律髓汇评》)"五六高壮,使通篇气力完足。"(《玉溪生诗说》)结句回到宴饮。作为一个老病缠身的人,有谁愿意长久躺在卧榻之上,而不用一次大醉,让自己获得暂时的解脱?此诗将身世之感和时世之慨融为一体,唱叹有情,和杜诗相像。何焯说《二月二日》"神似老杜处,在作用不在气调"(《义门读书记》)。此诗不仅作用相似,就连气调也相仿,故前人都说此诗"极似少陵"。

杨本胜说于长安见小男阿衮①

闻君来日下②,见我最娇儿。渐大啼应数③,长贫学恐迟。寄人龙种瘦④,失母凤雏痴。语罢休边角⑤,青灯两鬓丝。

注释

① 杨本胜:名筹,字本胜,杨汉公之子。阿衮:即《骄儿诗》中的衮师,生于会昌六年,此时已八岁。李商隐赴梓州幕,子女寄养在长安。

② 日下:指长安。旧时以日指帝王,以日下指帝王所在的京城。

③ 数:屡次。

④ 龙种:李商隐与唐皇室同宗,故称子女为龙种、凤雏。

⑤ 休:停息。边角:边地的画角声。

解读

冯浩《年谱》将此诗编入大中七年(853)。李商隐长期在外奔波,心中最牵挂的,无疑是寄养在京城的小儿女。杨本胜来自长安,和诗人相见,一定会陈述许多关于孩子的事,但诗中对此未作任何记载,而都是想象、揣测之词,在想象中寓以关切,在揣测中显露担忧。这些想象和揣测,并非在此时突然涌现,而是诗人平时日思夜想的内容,只是在和杨本胜相见时,尽情吐露出来罢了。朱彝尊认为这时孩子已经长大,不应该屡次啼哭,怀疑句中有误字。冯浩不同意这种看法,说:"渐大则知思父远游,伤母早背,故'啼应数'。"(《玉溪生诗集笺注》)正因为渐渐长大,懂事了,不再是《房中曲》中那个"痴若云"的娇儿,所以会思念父母,会感伤孤独,会为此啼哭。查慎行说诗中称自己子女为龙种、凤雏,"夸张似乎太过"(《初白庵诗话》)。其实这二句诗,与其说是想攀龙附凤,不如说是一个慈父对孩子的珍惜,从中寄托着对孩子未来的期望。末联说两人为儿女之事,一直说到深夜,此时唯有一盏青灯,照着稀疏的鬓发。灯下人自顾尚且不暇,又怎能照顾远方的孩子?一心想着如何照顾,但又不能照顾;不能照顾,但又刻刻挂念,此情此境,不胜凄凉。结句含蓄不尽,意味深长。此诗用语清淡平易,波澜不惊,但写得一往情深,唏嘘欲绝。

夜雨寄北①

君问归期未有期,巴山夜雨涨秋池②。何当共剪西窗烛③，却话巴山夜雨时。

注释

① 寄北：这是在蜀中寄往长安的诗，所以说"寄北"。

② 巴山：指大巴山，是陕西、四川、湖北三省交界地区山地的总称。这里代指川东。

③ 剪西窗烛：剪烛，剪掉多余的烛芯以维持灯烛的照明。这里指夜间秉烛长谈。

解读

从诗中"巴山"二字看，此诗应作于川东。李商隐于大中五年赴梓州幕府，至大中九年（855）方返回京城，前后长达五年，此诗究竟作于何年，尚难确定。首句一问一答，次句点明作诗的地点、时间和情景：身在巴山，时值秋夜，阴雨绵绵，池塘水漫。下联预想归后的情状，将今夜雨中的愁思，留作为他日相逢时的怀想，不说眼下境况，而眼下境况自可想见。"何当共剪"，正见此时独坐的孤寂；而期待日后剪烛西窗，也可见此时思归心切。"何当""却话"四字，将眼下直接他日，将巴山转入长安，将实景化为虚拟。前人说此诗语最沉挚，意最深婉。诗中叠用"巴山夜雨"四字，但并无重复之弊。就诗意说，前面实，后面虚，虚实相生，化为妙境；就声韵说，借助词语的迭用，形成回环往复的旋律。何焯认为如"水精如意玉连环"，有珠润玉圆、流利婉转之美。屈复说此诗"即景见情,清空微妙,玉溪集中第一流也"(《玉溪生诗意》)。俞陛云评此诗:"清空如话,一气循环,绝句中最为擅胜。诗本寄友,如闻娓娓清谈,深情弥见。"(《诗境浅说续编》)这是李商隐的七绝名作,运思新颖别致,前人将此诗与贾岛《渡桑乾》诗(或说为刘皂《旅次朔方》)相比。贾岛诗:"客舍并州已十霜,归心日夜忆咸阳。无端更渡桑乾水,却望并州是故乡。"这二首诗都自伤久客,而用曲笔写出,就意境言都宛转关情,荡漾生姿;在形式上都首尾呼应,同一机轴。此诗《万首唐人绝句》题作《夜雨寄内》。冯浩认为:"语浅情深,是寄内也。"(《玉溪生诗集笺注》)沈德潜也说"此寄闺中之诗"(《唐诗别裁集》)。果如其说,那么诗中的君,便指夫人王氏。但王氏已于大中五年去世。冯浩说大中二年,李商隐曾有"徘徊江汉、往来巴蜀之程"(《玉溪生年谱》),因此将此诗定于大中二年作,与《过楚宫》同时。张采田《玉溪生年谱会笺》也持此说。这年李党纷纷被贬斥,桂管观察使郑亚于二月再此被贬,李商隐失去依靠,已离开桂州,以后如张采田所说,"留滞荆巴,秋归洛,冬初还京","(作《夜雨寄内》)时初交秋,而义山亦将归矣"(《玉溪生年谱会笺》)。这就和首句诗意不合。不过就诗而言,作为一首寄内诗,更觉一往情深,婉曲动人。

即　日①

一岁林花即日休，江间亭下怅淹留②。重吟细把真无奈③，已落犹开未放愁④。山色正来衔小苑，春阴只欲傍高楼。金鞍忽散银壶漏⑤，更醉谁家白玉钩⑥？

注释

① 即日：当日。

② 淹留：久久不忍离去。

③ 重吟：反复吟咏。细把：仔细把赏。

④ 未放愁：未尽愁。

⑤ "金鞍"句：金鞍，用黄金装饰的马鞍。这里指骑宝马的贵宾。银壶漏，银制的漏壶。见《辛未七夕》注④。

⑥ 白玉钩：饮酒游戏时所藏的钩。据说玩这种游戏的想法，起于汉武帝钩弋夫人紧握在手掌中的玉钩。见无题二首(昨夜星辰昨夜风)注④。这里借指酒宴。

解读

冯浩《年谱》将此诗编入大中八年(854)。刘学锴、余恕诚《集解》谓作于梓州幕府，不定何年。这是一首因春意阑珊而触动愁绪的遣怀诗。一年一度的山林花卉，竟在一日之中纷纷凋谢,首句有"林花谢了春红,太匆匆"的感慨。诗人在原先鲜花烂漫的江间亭下,独自凭吊,不忍离去,以此发现众人所不注意的"冷闲处"(朱彝尊语):即使大片的花叶已经凋落,但仍有一些新蕾,在枝上绽放。落者自落,放者犹放,但放者也会很快凋零,这岂不是又要牵惹惜花人的愁绪,这愁更何时了结? 这种愁绪本不该萦缠在心,但诗人偏要反复吟咏;这种景象本不必在意,但诗人偏要细细观赏。但吟咏何尝能消愁,观赏又何尝能留住春色? 留下的,唯有"无可奈何花落去"的叹息而已。而让诗人无可奈何的,又岂止一年一度的林花。眼前暮霭沉沉,黯淡的山色开始笼罩小园,暮春的昏晦盘绕着高楼,就连一日之景也难挽留。此景此情,即便不是刻意伤春,也难免"春去人间无路"的感慨。自然景象如此,人事也无不同。很快银壶漏尽,欢宴的人各自散去。此时依然惆怅不已的诗人,非酩酊大醉,无以遣怀。但夜色已深,谁家还有酒宴,能容我一醉方休呢? 这也是一首拟杜的诗。何焯认为"学'一片花飞减却春'"(沈厚塽《李商隐诗集辑评》引)。杜诗善用虚字,这首诗也以"真""未""正""只""忽""更"这些虚字转合。纪昀评此诗:"纯以情致胜,笔笔唱叹,意境自深。"(同上)钱钟书说:"少陵七律兼备众妙,衍其一绪,胥足名家。譬如中衢之尊,过者斟酌,多少不同,而各如所愿……世所谓'杜样'者,乃指雄阔高浑,实大声弘……山谷、后山诸公仅得法于杜律之韧瘦者,于此等畅酣饱满之什,未多效仿。惟义山于杜,无所不学,七律亦能兼兹两体。如《即日》之'重吟细把真无奈,已落犹开未放愁',即杜《和裴迪》之'幸不折来伤岁暮,若为

187

看去乱乡愁'是也。"(《谈艺录》)

柳

　　曾逐东风拂舞筵，乐游春苑断肠天[①]。如何肯到清秋日，已带斜阳又带蝉[②]。

注释

① 乐游:乐游苑,即乐游原,汉宣帝时建,在长安东南。唐代每逢三月上巳、九月重阳,士女都会来此游赏,登高赋诗。断肠,犹销魂。

② "如何"二句:张相《诗词曲语辞汇释》:"肯,犹会也;亦犹云至于也。""言春日如许风流,奈何会到秋天,便斜阳暮蝉,如许萧条也。"

解读

　　冯浩《年谱》将此诗编入大中六年(852)。刘学锴、余恕诚《集解》谓作于梓州幕府,不定何年。《玉溪生诗集》中,咏物诗甚多,而尤以咏柳诗为最。此诗上联写春天欣欣向荣:枝叶拂筵,笑舞东风,春苑纷沓,游人销魂。下联写秋日凄凉衰飒:影带斜阳,枝抱寒蝉。气象全然不同。纪昀说此诗"四句一气,笔意灵活。只用三四虚字转折,冷呼热唤,悠然弦外之音,不必更著一语也"(《玉溪生诗说》)。诗中有两个虚字和动词的组合值得玩味,一是"曾逐",一是"已带"。从"逐"字可见柳树追逐春光的兴味,从"带"字可见其无法摆脱归于凄冷的命运;从"曾"字可知一度的繁华,从"已"字可知萧瑟接踵而至。不过前人更感兴趣的是"肯"字。在日常生活中,"肯"是一个常用字,但如诗中这样运用,则较罕见,以至被看作是一个"险字"。李商隐的咏物诗,往往体兼比兴,和《落花》《蝉》《流莺》等诗一样,这也是一首托物寓意的诗。至于所寓何意,则有不同的看法。杨慎《升庵诗话》引南宋陈模《诗话》语:"前日春风舞筵,何其富盛;今日斜阳蝉声,何其凄凉,不如望秋先零也。形容先荣后悴之意。"这是最早的解释,也是后人最容易接受的看法。何焯说"落句言外更有夫何使我至于此极之意"(沈厚塽《李义山诗集辑评》引)。描写先荣后悴的作品并不罕见,杜甫笔下的曹霸、公孙大娘、李龟年,白居易笔下弹奏琵琶的商人妇,都是著名的例子。冯浩认为:如果仅仅从先荣后悴的角度解读,未免肤浅,提出"假物寓姓(柳仲郢之姓)而言哀"看法(《玉溪生诗集笺注》)。张采田认为此诗"兼悼亡而言,凄婉入神"(《玉溪生年谱会笺》)。俞陛云说:"作者其以柳自喻,发悲秋之叹耶?"(《诗境浅说续编》)只是这些看法都难以被人认同。不过冯浩、张采田对此诗的整体把握还是对的:"此种入神之作,既以事征,尤以情会,妙不可穷也。"(《玉溪生诗集笺注》)"含思婉转,笔力藏锋不露……迟暮之伤,沉沦之痛,触

物皆悲,故措词沉着如许,有神无迹,任人领味,真高唱也。"(《李义山诗辨正》)

忆　梅

　　定定住天涯^①，依依向物华^②。寒梅最堪恨，长作去年花^③。

注释

① 定定:唐时俗语,犹牢牢。

② 物华:自然景物。

③ 去年花:梅花在冬天开放,春天已经凋谢,故称作"去年花"。

解读

　　冯浩《年谱》将此诗编入大中九年(855)。刘学锴、余恕诚《集解》谓作于梓州幕府,不定何年。诗人在春日寻芳,眼前百花争艳,想起不久前还在这里绽放的梅花,写了这首忆梅诗。首句"定定住天涯",与《十一月中旬至扶风界见梅花》中"匝路亭亭艳"相似,有居非其地之意。而冠以"定定"二字,更有难以摆脱的苦恼,有无可奈何的伤感。这二字和次句"依依"相映衬,虽在天涯,依然向往春光,只是依依有情,并不能改变冷落的命运。因为定定长住天之涯,从而年年长作去年花,故这二字又和结句"长"字照应。前人称赞"'定定'字新","俚语入诗却雅"(屈复《玉溪生诗意》)。其实更值得注意的是,这二字也定下了这首诗的主旨。纪昀说下联"用意极曲折可味"(《玉溪生诗说》)。最堪恨,究竟是梅花怀恨,还是人恨梅花? 姚培谦说:"自己不能去,却恨寒梅,妙绝。"(《李义山诗集笺注》)冯浩也说:"梅寒大堪恨,忍令我定定天涯,恨之,故忆之。"(《玉溪生诗集笺注》)以自身漂泊天涯,转恨同样沦落天涯的梅花,似乎有违常情,不如反过来说,诗人从梅花的遭遇,联想自身的处境,从而产生"同是天涯沦落人"的怅恨。"为谁成早秀? 不待作年芳。"(《十一月中旬至扶风界见梅花》)下联再次发出这样的不平之声。堪恨,既是梅花堪恨,也是诗人堪恨,所恨的对象,都是命运的舛错,天道的不公。

天　涯

　　春日在天涯,天涯日又斜。莺啼如有泪,为湿最高花①。

注释

① 最高花：枝上顶端处的花。也是最后开放的花。

解读

　　冯浩《年谱》将此诗编入大中九年（855）。刘学锴、余恕诚《集解》谓作于梓州幕府，不定何年。"春风疑不到天涯"，这是浪迹天涯的游子，常会情不自禁地发出的感慨。首句正相反，言春天已经到了天涯，这是一幅欣欣向荣的明媚画面，是令人为之一振的喜讯。次句用顶针格延续"天涯"二字，且重复"日"字，但词义已经不同：在首句是虚拟，是意识中的概念，春日即春天，天涯即远方；在次句则是实写，是当下的景象，天涯为诗人寓居之处，日为已经西斜的夕阳。更大的区别在于：上下二句的意境已全然不同。一个沦落天涯的人，在夕阳和暮色中凭吊，画面已转为黯淡，神情也变得落寞。读前二句诗，有"失势一落千丈强"的感觉。"感时花溅泪，恨别鸟惊心。"这是杜甫名句，下联词意均和杜诗相似。"莺啼燕语报新年"，这本来也是新春生意洋溢的体现。而在这首诗，啼不是生气勃勃的啼叫，而是如怨如诉的啼哭。既是啼哭，应该有泪，那么泪洒何处？繁花满枝，会随着春光的流逝而凋谢，到最高处的花朵掉落，春天就走到了尽头。以此，这里成了一种象征，是最能触动情怀的地方。眼下春意阑珊，最高处的花朵又能维持多久？诗人凭吊夕阳，也凭吊这些行将凋零的鲜花。如果莺啼果真有泪，果真有情，那么为了诗人、为了所有的羁旅者,洒向最高处的花朵吧。这是诗人的心声,是充满苦涩的期望。杨守智评此诗:"意极悲,语极艳,不可多得。"(《玉溪生诗集笺注》引)

无　题

　　万里风波一叶舟, 忆归初罢更夷犹[1]。碧江地没元相引[2], 黄鹤沙边亦少留[3]。益德冤魂终报主[4], 阿童高义镇横秋[5]。人生岂得长无谓[6], 怀古思乡共白头。

注释

[1] 夷犹:犹豫不定。

[2] "碧江"句:碧江,指长江。地没,地域消失,即视野尽头。没,隐没,消失不见。元,通原。前人或以为"没"乃"脉"的误字。

[3] 黄鹤沙:指黄鹄矶。在今湖北武汉蛇山西北,其上有黄鹤楼。鹄,通鹤。

[4] "益德"句:张飞,字益德,三国时蜀国将领。《三国志·张飞传》:"飞爱敬君子而不恤小人。先主常戒之曰:'卿刑杀既过差,又日鞭挝健儿,而令在左右,此取祸之道也。'飞犹不悛。

《无题》

先主伐吴,飞当率兵万人,自阆中会江州。临发,其帐下将张达、范强杀飞,持其首,顺流而奔孙权。"故谓之"冤魂"。冤魂报主事不详。

⑤ "阿童"句:西晋将领王濬,小字阿童,率军灭吴。《晋书·王濬传》:"除巴郡太守。郡边吴境,兵士苦役,生男多不养。濬乃严其科条,宽其徭课,其产育者皆与休复,所全活者数千人。……濬于是统兵。先在巴郡之所全育者,皆堪徭役供军,其父母戒之曰:'王府君生尔,尔必勉之,无爱死也!'"镇,常,永久。横秋,形容人气势之盛。

⑥ 岂得:怎能,怎可。无谓:无意义,无价值。

解读

　　此诗颈联所写益德、阿童之事,一在阆州,一在巴州,前人据此认为此诗也作于任职东川幕府之时。但诗中有"黄鹤"二字,也有人认为应该是离开梓州北归途经武昌所作。李商隐的《无题》诗,不论寓意如何,字面上都写男女之情,此诗是个例外。纪昀认为:"此是佚去原题而编录者署曰《无题》,非他寓言之比。"(《玉溪生诗说》)起句写茫茫的江面上,一叶扁舟,在风浪中漂泊无依,有杜诗"飘飘何所似?天地一沙鸥"的意境。次句写忆归之意,刚要撇开,又上心头,何去何从,犹豫不决。颔联申述所以"夷犹"之意。极目远望,江水尽头,那是始终牵引着归心的故乡;而眼下来到黄鹄矶,又有事需要在此停留,曲曲道出去留两难的困境。颈联写与蜀中有关的两员名将,一死一生,一忠一义,冤魂报主,至死不渝,高义横秋,一往无前。仅就思归而言,接上这二句似乎有些突兀,但当时诗人不仅思归心切,在心中更加涌动的还是壮志未酬的感慨。怀古思乡,固然是人之常情,但这只会让人烦愁,催人白头,人生岂能长久沉溺其中? 缅怀前贤,正是为了告诫自己:不可碌碌无为,虚度一生。纪昀评此诗:"全篇从'更夷犹'三字生出。前四句低回徐引,五六振起,七八以曼声收之,绝好笔意。"(《玉溪生诗说》)"'怀古思乡',收缴第二句,完密。"(《李义山诗集辑评》)冯浩说"一结极凄婉"(《玉溪生诗集笺注》),但并不悲观,也不哀伤,相反,结句语言浏亮爽利,从中可见诗人始终未曾放弃的积极向上的情怀,让人联想起早年所作的《安定城楼》诗。尚未"回天地",便要"入扁舟",这是诗人的纠结,是他的不甘,也是"夷犹"的根本原因。

筹笔驿①

猿鸟犹疑畏简书②,风云长为护储胥③。徒令上将挥神笔,终见降王走传车④。管乐有才真不忝⑤,关张无命欲何如⑥?他年锦里经祠庙⑦,《梁甫吟》成恨有余⑧。

注释

① 筹笔驿：故址在今四川广元北朝天峡上。

② 简书：指用于告诫、征召等事的文书。这里指诸葛亮军中的文书。

③ 储胥：藩篱，这里指军中壁垒。

④ "徒令"二句：上将，指诸葛亮。降王，指蜀后主刘禅降魏。传车，古代驿站的专用车辆。魏景元四年(263)，魏将邓艾伐蜀，刘禅投降，被迁往洛阳。这二句说纵然诸葛亮神机妙算，还是没能免除蜀国的灭亡。

⑤ "管乐"句：管，管仲，春秋时齐国相国，辅佐齐桓公成就霸业。乐，乐毅，战国时燕国统帅，率师大败齐国。《三国志·蜀志·诸葛亮传》载：诸葛亮在乡间隐居时，"每自比于管仲、乐毅，时人莫之许也。唯博陵崔州平、颍川徐庶与亮友善，谓为信然。"忝，谦辞，表示辱没他人，自己有愧。不忝，无愧于人。

⑥ "关张"句：关张，蜀国名将关羽、张飞。关羽守荆州，被孙权俘杀。张飞被部下谋杀。两人死得都比较早，故言"无命"。欲何如，又能怎样。

⑦ "他年"句：锦里，锦官城，指成都。言往年曾至成都，去武侯祠。

⑧《梁甫吟》：《三国志·蜀志·诸葛亮传》："亮躬耕垅亩，好为《梁父吟》。"《梁甫吟》是传说诸葛亮创作的一首乐府诗，这里指往年所作的《武侯庙古柏》。恨有余，怅恨不已。

解读

　　刘学锴、余恕诚《集解》将此诗编入大中九年(855)。筹笔驿原是蜀道中一个不起眼的古驿站，因诸葛亮驻兵于此，筹划军事，驿也因人而显，成为一处名胜。以后迁客骚人途经此地，常吟诗作文，以致其意。在这些作品中，能将议论和抒情、历史和现实结合起来，并寄托自身感慨的，首推此诗。从诸葛亮在此驻军，到李商隐怀古赋诗，时隔数百年，当初的景象早已烟消云散。但在诗人眼中，诸葛亮始终英气奕奕，声威长在。因此眼前的飞鸟啼猿，似乎依然畏惧当时严明的号令；而风起林梢，云满山壑，又仿佛始终维护着森严的壁垒。首联只是从眼前的景象谈起，但笔力雄健，陡然振起，将诸葛亮的威灵摄入十四字中，"诵此二句，使人凛然复见孔明风烈"(范温《潜溪诗眼》)。首联既写诸葛亮英灵至今犹存，下面理当称颂其神机妙算，鬼神莫测，但颔联笔锋一转，忽作凄凉黯伤之语，将前面的威焰一扫而空。尽管诸葛亮在此挥动神笔，但他的筹划又有何用？去世不久，蜀国灭亡，已经投降的后主，被送往洛阳，乘车从这里经过。当他看到诸葛亮的故垒，不知有何感触？如果诸葛亮有知，看到这种景象，又有何感想？还有那些对诸葛亮充满感情的风云草木，对此又怎能含羞忍辱，无动于衷？这联看似平常，但和首联连读，便觉笔下有神，奇横无匹。诸葛亮年轻时自比古代良相名将管仲、乐毅，其雄才大略与管、乐相比，确实毫不逊色。他忠诚不渝，多次率兵北伐，但终因蜀国兵弱民贫，加上关羽、张飞相继被害，如双翼被剪，不能有所作为。天不祚汉，令人徒唤奈何。颈联上句承首联,下句承颔联;上句接颔联一转,下句接上句又一转。有此二句,则前面所写徒挥神笔、难挽蜀亡,就毫无贬义,反能显出诸葛亮独撑危局的风概,与杜甫"运移汉祚终难复,志决身歼军务劳"同一意思。"出师未捷身先死,长使英雄泪满襟。"杜甫这二句诗,不仅说出诸葛亮的遗恨,也说出包括李商隐在内的所有胸怀大志但命途多舛的沦落者的长恨。此诗末句的"恨",不是诸葛亮的恨,而是诗人自己的恨,是诗人为诸葛亮出师未捷而恨,更是为自己未能实现"欲回天地"的理想而恨。这也是一首拟杜诗,意气浩然,寄托遥深,顿挫曲折,唱叹有情,沈德潜言此诗"瓣香老杜,故能神完气足,边幅不窘"(《唐诗别裁集》)。许印芳也说:"沉郁顿挫,意境宽然有余,义山学杜,此真得其骨髓矣。"(《瀛奎律髓汇评》)

重过圣女祠①

白石岩扉碧藓滋②,上清沦谪得归迟③。一春梦雨常飘瓦④,尽日灵风不满旗⑤。萼绿华来无定所⑥,杜兰香去未移时⑦。玉郎会此通仙籍⑧,忆向天阶问紫芝⑨。

注释

① 重过圣女祠：在作此诗之前，李商隐曾路过圣女祠，作《圣女祠》诗。这里是再次路过作诗。

② 白石岩扉：指圣女祠的石门。扉，门扇。滋：滋生。

③ "上清"句：上清，道家仙境。《灵宝本元经》："四人天外曰三清境：玉清、太清、上清。亦名三天。"这句说从仙界贬谪到人间，迟迟未能回归。

④ 梦雨：王若虚《滹南诗话》引萧闲语："盖雨之至细若有若无者，谓之梦。"这里借用巫山神女的故事，神女自谓"旦为朝云，暮为行雨"（《高唐赋》）。

⑤ "尽日"句：灵风，神灵之风，好风。不满旗，谓灵风轻微，不能把旗全部吹展。

⑥ 萼绿华：神话传说中仙女名。陶弘景《真诰·运象》："萼绿华者，自云是南山人，不知是何山也。女子年可二十上下，青衣，颜色绝整。以升平三年十一月十日夜降于羊权家。自此往来，一月之中，辄六过来耳。云本姓杨，赠权诗一篇，并致为浣布手巾一枚，金玉条脱各一枚。条脱似指环而大，异常精好。神女语权：'君慎勿泄我，泄我则彼此获罪。'访问此人，云是九嶷山中得道女罗郁也。"

⑦ 杜兰香：神话传说中的仙女名。《墉城仙录》："杜兰香者，有渔父于湘江之岸见啼声，四顾无人，唯一二岁女子，渔父怜而举之。十余岁，天姿奇伟，灵颜姝莹，天人也。忽有青童自空下，集其家，携女去，归升天。谓渔父曰：'我仙女也，有过，谪

人间,今去矣。'其后降于洞庭包山张硕家。"

⑧ "玉郎"句:神仙名。《金根经》:"青宫之内北殿上有仙格,格有学仙簿录及玄名,年月深浅,金简玉札,有十万篇,领仙玉郎所掌也。"冯注引《登真隐诀》:"三清九宫并有僚属,其高总称曰道君,次真人、真公、真卿,其中有御史、玉郎诸小辈官位甚多。"会,恰巧。仙籍,仙人的名籍(名册)。

⑨ "忆向"句:天阶,天宫的台阶。问,向……求取。紫芝,《茅君内传》:"句曲山有神芝五种,其三色紫,形如葵叶,光明洞彻,服之拜为龙虎仙君。"

解读

张采田《年谱会笺》将此诗编入大中十年(856)。李商隐年轻时,曾在河南玉阳山一带隐居学道,并和女道士宋华阳姐妹有过一段恋情。只是在他们中间横着某种障碍,最终未能遂愿。日后诗人故地重游,曾写过几首追念旧情的诗,这可能是其中的一篇。首联"上清",原是道家所说的神仙洞府,这里借指玉阳山灵都观(玄宗妹玉真公主曾在此修道,进号上清玄都大洞三景师)。诗人曾在此学道,后为薄宦所累,飘泊天涯,如从仙界跌落尘世,故有"沦谪"之说。当年祠宇幽篁成韵,蕙香缭绕,何等高雅庄严,如今唯见山门深掩,碧藓滋生,景物全非,情不能堪,故有"归迟"之叹。颔联为后人激赏的名句。春雨濛濛,飘洒在屋檐之上;春风习习,无力将整面旗帜卷起。眼前这种凄迷的景象,更加深了诗人的落寞之情。上句暗用楚王梦见巫山神女的故事。"梦雨"谓那如丝的细雨,将诗人带入楚王梦见神女一般的氛围之中,并似乎从中感到了圣女的气息,听到了她的脚步声。但这种雨景,又是那么飘忽,到哪里、怎样才能见到圣女呢?蓬山远隔,音信难通,相思成灰,好风何处?眼前春风无力,又怎能凭借?这种可望不可即、可思不可得的情景,如"神光离合,乍阴乍阳",缥缥缈缈,恍恍惚惚,还有什么描写,能比这更形象、更真切地表现诗人当时追思旧情、但又难圆旧梦的情意?据说寇准深爱这二句诗,"以为有不尽之致"(吕本中《紫薇诗话》)。由于诗中写的是山中幽寂的祠堂,是和尘世远隔的求仙之所,故诗人又借用荒忽迷幻的神仙典故,来渲染一种空灵惝恍的神话般的境界。萼绿华、杜兰香,都是传说中的女仙。颈联没有从正面描写"圣女"的风姿容貌,只是用"无定所""未移时",写出女仙的踪迹不定,来去匆匆,此行未能相逢,以示人生如梦,聚散无常。眼前的怅惘,更促成了诗人对往日的追忆。李商隐号玉溪生,在此以"玉郎"自指。最后二句说自己正是在这里名列仙籍,访求灵芝仙草。如今学道不成,求仙无缘,空怀旧情,曷胜怅望。此诗对意中的人物,避开正面的描写,笔势飘忽,文思缥缈,遣词诡丽,造义幽眇,写得似真似幻,亦真亦幻。由于诗人长于表现象外之象,韵外之致,故这种迷离的词语、朦胧的意境,反能使人得到一种更耐寻味的美感。

关于此诗,还有一种比较常见的解释,即这是一首自伤沦谪的诗。李商隐早先路过圣女祠,曾发问:"何时归碧落?此日向皇都。"(《圣女祠》)问圣女何日升天,隐寓自己何日入朝。此诗"则又托圣女以抒迁谪之怨也"(金圣叹《贯华堂选批唐才子诗》)。冯浩注:"自巴蜀归,追忆开成二年事,全以圣女自况。'沦谪'二字,一篇之眼。义山自慨由秘省清资而久外斥也。"(《玉溪生诗集笺注》)张采田认为作于大中十年李商隐随柳仲郢还朝途中,是"借圣女以寄慨身世之诗"(《李义山诗辨正》)。《水经注·漾水》"(秦冈)山高入云,悬崖之侧,列壁之上,有神像若图,指状妇人之容,其形上赤下白,世名之曰圣女神。"刘学锴、余恕诚谓"圣女厓在陈仓县、大散关之间"(《李商隐诗歌集解》),正在自梓州回长安路过的地方。

韩冬郎即席为诗相送,一座尽惊。他日余方追吟"连宵侍坐徘徊久"之句,有老成之风,因成二绝寄酬,兼呈畏之员外(其一)①

十岁裁诗走马成②,冷灰残烛动离情③。桐花万里丹山路④,雏凤清于老凤声⑤。

注释

① 韩冬郎:韩偓,乳名冬郎,李商隐连襟韩瞻之子。晚唐诗人,有《翰林集》《香奁集》。"他日"句:大中五年,李商隐离京赴梓州柳仲郢幕府,韩瞻、韩偓父子为之饯行,韩偓作诗,有"连宵侍坐徘徊久"之语。原诗已佚,今集中无此句。老成:言文字功力深厚。畏之:韩瞻字。

② 十岁:大中五年,韩偓十岁。裁诗:作诗。走马成:形容文思敏捷,顷刻之间即已成章。走马,跑马,形容快。

③ 冷灰残烛:形容夜深,烛已烧残,灰已变冷。

④ "桐花"句:桐花,梧桐所开的花,是清明"节气"之花。《诗经·大雅·卷阿》:"凤皇鸣矣,于彼高岗。梧桐生矣,于彼朝阳。"《山海经·南山经》:"丹穴之山……有鸟焉,其状如鸡,五采而文,名曰凤凰。"

⑤ "雏凤"句:雏凤,指韩偓。老凤,指韩瞻。这句称赞韩偓诗清丽胜过他的父亲。

解读

张采田《年谱会笺》将此诗编入大中十年(856)。这年李商隐回到长安,追忆五年前离京的往事,写了二首诗。此诗主要是称赞韩偓的才华。赞美之词,易落虚情俗套,此诗为人称道,全在下联神思独运,翻空为奇。春到丹山,桐花遍野,凤凰来仪,其声雍雍喈喈。丹山是仙境,凤凰是神鸟,鲜花怡情,鸣声悦耳。

诗人借助这些充满神奇色彩、具有象征意义的意象,点染出一幅让人浮想联翩的图景。以雏凤、老凤比喻清贵脱俗的父子,以凤声比喻文思才情,设想奇特。无须多言,一个少年才俊的形象,已从中跃现。

正月崇让宅①

密锁重关掩绿苔②,廊深阁迥此徘徊③。先知风起月含晕④,尚自露寒花未开。蝙拂帘旌终展转⑤,鼠翻窗网小惊猜⑥。背灯独共余香语,不觉犹歌《起夜来》⑦。

注释

① 崇让宅:见《七月二十九日崇让宅宴作》注①。

② 重关:层层屋门。

③ 迥:深远。

④ "先知"句:当太阳或月亮的光线透过高而薄的云层时,受到冰晶折射,形成彩色光圈,彩色排列顺序内红外紫。出现在太阳周围的光圈叫日晕,出现在月亮周围的光圈叫月晕。月晕出现在夜晚。《广韵》:"月晕则多风。"苏洵《辨奸论》:"月

晕而风,础润而雨。"

⑤ "蝙拂"句:帘旌,帘端所缀的布帛,泛指帘幕。展转,辗转,指反复不定、翻来覆去的样子。

⑥ 窗网:朱鹤龄《李义山诗集笺注》引程大昌语:"网户刻为连文,递相缀属,其形如网。后世遂有直织丝网,张之檐窗,以网鸟雀者。"

⑦ 起夜来:歌辞名。《乐府解题》:"《起夜来》,其辞意犹念畴昔思君之来也。"柳浑《夜来曲》句:"洞房且莫掩,应门或复开。飒飒秋桂响,悲君起夜来。"唐施肩吾《起夜来》:"香销连理带,尘覆合欢杯。懒卧相思枕,愁吟《起夜来》。"

解读

张采田《年谱会笺》将此诗编入大中十一年(857)。对李商隐来说,崇让宅既见证了他和夫人王氏的欢爱,也留下了刻骨的伤痛,永远是个触目伤怀、难以割舍的地方。自梓州回京城后,重过崇让宅,但见宅门紧锁,绿苔深掩,楼阁幽迥,月冷空房,与六年前离京时的境况全然不同。追思往昔,触目惊心,孤鸾踽踽,徘徊兴叹,遂以此景起兴,写了这首"感伤意少,悼亡意多"(程梦星《李义山诗集笺注》)的诗。颔联写徘徊所见的景象,兼喻夫人临终情事。夜月含晕,凉风四起,娇花怯露,畏寒未开。何焯说"月晕多风比妻身亡,下句则未得富贵开眉也"(《义门读书记》)。谓上句月晕生风,暗示厄运笼盖在夫人身上,比喻王氏身亡;将下句理解为夫人自嫁诗人之后,始终生活在贫苦之中,以至愁眉不展，笑口难开，未免凿之过深。下句承上句而来，只是指夫人临终之时，天气犹寒而已，未必定有深意。徘徊所见，都是凄苦之景，返回室中，唯见蝙蝠拂动帘幕，辗转反侧，难以入眠。又闻窗网上的声响，引起诗人一阵惊猜。难道是夫人神魂有知，特地赶来和自己相会？然而等到挑灯相迎，方知是鼠辈作怪。四顾室内，不见身影，唯觉余香犹存，恍若伊人，宛在身旁。自别之后，多少深情密意，藏在心中，此时此刻，又怎能不一吐心衷？于是背灯独对余香，絮絮而语，道尽相思之情、别离之苦。宛如久别重逢，又若新婚燕尔，在两情相接之中，不禁唱起《起夜来》歌。前人写悼亡诗，常见的是睹物思人，悲不自胜，或朝思暮想，梦中相会。由于诗人自有一种人所不及的深厚情意，一种人所没有的深切感受，因此能用一种似断若续的手法，营构起一种恍惚朦胧的意境。诗中由故地徘徊、幽寂荒凉，忽而移笔于夜，写月晕风生，顿时打破了原来的寂静，但正是这种景象的突变，真切地传达出诗人内心深处的感情风涛。颈联未承"风起"继写风声入耳，长夜难捱，再次笔锋陡转，由室外移至室内，通过细节描写，在知觉迷乱的真真假假中，反复致意，最后进入似梦非梦的追忆之中，使人在这零风断雨般的意象中，感受到诗人专注而近于痴迷的哀思。此诗文情相生，张采田叹道："悼亡诗最佳者，情深一往，读之增伉俪之重，潘黄门后绝唱也。"(《李义山诗辨正》)。

南　朝①

地险悠悠天险长②，金陵王气应瑶光③。休夸此地分天下，只得徐妃半面妆④。

注释

① 南朝:东晋灭亡后,隋朝统一前,南方延续四个朝代(宋、齐、梁、陈),都以建康(今江苏南京)为都城,历史上总称南朝。

② "地险"句:地险,《太平御览》引晋吴勃《吴录》:"刘备曾使诸葛亮至京,因睹秣陵(南京古称)山阜,叹曰:'钟山龙盘,石头虎踞,此帝王之宅。'"后因以"龙盘虎踞"形容南京地势雄壮险要,宜作帝王之都。悠悠,言岁月悠久。天险,长江自古有"天险"之称。长,言源远流长。

③ "金陵"句:金陵,南京古称。《太平御览》引《金陵图》:"昔楚成王见此有王气,因埋金以镇之,故曰金陵。秦并天下,望气者言江东有天子气,凿地断连岗,因改金陵为秣陵。"瑶光,北斗七星的第七星名,古人以为象征祥瑞。这句说南朝为正朔所归,上应天象。

④ "只得"句:徐妃,名昭佩,梁元帝萧绎的正妻。因为没有姿容,不得宠,出于报复心,数次戏弄萧绎。《南史·后妃传》:"帝二三年一入房。妃以帝眇一目,每知帝将至,必

208

为半面妆以俟,帝见则大怒而出。"半面妆,只梳妆打扮半边的脸。

解读

张采田《年谱会笺》将此诗编入大中十一年(857)。李商隐还京后,经柳仲郢推荐,任盐铁推官,这年曾游历以金陵为中心的江东(今长三角地区)。唐代吟咏南朝的诗甚多,大都以兴亡盛衰致慨。诗中写金陵地处险要,上应天象,以如此之形胜,如此之王气,理应雄踞寰海,可事实上却只能偏安一方,有负天意地利。这种看法并不新奇,所奇在其表现手法。下联构思新颖,想象奇特,以人人笔下所无的刻画,写人人意中所有的题材。徐妃半面妆,是一个人所熟知的典故,含有戏谑的成分。诗中将"半面妆"和"分天下"并提,以"半面妆"影射偏安一隅,可谓故实活用,前所未有。如此,这三字便由家庭纠纷转为国家兴衰,由戏谑变为讽刺,故朱彝尊说此诗"高绝"(沈厚塽《李义山诗集辑评》引)。也许是由于这讽刺过于尖刻,让萧绎、让南朝君主、让所有偏安的帝王脸面全无,有违温柔敦厚之旨,故纪昀说此诗"纤而卑"(《玉溪生诗说》)。对李商隐这类诗,沈德潜也有不满之词:"义山长于风谕,工于征引,唐人中另开一境。顾其中讥刺太深,往往失于轻薄。"(《唐诗别裁集》)讥刺太深是事实,至于"轻薄",那只是对无道的君王不恭而已。

齐宫词

永寿兵来夜不扃①，金莲无复印中庭②。梁台歌管三更罢③，犹自风摇九子铃④。

注释

① "永寿"句：《南史·齐纪下·废帝东昏侯》载：南朝齐废帝萧宝卷宠爱潘妃，为她建神仙、永寿、玉寿三殿，四壁用黄金涂饰。永元三年(501)，雍州刺史萧衍(即后来的梁武帝)率兵入建康，王珍国等人夜开云龙门，将萧衍兵士迎入宫中。当时齐废帝正在含德殿，吹笙歌，作《女儿子》，被兵士斩首。因下句咏潘妃，故改"含德"为"永寿"。扃(jiōng)，关门。

② 金莲：《南史·齐纪下·废帝东昏侯》载：齐废帝凿金为莲花，贴在地面，令潘妃在上面行走，说："此步步生莲花也。"这句是说齐亡后，宫中再也不见潘妃的身影。

③ 梁台：《容斋随笔》："晋、宋后称朝廷禁省为台，故称禁城为台城。"梁台即梁朝宫殿。

④ 九子铃：古代宫殿、寺观风檐前或帏帐上挂的装饰铃，用金玉等材料制成。《西京杂记》："(昭阳殿)上设九金龙，皆衔九子金铃。"

解读

张采田《年谱会笺》将此诗编入大中十一年(857)。建康为六朝金粉之地,吟咏南朝政事,都离不开歌舞欢宴。李商隐的咏史诗,特别是咏南朝诗,均含讽刺之意,这首诗也是如此。首句即叙亡国之事,诗的旨意也是以此致慨,写铜驼荆棘之悲。但此诗不着一字议论,具体描写的,都是金莲、歌管、九子铃这些细微的物事,而且都是寻欢作乐之事。纪昀说:"意只寻常,妙从小物寄慨,倍觉唱叹有情。"(《李义山诗集辑评》)但此诗佳处,绝不仅止于此。题名"齐宫词",诗中所写,并不限于齐宫。"梁台歌管",那是继齐之后的梁朝宫事。齐宫"夜不扃",梁宫"三更罢",那么继梁之后,又在何处,"犹自风摇九子铃"呢?"荒淫亡国,岂能一一写尽,只就微物点出,令人思而得之。"(屈复《玉溪生诗意》)歌管、九子铃代代相传,梁、陈重蹈齐的覆辙,寥寥数语,将南朝兴亡,全都概括在内。杜牧《阿房宫赋》,曲终奏雅,告诫后世:"秦人不暇自哀,而后人哀之,后人哀之而不鉴之,亦使后人而复哀后人也。"这首诗以形象、微婉的艺术语言,表达了和杜牧同样的意思。

隋　宫

紫泉宫殿锁烟霞①,欲取芜城作帝家②。玉玺不

《隋宫》

缘归日角③，锦帆应是到天涯④。于今腐草无萤火⑤，终古垂杨有暮鸦⑥。地下若逢陈后主，岂宜重问《后庭花》⑦？

注释

① "紫泉"句：紫泉，即紫渊，因避唐高祖李渊讳改。司马相如《上林赋》描写皇帝的上林苑"丹水亘其南，紫渊径其北"。此用紫泉宫殿代指隋朝京都长安的宫殿。锁烟霞，锁在烟霞之中，即被烟云笼盖。

② 芜城：即江都(今江苏扬州)。南朝宋鲍照作《芜城赋》，写广陵(扬州)故城的荒芜景象。以上二句说隋炀帝离开长安，去江都修建行宫，致使长安宫殿无人居住。

③ "玉玺"句：古代传国玉印。《后汉书·光武纪》注引郑玄《尚书中候注》："日角，谓(天)庭中骨起，状如日。"刘孝标《辨命论》："龙犀日角，帝王之表。"日角即额角突出。这里指唐高祖。史称高祖"日角龙庭"。

④ 锦帆：《炀帝开河记》："(隋炀帝)龙舟既成，泛江沿淮而下……时舳舻相继，连接千里，自大梁至淮口，联绵不绝。锦帆过处，香闻百里。"以上二句说如果不是唐朝取代隋朝，隋炀帝的游船会远至天涯海角。

⑤ "于今"句：《礼记·月令》："腐草为萤。"古人以为腐草会化为萤火虫。《隋书·炀帝纪》："上于景华宫征求萤火，得数

213

斛,夜出游山放之,光遍岩谷。"这句说隋炀帝已将萤火虫
搜尽。

⑥ "终古"句:终古,永远,久远。《开河记》:"诏民间有柳一株赏
一缣,百姓争献之。又令亲种,帝自种一株,群臣次第种栽
毕,帝御笔写赐垂杨柳姓杨,曰杨柳也。"

⑦ "地下"二句:陈后主,即南朝陈的亡国之君陈叔宝,曾作《玉
树后庭花》。《隋遗录》载:隋炀帝在江都,"昏湎滋深,往往为
妖祟所惑。尝游吴公宅鸡台,恍惚间与陈后主相遇,尚唤帝
为殿下。后主……舞女数十许,罗侍左右。中一人迥美,帝
屡目之。后主云:'殿下不识此人耶? 即丽华也。'……酌红
梁新酝劝帝。帝饮之,甚欢,因请丽华舞《玉树后庭花》。丽
华目后主,辞以抛掷岁久,自井中出来,腰肢依旦,无复往时
姿态。帝再三索之,乃徐起,终一曲。后主问帝:'萧妃何如
此人?'帝曰:'春兰秋菊,各一时之秀也。'……后主问帝:'龙
舟之游乐乎? 始谓殿下致治在尧舜之上,今日复此逸游,大
抵人生各图快乐,曩将何见罪之深耶? 三十六封书,至今使
人怏怏不悦。'帝忽悟,叱之云:'何今日尚目我为殿下,复以
往事讥我耶?'随叱声恍然不见。"

解读

张采田《年谱会笺》将此诗编入大中十一年(857)。首联写
隋炀帝乘兴南游,贵戚大臣、妃嫔优伶随同出行,致使京城宫门
深锁,被烟云笼盖。而曾一度荒芜的扬州,反而锦绣满目,成为

帝王之家。前二句既写炀帝为所欲为,有迁都扬州之意,下面似应写其在此穷奢极欲,沉迷不悟。但颔联却别开生面,反说就连扬州的繁华,也不能牵住炀帝的身心,如果不是因为传国玉玺过早落入李渊之手,那么毫无节制的欲望,也许已经厌倦扬州,将炀帝的龙舟,送到海角天涯。炀帝连同他浩浩荡荡的随从,早已灰飞烟灭,不见踪影。但从自然景物之中,依然能看到当年留下的痕迹。为了游山照明,他曾将萤火虫搜罗殆尽,以致现在连腐草中都难找到萤火虫。为了赏心悦目,他下令沿运河遍植杨柳,一时绿荫满堤,至今暮色中点点昏鸦在枝上聒噪,成了一种衰亡的象征。颈联摇曳多姿,兴在象外,在有无对照、今昔对比中,显示生前荒淫,死后荒凉,寄寓着深沉的历史感慨。李商隐的咏史诗,以长于讽喻、工于征引见称。这首诗更是拓展笔势,独辟新境,一波未平,一波又起,以出其不意取胜。陈后主纵情淫乐,《后庭花》素称亡国之音。炀帝无视殷鉴,咎由自取,不仅为后世嗤笑,就是再见陈后主,也难以自容。末联忽发奇想,说炀帝在黄泉若重逢后主,又怎能再请张丽华舞《后庭花》呢?设想奇警,感慨遥深,用笔灵活,运古入化。朱曾武赞此诗:"全以议论驱驾事实,而复出以嵌空玲珑之笔,运以纵横排宕之气,无一笔呆写,无一句实砌,斯为咏史之极。"(《唐诗绎》)李商隐还有一首作于同时的七绝《隋宫》,也写隋炀帝纵欲南游之事,诗云:"乘兴南游不戒严,九重谁省谏书函?春风举国裁宫锦,半作障泥半作帆。"

风 雨

凄凉宝剑篇[①]，羁泊欲穷年[②]。黄叶仍风雨[③]，青楼自管弦[④]。新知遭薄俗，旧好隔良缘[⑤]。心断新丰酒，消愁斗几千[⑥]？

注释

① 宝剑篇：张说《郭代公行状》："公少倜傥，廓落有大志，十八擢进士第，判入高等，授梓州通泉尉。（武则天）闻其名，驿征引见，令录旧文，上《古剑篇》，览而喜之。"郭代公即郭震，字元振，玄宗时进封代国公。《古剑篇》最后四句："何言中路遭弃捐，零落飘沦古狱边。虽复尘埋无所用，犹能夜夜气冲天。"以古剑尘埋，寓怀才不遇之意。

② "羁泊"句：羁泊，羁旅漂泊。穷年，终生。

③ "黄叶"句：以风雨中的黄叶自喻身世飘零。

④ 青楼：指富贵人家。

⑤ "新知"二句：新知，新交的知己。薄俗，谓世风浇薄。旧好，以前的好友。

⑥ "心断"二句：心断，犹心碎。《旧唐书·马周传》："西游长安，宿于新丰逆旅（旅店），主人唯供诸商贩而不顾待周。遂命酒一斗八升，悠然独酌，主人深异之。至京师，舍于中郎将常何之家。贞观五年，太宗令百僚上书言得失，何以武吏不涉经

学,周乃为何陈便宜二十余事,令奏之,事皆合旨(合乎太宗心意)……太宗即日召之……与语甚悦,令直门下省。"《汉书·东方朔传》:"销忧者莫若酒。"王维《少年行》:"新丰美酒斗十千。"斗几千,言买一斗酒要几千钱?

解读

张采田《年谱会笺》将此诗编入大中十一年(857)。"味其意致,似在游江东时矣。"首联以"宝剑篇"起兴。郭震也曾有过被世俗遗弃的时候,以此作《古剑篇》,但他后来因为上诗得到武则天的赏识而青云直上。诗人同样零落飘沦,同样作诗言志,却一直羁旅漂泊,兀兀终身,这是一不平。"梧桐更兼细雨","怎一个愁字了得"? 这是南宋女词人李清照的叹息。而诗人面对的却是黄叶更兼风雨,是即将凋谢的黄叶更遭风雨的摧残,其景其情,比李清照词中所写,尤为悲哀。与此同时,豪门大宅,却是"歌台暖响,春光融融"。一个"仍"字,写出困境中的黄叶无人在意;一个"自"字,写出权贵的自得,对贫贱者冷漠无情。两相比较,更觉不堪,这是二不平。杜诗善用"自"字,历来为人称道,颔联下句"自"字,深得其妙。"自"字和"仍"字,为此诗诗眼。纪昀说这二字含有"多少悲凉"意在(《玉溪生诗说》)。薛雪说:"李义山'青楼自管弦''秋池不自冷''不识寒郊自转蓬'之类,未始非无穷感慨之情,所以直登老杜之堂,亦有由矣。"(《一瓢诗话》)颈联写新交的知己(如李党的郑亚、柳仲郢等)都被浇薄的世俗(实指朝廷)贬斥,而往昔的好友(指牛党的令狐绚)关系已经疏远。诗人自己也被卷入党争之中，并以此穷年羁泊，偃蹇终身，这是三不平。末联引出马周，和首联照应。无论郭震还是马周，都以获得君主的青睐而改变命运。李商隐长年屈居幕僚，但心中从未放弃在朝廷任职的想法，此时已进入暮年，自觉已不可能再遇上郭震、马周那样的机会。虽不能至，心向往之，这是四不平。"何以解忧？唯有杜康。"可即使是十千一斗的新丰美酒，又何尝能够消愁，只是徒然令人心碎而已。此诗题名"风雨"，即以此象征人才被无情摧残的冷酷现实。韩愈说："大凡物不得其平则鸣……人之于言也亦然。有不得已者而后言，其歌也有思，其哭也有怀。凡出乎口而为声者，其皆有弗平者乎！"(《送孟东野序》)这首《风雨》就是诗人的不平之鸣。

锦　瑟①

锦瑟无端五十弦②，一弦一柱思华年③。庄生晓梦迷蝴蝶④，望帝春心托杜鹃⑤。沧海月明珠有泪⑥，蓝田日暖玉生烟⑦。此情可待成追忆⑧，只是当时已惘然。

注释

① 锦瑟:见《回中牡丹为雨所败二首》注④。

② "锦瑟"句:《汉书·郊祀志》:"泰帝(泰昊)使素女鼓五十弦
瑟,悲,帝禁不止,故破其瑟为二十五弦。"可见古瑟有五十
弦,后来多为二十五弦。无端,没来由,无缘无故。

③ "一弦"句:柱,系弦的小木柱。宋黄朝英《缃素杂记》:"义山
《锦瑟》诗云……山谷道人读此诗,殊不解其意,后以问东坡。
东坡云:'此出《古今乐志》,云:锦瑟之为器也,其弦五十,其
柱如之。其声也适、怨、清、和。'案李诗'庄生……',适也;
'望帝……',怨也;'沧海……',清也;'蓝田……',和也。一
篇之中,曲尽其意。史称其瑰迈奇古,信然。"(《苕溪渔隐丛
话》前集)华年,盛年。

④ "庄生"句:见《偶成转韵七十二句赠四同舍》注⑫。

⑤ "望帝"句:《华阳国志·蜀志》:"后有王曰杜宇,教民务农,一
号杜主。七国称王,杜宇称帝,号曰望帝。……会有水灾,其
相开明决玉垒山以除水害,帝遂委以政事,法尧舜禅授之义,
遂禅位于开明,帝升西山隐焉。时适二月,子鹃鸟鸣,故蜀人
悲子鹃鸟鸣也。"子鹃即杜鹃,又名子规。《成都记》:"望帝
死,其魂化为鸟,名曰杜鹃,亦曰子规。"春心,伤春之心。

⑥ "沧海"句:《博物志》:"南海外有鲛人,水居如鱼,不废绩织,
其眼泣则能出珠。"

⑦ "蓝田"句:《长安志》:"蓝田山,在长安县东南三十里,一名覆
车山,其山产玉,亦名玉山。"《搜神记》:"吴王夫差小女,名曰

紫玉,年十八,才貌俱美。童子韩重,年十九,有道术,女悦之,私交信问,许为之妻。重学于齐、鲁之间,临去,属其父母使求婚。王怒,不与女,玉结气死,葬阊门之外……(三年后)王妆梳,忽见玉,惊愕悲喜,问曰:'尔缘何生?'……(吴王)夫人闻之,出而抱之。玉如烟然。"《困学纪闻》:"司空表圣云:'戴容州叔伦谓诗家之景,如蓝田日暖,良玉生烟,可望而不可置于眉睫之前也。'李义山'玉生烟'之句盖本于此。"

⑧ 可待:岂待,何待。

解读

冯浩《年谱》将此诗编入大中七年,张采田《年谱会笺》编入大中十二年(858),这年李商隐去世。诗题"锦瑟",实际上是一首以篇首二字为题的无题诗。此诗景象迷离,难以索解。"望帝春心托杜鹃,佳人锦瑟怨华年。诗家总爱西昆好,独恨无人作郑笺。"(《论诗绝句》)这是金代诗人元好问的慨叹。不过在元好问身后,特别是在偏好探赜索隐的清代,此诗成了被人笺注最多的一首诗。只是众说纷纭,莫衷一是,相比较而言,清人赞同悼念亡妻的较多,一些现当代学者则倾向于自伤身世的看法。王世贞谓此诗"不解则涉无谓,既解则意味都尽"(《艺苑卮言》)。相比其他看法,"悼亡"说最能体现诗人的深情,最能呈现绮丽的意境,具有最直接最强烈的艺术感染力,故下面采用"悼亡"说,对这首诗作一些解读。

此诗虽不是单纯的咏物诗,但既以"锦瑟"起兴,则必有所指。《玉溪生诗集》中言及锦瑟,往往和夫人王氏相关。"新知他日好,锦瑟傍朱栊。"(《寓目》)这是思念夫人的诗。集中最早的悼亡诗《房中曲》,其中有二句也以锦瑟致意:"归来已不见,锦瑟长于人。"从李商隐的诗中可知,王氏知音善琴。去世之后,诗人目睹遗物,追思当年弹奏瑶瑟的情景,触绪生悲,因借"锦瑟"发端,托物起兴,以寓悼亡之意。"无端"二字,凭空顿挫而出,若怨若责,似泣似诉。原期白头偕老,谁知无故永别,辜负诗人一片痴情,由此产生一种无可奈何的悲剧感。前人以"一弦一柱",追思"华年",推算王氏年二十五而殁,未免胶柱鼓瑟。实际上诗人只是感叹夫人正当青春年华,却如一片落红,叶陨香消。中间二联,全是诗人意识流动中的情景。由于心烦意乱,神情黯伤,故诗人追念旧情,如太空流星,山间游云,来去倏忽,不能自制。后人读此诗,自然更难捉摸,以此引起不少猜疑和聚讼。但这些看似迷离惝恍、互不相关的意象,又绝非无端而生,它们都是诗人思绪迷惘的幻影、情绪朦胧的象征。"秋蝶无端丽,寒花更不香。"(《属疾》)李商隐的悼亡诗,有时以"蝴蝶"比喻其妻。颔联上句既以"梦蝶"喻夫人物化,又自比庄周,言生者痴迷,辗转结想,然往事难寻,徒为蝶梦所困,令人不禁感慨生命的无常。而即使这样的梦中追念,也因短暂的晓梦随即惊醒。颔联下句写即使夫人多情,感动上苍,魂兮归来,也只是化为杜鹃而已,那声声啼血,令人格外悲伤。诚可谓"春心莫共花争发,一寸相思一寸灰"(《无题》)。李商隐曾作诗思妻:"结爱曾伤晚,端忧复至今。未谙沧海路,何处玉山岑?"(《摇落》)与颈联语相近,但含意不同。如今夫人已身藏玉山，魂归沧海，山重水复，生死异路。颈联上句写诗人遥望沧海，对景伤情，唯有泪珠滚滚，哭悼爱妻而已；下句言夫人已经物化，如烟飘逝。句中还兼含"蓝田日暖，良玉生烟，可望而不可置于眉睫之前也"之意，以示如今瘗玉埋香，风雨几度，空驰神想，难寻芳踪，恍若烟生，心迷莫从。中间二联，全写诗人对伉俪之情的追忆。李商隐和夫人情深意厚，但长期分离，两地相思，夜以继日，心中怅恨，无可遣排。故最后二句说：这种种啮人的伤感，在当时已令人惘然若失，今日追忆，就更加不堪回首了。"可待""只是"四字，与"无端"前后呼应。这首诗是婉美和悲伤的结合，情致缠绵，哀艳悽断。诗人将心中郁结的情意，寄于流传已久、具有象征性的意象之中，思绪在锦瑟断弦、蝴蝶迷梦、杜鹃声悲、明珠含泪、玉石生烟中流动，使难以言喻的情感形象化、具体化，似乎触手可摸，但又迷离惝恍，借助比兴和想象的链接，将读者带入一个有声有色，有情有味、奇异瑰丽的艺术世界。

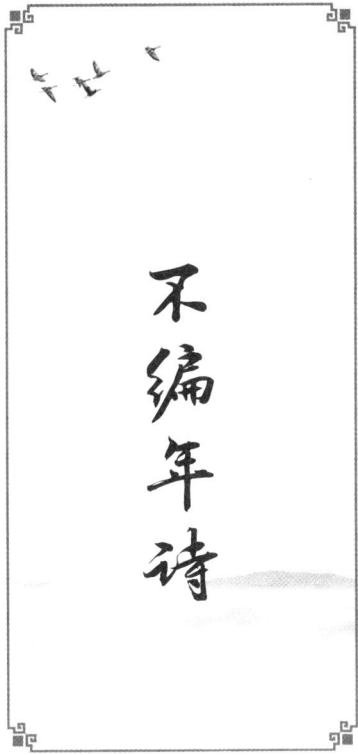

不编年诗

无题二首

凤尾香罗薄几重，碧文圆顶夜深缝①。扇裁月魄羞难掩②，车走雷声语未通③。曾是寂寥金烬暗，断无消息石榴红④。斑骓只系垂杨岸，何处西南待好风⑤？

重帷深下莫愁堂⑥，卧后清宵细细长。神女生涯原是梦⑦，小姑居处本无郎⑧。风波不信菱枝弱，月露谁教桂叶香？直道相思了无益，未妨惆怅是清狂⑨。

注释

① "凤尾"二句：凤尾罗，即凤文罗。《白帖》："凤文、蝉翼，并罗(绮)名。"碧文圆顶，"唐人昏(婚)礼多用百子帐，特贵其名与昏(婚)宜，而其制度则非有子孙众多之义。盖其制本出戎虏，特穹庐、拂庐之具体而微者耳。楼柳为圈，以相连琐，可张可阖。为其圈之多也，故以百子总之，亦非真有百圈也。"(程大昌《演繁露·百子帐》)碧文，碧色花纹。这二句说夜深用凤文罗缝制碧纹、轻薄的圆顶帷帐。

② "扇裁"句：班婕妤《怨歌行》："裁为合欢扇，团团似明月。"月魄，指月。扇裁月魄，即裁成如月团扇。《古今乐录》曰："《团扇郎歌》者，晋中书令王珉捉白团扇，与嫂婢谢芳姿有爱，情

好甚笃。嫂捶挞婢过苦,王东亭闻而止之。芳姿素善歌,嫂令歌一曲当赦之。应声歌曰:'白团扇,辛苦五流连。是郎眼所见。'珉闻,更问之:'汝歌何遗?'芳姿即改云:'白团扇,憔悴非昔容,羞与郎相见。'后人因而歌之。"这句即用其意。

③ "车走"句:司马相如《长门赋》:"雷殷殷而响起兮,声象君之车音。"以上二句写和意中人不期而遇的情景:自己脸色含羞,以团扇遮面;对方坐在车上,车声轰隆,很快驰过,因而未能通话。

④ "曾是"二句:金烬,指烛花。烛花烧完了,故暗。断无,绝无。《旧唐书·孔绍安传》:"因侍宴,应诏咏《石榴诗》曰:'只为时来晚,开花不及春。'时人称之。"这二句说自己彻夜不眠,思念对方,但直到春天过去,石榴花开,依然没有对方的消息。

⑤ "斑骓"二句:斑骓,毛色黑白相杂的马。好风,指可凭借的风。义山集中有《留赠畏之》诗:"潇湘浪上有烟景,安得好风吹汝来?"与此意同。这二句说如今意中人所骑的马,正留在垂杨岸边,只不知何时何处,才会有西南好风,将自己吹到他的身旁。

⑥ 莫愁:见《马嵬二首》注⑩。又《乐府诗集》卷四八《清商曲辞·莫愁乐》:"莫愁在何处? 莫愁石城西。艇子打两桨,催送莫愁来。"《旧唐书·音乐志》:"石城在竟陵(今湖北天门)……《莫愁乐》出于《石城乐》。石城有女子名莫愁,善歌,因有此歌。"

⑦ "神女"句:见《过楚宫》注①。

⑧ "小姑"句:乐府《青溪小姑曲》:"开门白水,侧近桥梁。小姑所居,独处无郎。"吴均《续齐谐记》:"会稽赵文韶,宋元嘉为

东宫扶侍,廨在青溪中桥。秋夜步月,忽有青衣诣门相问,须臾女郎至,年可十八九许,容色绝妙,顾青衣取箜篌鼓之,留连宴寝。将旦,别去,以金簪遗文韶。明日,于青溪庙中得之,乃知昨所见,青溪女神也。"

⑨ "直道"二句:张相《诗词曲语辞汇释》:"直,与就使、即使之就字、即字相当。假定之辞。"了无益,一点作用也没有。清狂《汉书·昌邑哀王传》:"察故王衣服、言语、跪起,清狂不惠。"颜师古注引苏林曰:"凡狂者,阴阳脉尽浊。今此人不狂似狂者,故言清狂也。或曰,色理清徐而心不惠曰清狂。清狂,如今白痴也。"这二句说即使相思无益,也不妨一生怀着痴情。

解读

　　冯浩《玉溪生诗集笺注》、刘学锴余恕诚《李商隐诗歌集解》,都将李商隐诗分为编年和不编年两类。《笺注》编年诗止于《水斋》,《集解》编年诗止于《锦瑟》。自此诗以下各篇,《集解》不编年。冯浩《年谱》将此诗编入大中六年,张采田《年谱会笺》编入大中五年。王士禛说:"玉溪《无题》诸作,深情丽藻,千古无双,读之但觉魂摇心死,亦不能明言其所以佳也。"(《唐贤小三昧集续集》)李商隐首创的无题诗,因隐晦难解,以至被人称为"意障"(许学夷《诗源辨体》)。不过从另一面看,无题诗颇似西方无标题乐曲,作者可以自由抒发自身的情感,读者在欣赏时也能无拘束地发挥自己的想象。诗无达诂,这在解无题诗时表现得尤为明显。从字面上看,李商隐的无题诗都写男女之情,但他又自我表白:"楚雨含情皆有托。"(《梓州罢吟寄同舍》)"虽有涉于篇什,实不接于风流。"(《上河东公启》)故前人解无题诗,往往好申寄托之说。但要确认有何寄托,则不免繁琐的考证,这样诗的美感也就荡然无存了。为此,自此以下的五首无题诗,都据字面进行解读,至于有无寄托,不作考虑。

李商隐的不少言情诗,都写人物的心理独白,这二首诗,便是一个女子历经希望和失望、爱恋和伤害之后,意有醒悟而心仍执着,在深夜所作的追思和独白。前一首诗首联写女子在夜深时分,依然孜孜不倦地缝纫结婚所用的帷帐,可见其急于委身的心情。而她的思绪,则回溯和意中人最后一次路遇的情景。她一直渴望能他相见、和他相会,只是不能如愿。如今机会就在眼前,可作为一个年轻的女子,她又本能地感到羞涩,即使用一把团扇遮脸,也未能掩饰自己的感情。可对方似乎并未注意到她,或许也已看到她,但落花有意,流水无情,随着轰隆的车声,从她眼前驰过,连一句问候的话都未留下。她感到失望,感到心痛,可还是忘不掉他。有多少个夜晚,她在寂寞中苦苦等待,直到灯烛成灰;可眼望着春去夏归,对方始终没有音信。"陈孔(陈宣、孔范和陆瑜均为陈后主狎客。)骄赭白(毛色赤白相间的骏马),陆郎乘斑骓。徘徊射堂(古时习射的场所)头,望门不欲归。"(《乐府诗集·明下童曲》)其实,她心里很明白,对方和她相隔并不远,或许此时正系马杨柳岸边,和他人寻欢作乐,真可谓"人远天涯近"。但她还不死心,希望能有西南好风,将自己送到意中人的身边。曹植诗:"愿为西南风,长逝入君怀。"《红楼梦》中薛宝钗作词:"好风凭借力,送我上青云。"结句和这二首诗意正相同。

后一首诗抒写女子思而不得、历经煎熬后的感悟。此时她已不再缝制帷帐,而是将屋内层层帷幕放下,她已放弃了追求的念头,将自己封闭起来。莫愁是个无忧无愁的女子,她以"莫愁"作为自己的堂名,原也希望自己能和莫愁一样。可如今她在堂中,却百忧烦心,辗转不眠,望着清宵的明月,随着时间的慢慢流逝,细细咀嚼心中的苦涩。她想起了一些古代的传说,一些曾经让她艳羡的人物,如有云雨之欢的巫山神女、秋夜步月的清溪小姑。但神女是梦中之事,小姑也有"无郎"的歌谣,爱情本来就很虚幻,又怎可强求?让她伤心的是:风波不会因为菱枝柔弱而不加摧残,它根本就不在乎菱枝是否柔弱;月露本可滋润桂叶,可在哪里能看到月露助桂叶飘香?前者横暴,后者无情;前者是伤痛,却是事实,后者是希望,却是空想。颈联语虽婉约,意极沉痛。至此,女子终于明白:单方面的相思,不仅得不到同情,得不到帮助,反会让自己遭受更深的伤害,因此毫无益处。但即便如此了然,如此彻悟,她仍不能忘情,甘愿在永无希望、永无止境的惆怅和痛苦中,守着这份痴情。

无　题

相见时难别亦难,东风无力百花残。春蚕到死丝方尽①，蜡炬成灰泪始干。晓镜但愁云鬓改②，夜吟应觉月光寒。蓬山此去无多路③，青鸟殷勤为探看④。

注释

① "春蚕"句：《乐府诗集·西曲歌·作蚕丝》："春蚕不应老,昼夜常怀丝。何惜微躯尽,缠绵自有时。"朱彝尊说："古乐府'思'作'丝',犹'怀'作'淮'也,往往有此。"(《李义山诗集辑评》)钱良择不同意这种说法："此是以'丝'喻情绪,非借作'思'也。对句不用借字可证。"(《唐音审体》)

② 镜：照镜子。

③ 蓬山：神话传说中的蓬莱仙山。《山海经·海内北经》："蓬莱山在海中。"

④ "青鸟"句：青鸟,见《汉宫词》注①。看,张相《诗词曲语辞汇释》："看,尝试之辞。如云试试看。"

解读

　　冯浩《年谱》将此诗编入大中三年,张采田《年谱会笺》编入大中五年。这是一首女子抒写别后相思之情的诗。"别日何易会日难,山川悠远路漫漫。"别易会难,是习以为常的看法。但首句偏说因为相见的机会难得,故别离更让人恋恋不舍。如果说起句飘忽,和"昨夜星辰昨夜风"笔势相仿,那么下句让人有出其不意的惊艳之感。冯舒说"第二句毕世接不出"(《瀛奎律髓汇评》引)。首联上句抒情,下句以景承接。东风无力百花残,比"杨柳岸,晓风残月"更加凄切。一个多情的思妇,面对此景,更是充满了"无可奈何花落去"的悲哀、"天若有情天亦老"的慨叹、"春亦去人远矣,是别情何薄,归兴何浓"的伤感。但人不会像春天那样薄情,匆匆归去,相思之情,如春蚕吐丝,至死方尽;如蜡炬有心,替人流泪,直到化成灰烬。叶嘉莹说颔联上下二句语意相近,是"合掌"。不过这并未妨碍它成为义山诗中的名句,后世效法者甚多。钱谦益叹道:"绮靡浓艳,伤春悲秋,至于'春蚕到死''蜡炬成灰',深情罕譬,可以涸爱河而干欲火。"(《李义山诗笺注序》)清梅成栋甚至说:"镂心刻骨之词。千秋情语,无出其右。"(《精选七律耐吟集》)"日月忽其不淹兮,春与秋其代序。惟草木之零落兮,恐美人之迟暮。"春光的流逝,带走了枝上的鲜花,留下满地落红,让人从中感悟被时光流逝带走的青春岁月,留在心中的忧惑和不安。颈联上句"但愁云鬓改",便是担忧青春流逝,担心容颜衰老,不能"为悦己者容"。"海上生明月,天涯共此时。情人怨遥夜,竟夕起相思。"唯其"共此时""起相思",因而想到意中人步月吟诗的情景,才会想象对方应该有"月光寒"的感觉,才能体贴入微。这寒不仅是因为夜间凉露的滋生,也出自此时相望不相见的孤寂,不仅在身上,也在心头。最后写所思的人并非远在天涯,只是"身无彩凤双飞翼",只能拜托青鸟殷勤探看了。从末联可见:心依然没有绝望,但身却无法亲近,没有东风相助,只能是"花自飘零水自流"的结局。这是一首表达对爱情忠贞不渝的情诗,从多方面展现人的情感波澜、心理活动,其中有柔肠百转的缱绻,有缠绵悱恻的情意,有无怨无悔的追求,有一息尚存、矢志不移的执着。陆次云说:"诗中比意从汉魏乐府中得来,遂为《无题》诸篇之冠。"(《五朝诗善鸣集》)此诗托之比兴,而又形象鲜明,深情绵邈,而又跌宕多姿,回环往复,而又清新自然,无堆积故实、晦涩隐僻之弊,能冠冕《无题》,成为情诗的绝唱,绝非虚誉。

无题四首(其一,其二)

来是空言去绝踪,月斜楼上五更钟。梦为远别啼难唤,书被催成墨未浓。蜡照半笼金翡翠①,麝熏微度绣芙蓉②。刘郎已恨蓬山远③,更隔蓬山一万重。

飒飒东风细雨来,芙蓉塘外有轻雷④。金蟾啮锁烧香入⑤,玉虎牵丝汲井回⑥。贾氏窥帘韩掾少⑦,宓妃留枕魏王才⑧。春心莫共花争发⑨,一寸相思一寸灰。

注释

① "蜡照"句:翡翠,《楚辞·招魂》:"翡翠珠被,烂其光些。"《长恨歌》:"鸳鸯瓦冷霜华重,翡翠衾寒谁与共。"都指绣着翡翠的被子。刘学锴、余恕诚《集解》:"金翡翠,以金线绣成翡翠鸟图样之帷帐。帷帐上部为烛照所不及,故曰'半笼'……或曰金翡翠指有翡翠鸟图样之罗罩,眠时用以罩在烛台上掩暗烛光。"笼,笼盖。

② "麝熏"句:麝熏,所熏的麝香。度,过。绣芙蓉,指绣着芙蓉的被子。杜甫《李监宅》:"屏开金孔雀,褥隐绣芙蓉。"

③ "刘郎"句:刘郎可指汉武帝刘彻,《史记·孝武本纪》:"今上封禅,其后十二岁而还,遍于五岳、四渎矣。而方士之候祠神人,入海求蓬莱,终无有验。"刘郎又指刘晨。刘义庆《幽明录》载:东汉明帝永平五年,会稽郡剡县刘晨、阮肇共入天台山采药,遇两丽质仙女,被邀至家中,结为夫妇。半年后二人还乡,以后就再也找不到仙女的踪影了。据诗意,以刘晨为宜。蓬山,仙山,见《无题》(相见时难别亦难)注④。

④ 芙蓉塘:荷花池。轻雷:喻车声。见《无题二首》(凤尾香罗薄几重)注③。

⑤ "金蟾"句:叶廷珪《海录碎事》:"金蟾,锁饰也。"啮,咬,这里是闭合意。刘学锴、余恕诚《集解》:"金蟾,指蟾形香炉;锁,指香炉鼻钮,可启闭而填入香料。"

⑥ "玉虎"句:叶廷珪《海录碎事》:"玉虎,辘轳也。"指用玉石装

饰的形状如虎的辕轳。丝,井索。

⑦ "贾氏"句:《世说新语》:"韩寿美姿容,贾充辟以为掾。充每聚会,贾女于青琐中看,见寿,说(悦)之,恒怀存想,发于吟咏。后婢往寿家,具述如此,并言女光丽。寿闻之心动,遂请婢潜修音问,及期往宿。寿蹻捷绝人,逾墙而入,家中莫知。自是充觉女盛自拂拭,说畅有异于常。后会诸吏,闻寿有奇香之气,是外国所贡,一著人,则历月不歇。充计武帝唯赐己及陈骞,余家无此香,疑寿与女通,而垣墙重密,门阁急峻,何由得尔,乃托言有盗,令人修墙。使反曰:'其余无异,唯东北角如有人迹,而墙高,非人所逾。'充乃取女左右婢考问,即以状对。充秘之,以女妻寿。"

⑧ "宓妃"句:宓(fú)妃,指三国魏文帝甄后。魏王,指三国魏陈王曹植。《文选·洛神赋》李善注:"宓妃,宓(伏)羲氏之女,溺洛水为神。""《记》曰:魏东阿王(曹植)汉末求甄逸女,既不遂,太祖回,与五官中郎将(曹丕)。植殊不平,昼思夜想,废寝与食。黄初中入朝,帝(魏文帝曹丕)示植甄后玉缕金带枕,植见之,不觉泣。时已为郭后谗死,帝意亦寻悟,因令太子留宴饮,仍以枕赉植。植还,度辕辕,少许时,将息洛水上,思甄后。忽见女来,自云:'我本托心君王,其心不遂。此枕是我在家时从嫁,前与五官中郎将,今与君王(陈王)。'遂用荐枕席,欢情交集,岂常辞能具。又云:'岂不欲常见,但为郭后以糠塞口,今被发,羞将此形貌重睹君王尔。'言讫,遂不复见所在,遣人献珠于王。王答以玉佩,悲喜不能自胜,遂作

《感甄赋》。后明帝见之,改为《洛神赋》。"
⑨ 春心:思春之心,即相思之情。

解读

　　冯浩《年谱》将此诗编入大中三年(849),张采田《年谱会笺》
编入大中五年。和《无题二首》一样,诗中也写相思无望但又执
着不弃的深情。前一首起句如山间游云,飘忽而来,转瞬即去;
次句笔锋陡转,于无声处传出惊响,令人凝神猜详。意中人一去
不返,音问杳然,执手相别时的誓言,都成了无谓的空话。但男
子却依然难以忘怀,夜深人静,思念旧情,直到残月斜落,晨钟敲
响。在那长夜中,他也曾打过盹,作过一个短暂的梦,梦中的他,
正面临意中人的远别,他多想将她唤回,但因伤别而悲啼不已,
竟无语凝噎。惊醒之后,眼前依然是别离时的情景,无法按捺相
思之情,于是匆忙修书致意,因心情急迫,等不及将墨磨浓,便挥
毫疾书了。正因有了上句"啼难唤"的深情,下句"墨未浓"也成
了理所应有的事。神魂恍惚,屋内的陈设也趋于朦胧。半笼烛
光,映照着装饰金翡翠的卧床;缕缕麝香,从绣着芙蓉的被褥上
飘过,这岂不是当初和伊人相聚时的景象? 或者,伊人刚才就在
这里和自己相会? 是人依然留在梦中,还是梦境在眼前重现?
五更的钟声敲醒了男子,晨曦已在眼前出现。暗淡的月色、清亮
的钟声,使四周的景象显得格外凄清。梦境渐渐远去,新恨又上
心头。蓬山远隔,无路可通,古代的刘郎,已经为此怅恨,更何况
隔在他和意中人之间的障碍,又远远超过蓬山呢? 此时此境,怎

不让人黯然销魂？

　　前一首写夜间相思，后一首写清醒后的感悟。屋外东风飒飒，细雨绵绵，吹拂绿荷，点击池塘，而从远处的空中，隐隐传来春雷的声响。首联描绘了一幅清远的画面，构建一种杳渺的意境，令人味之不尽，纪昀说"起二句妙有远神"(《玉溪生诗说》)。院内金蟾形的香炉，紧紧闭合，玉虎般的辘轳，牵动井索。颔联不太容易理解，孙洙沿用朱彝尊的说法："锁虽固，香犹可入；井虽深，汲犹可出。"(《唐诗三百首》)即使隔在两人之间的障碍，坚固如锁，深不可测如井，但爱情还是能像烧香、绳索那样，渗透进去，汲取出来，实现自己的愿望。颔联"香""丝"二字，和"相""思"谐音。"烧香"可引申为相思炽热，"牵丝"可引申为情思绵长。但这种美好的希望，往往被无情的现实粉碎。贾氏迷恋韩寿，是因为他年轻貌美；甄后致情曹植，是爱他多才多艺。如果一个男子，既没有韩寿的容貌，又没有曹植的才情，又怎能获得女子的芳心？"万紫千红安排着，只待新雷第一声。"如今新雷已经响起，春天已经到来。春天是万象更新的季节，也是春心荡漾的时节。随着春天的苏醒在心中萌发的悸动，不可抑制，也不该抑制。春心和新蕾同开，爱情和鲜花争妍，是天人合一的美好景象。只是人心并非全都纯洁无瑕，里面也掺和着不少世俗的杂念，致使爱情变质。落花有意，流水无情，单方面的相思，只能藏在心头，愈是炽热，愈是炙人。如同那孤独的蜡烛，伴随着泪水燃烧自己，最后化为寸寸灰烬。这正是春心被摧残的悲哀。末联看似斩钉截铁的决绝语，留下的却是如怨如慕、似泣似诉的长

恨。叶矫然说:"其指点情痴处,拈花棒喝,殆兼有之。"(《龙性堂诗话初集》)

龙　池①

龙池赐酒敞云屏②,羯鼓声高众乐停③。夜半宴归宫漏永④,薛王沉醉寿王醒⑤。

注释

① 龙池:故址在今陕西西安兴庆公园内。宋程大昌《雍录》:"明皇(玄宗)为诸王时,故宅在京城东南角隆庆坊。宅有井,井溢成池,中宗时数有云龙之祥。后引龙首堰水注池,池面益广,即龙池也。开元二年七月,以宅为宫,是为兴庆宫。"

② 敞:敞开,张开。云屏:有云形彩绘的屏风,或用云母作装饰的屏风。

③ "羯鼓"句:羯鼓,出自羯族的乐器。两面蒙皮,腰部细,用公羊皮作鼓皮。用两杖敲击,又称两杖鼓。"其声促急,破空透远,特异众乐。明皇极爱之,尝听琴未终,遽止之,曰:'速令花奴(汝阳王李琎小名)持羯鼓来,为我解秽。'"(南卓《羯鼓录》)

④ 宫漏:宫中漏壶,见《辛未七夕》注④。永,久远,形容夜长。
⑤ 薛王:唐玄宗弟李业封薛王,死后子李琄封嗣薛王。寿王:唐
玄宗子李瑁。

解读

　　这首诗讥刺的对象,是贵为九五之尊的唐玄宗,讥刺的意
向,是玄宗中篝的秽行。即使在比较宽松和自由的唐代社会,
在敢于指责君王的诗人笔下,这也是一个让人噤口的话题。
李商隐能不为尊者讳,需要一定的勇气,但他毕竟是唐朝的臣
子,不可能毫无忌讳,因此采用了微婉隐晦的表现手法。诗中
无一字明写玄宗,但又句句不离玄宗。"龙池"是玄宗龙兴之
地,"羯鼓"是他至爱之物,宫中设宴、赐酒张乐,是他在位时常
有的景象。小说创作强调典型和细节,中国古代诗词重在抒
情和意境,特别是律诗、绝句,仅寥寥数字,一般不会考虑对典
型和细节的描写,事实上也很难兼顾。在绝句中能驾驭自如
地做到这点,并且以完美的形式体现,似乎只有李商隐。在前
面所录的绝句中,如"小怜玉体横陈夜,已报周师入晋阳";"晋
阳已陷休回顾,更请君王猎一围"(《北齐二首》);"梁台歌管三
更罢,犹自风摇九子铃"(《齐宫词》)等,已可看到。不过这些
细节描写,其灵感还都来自史书和笔记的记载。这首诗的点
睛之笔是末句,无论是典型塑造还是细节描写,都出自诗人的
艺术创造,出乎众人的想象,而又合情合理。杨贵妃原为寿王
李瑁的王妃,被公爹玄宗看中后,纳入后宫,后奉旨出家当了

短期的女道士,有了这个过渡,便册封为贵妃,由于这时没有皇后,名正言顺地成了六宫之首。在唐玄宗和杨贵妃举办的宫廷宴席上,羯鼓之声激起了狂欢的高潮,夜色已深,无忧无虑的薛王喝得酩酊大醉,而寿王却心烦意乱,坐立不安。一个"醉"字,一个"醒"字,形成鲜明的对照。而只要了解这段历史知识,必然会明白寿王清醒的苦衷,玄宗和杨妃的淫荡,也在不言之中。前人称此诗"微而显,婉而峻",能得风人之旨(宋顾乐《唐人万首绝句选评》)。吴乔称下联为"扛鼎之笔"(《围炉诗话》)。即便如此,还是有一些人,如屈复、沈德潜、纪昀等,为维护君臣之义的伦常,仍对此诗表示不满。李商隐还写过一首寓意相同的诗《骊山有感》:"骊岫飞泉泛暖香,九龙呵护玉莲房。平明每幸长生殿,不从金舆惟寿王。"由于措辞直接明白,离温柔敦厚之旨更远,故遭的非议更多。范晞文认为此诗是"彰君之恶"(《对床夜语》)。

贾　生①

宣室求贤访逐臣②,贾生才调更无伦③。可怜夜半虚前席④,不问苍生问鬼神。

239

注释

① 贾生:见《安定城楼》注④,《哭刘司户蒉》注③。

② "宣室"句:宣室,汉未央宫前殿正室。这里指汉文帝。访,征召。逐臣,指贾谊。《史记·屈原贾生列传》:"天子(汉文帝)议以为贾生任公卿之位。绛、灌、东阳侯、冯敬之属尽害之,乃短贾生曰:'洛阳之人,年少初学,专欲擅权,纷乱诸事。'于是天子后亦疏之,不用其议,乃以贾生为长沙王太傅……后岁余,贾生征见。孝文帝方受釐(天子祭祀所余之肉),坐宣室。上因感鬼神事,而问鬼神之本。贾生因具道所以然之状。至夜半,文帝前席。既罢,曰:'吾久不见贾生,自以为过之,今不及也。'"

③ 才调:才气。无伦:无与伦比。

④ 可怜:可惜。虚:徒然。前席:在座席上挪动身体靠近对方。

解读

  披览前代历史,汉文帝应是一个难得的明君,贾谊则是公认的才子。作为同朝君臣,可谓风云际遇了。但事实却非如此,因而引起后人无穷的感慨:"屈贾谊于长沙,非无圣主";"汉文有道恩犹薄,湘水无情吊岂知"。这是前人最常见的看法。宋严有翼认为此诗下联,"虽说贾谊,然反其意用之矣……直用其事,人皆能之,反其意而用之者,非识学素高,超越寻常拘挛之见,不规规然蹈袭前人陈迹者,何以臻此"(《艺苑雌黄》)。也就是说,诗人能别具慧眼，从一个新颖独特的角度，来看贾谊和汉文帝的君臣际会。此诗题为"贾生"，意之所在却是汉文帝。汉文帝能"访逐臣"，"虚前席"，似乎颇有屈己爱才之意，只是他该问不问，问不该问，致使贾谊无伦的才华，不能造福苍生，而耗费在无谓的鬼神之辨中，这就有失明君之道了。前人认为此诗有讽刺晚唐君主热衷神仙之术、贤能之士怀才不遇的意思。但就字面上看，诗中并无褒贬之语，下联提出"不问"与"问"，平平说来，引而不发，议而不断，让读者自己去领悟，将对史实的裁断，寄于含蓄蕴藉的诗歌形式中。冯班说李商隐的咏史诗"俱妙在不议论"（《玉溪生诗集笺注》）。从前面所录的这些诗看，确实都以隐喻取胜。这首诗则以议论为主，但风格清峻，抑扬尽致，故无因议论而带来的流弊。陆次云说："诗忌议论，憎其一发无余耳。此诗议论之外，正多余味。"（《五朝诗善鸣集》）纪昀也说："纯用议论矣，却以唱叹出之，不见议论之迹。"（《玉溪生诗说》）沈德潜认为此诗和前面所录的《齐宫词》等诗，"异体而各极其致"（《唐诗别裁集》）。

咸　阳

咸阳宫阙郁嵯峨^①，六国楼台艳绮罗^②。自是当时天帝醉，不关秦地有山河③。

注释

① 咸阳：东周秦国和秦朝的都城，今属陕西。郁：形容繁盛。嵯
峨：形容高峻。

② 六国：战国时期除秦国之外的另外六个大国，即：楚国、齐国、
赵国、魏国、韩国、燕国。艳绮罗：艳于绮罗，即比绮罗更艳
丽。绮罗，指华贵的丝织品或丝绸衣服。

③ “自是”二句：张衡《西京赋》：“昔者大帝（天帝）说秦穆公而觐
之（接见他），飨（款待）以钧天广乐。帝有醉焉，乃为金策（记
载诏命的金简），锡（赐）用此土，而翦诸鹑首（十二星次之一，
分野主秦地）。”言上帝喝醉时将秦地封赐秦穆公。《史记·
六国年表序》：“秦始小国僻远，诸夏宾之，比于戎翟，至献公
之后常雄诸侯。论秦之德义不如鲁、卫之暴戾者，量秦之兵
不如三晋之强也，然卒并天下，非必险固便、形势利也，盖若
天所助焉。”

解读

关于秦国勃兴、最终统一天下的原因，贾谊作过较为中肯且
有代表性的分析：“秦孝公据崤函之固，拥雍州之地，君臣固守以
窥周室，有席卷天下、包举宇内、囊括四海之意，并吞八荒之心。
当是时也，商君佐之，内立法度，务耕织，修守战之具，外连衡而

斗诸侯。于是秦人拱手而取西河之外。"（《过秦论上》）据此，秦国兴盛取决于两点：一是占有地理优势，一是秦孝公、商鞅勠力同心。后人往往沿袭这种说法。前人谓此诗本意在山河之险不足为恃，与《井络》诗比照，虽措辞隐显有所不同，意指则一致。从文字上看，确实如此，但若以为诗的意旨仅止于此，未免有些无趣，此诗也难称佳作。就秦始皇说，他认为自己能得天下，绝非仅如贾谊所言，他的玉玺，就刻着"受命于天，既寿永昌"八个字。其实，又何止秦始皇，在他之前，已有"有夏服（受）天命"（《尚书·召诰》）、"膺受大命（皇天之命）"（《毛公鼎铭》）的说法。秦以后的历代皇朝，创建之初，无不宣扬自己得天下是天命攸归、人心所向，以申皇权神授之说，振振有词，理直气壮。对此，罕见有人提出非议，或者说敢于非议。此诗下联强调秦国兴起，是天帝醉后的决定，那么这个决定非但不是明智的举措，反倒是天道愦愦的结果。秦国如此，其他皇朝也可以类推，这就从根本上否定了皇朝继统的合理性和合法性。虽然李商隐并不具备大胆的批判精神，但作为一篇艺术作品，它在读者心中引发的联想，往往具有作者本身都意料不及的影响和价值。

牡　丹

锦帏初卷卫夫人①，绣被犹堆越鄂君②。垂手乱翻雕玉佩，折腰争舞郁金裙③。石家蜡烛何曾剪④，荀令香炉可待熏⑤。我是梦中传彩笔⑥，欲书花叶寄朝云⑦。

注释

① "锦帏"句：锦帏，织锦制成的帷帐，也指华美的帷帐。鱼豢《典略》："孔子返卫，卫夫人南子使人谓之曰：'四方君子之来者，必见寡小君(诸侯之妻)。'孔子不得已见之。夫人在锦帏中，孔子北面稽首，夫人自帏中再拜，环佩之声璆然(佩玉相击声)。"

② "绣被"句：刘向《说苑·善说》："君独不闻夫鄂君子皙之泛舟于新波之中也？乘青翰之舟，张翠盖而检犀尾。会钟鼓之音毕，榜枻(驾舟)越人拥楫而歌，歌辞曰：'今夕何夕兮，搴舟中流？今日何日兮，得与王子同舟？蒙羞被好兮，不訾诟耻(不因我身份低下而嫌弃、责骂我)。心几顽而不绝兮，知得王子。山有木兮木有枝，心悦君兮君不知。'于是鄂君子皙乃揄(挥动)修袂(长袖)，行而拥之(越人)，举绣被而覆之。"鄂君子皙，春秋时楚王同母弟，官令尹(相国)。越人(越女)悦其美，因作《越人歌》，以求"交欢尽意"。绣被所盖的是越人，这里误作"鄂君"。

③ "垂手"二句：梁简文帝萧纲诗《赋乐府得大垂手》："垂手忽苕苕，飞燕掌中娇。罗衣恣风引，轻带任情摇。讵似长沙地，促

244

舞不回腰。"《小垂手》:"舞女出西秦,蹑影舞阳春。且复小垂手,广袖拂红尘。折腰应两袖,顿足转双巾。蛾眉与曼脸,见此空愁人。"刘歆《西京杂记》:"(戚)夫人善为翘袖折腰之舞。"大垂手、小垂手,均为舞名,郭茂倩"《乐府解题》:'《大垂手》《小垂手》,皆言舞而垂其手也。"陈良运《歌以咏言,舞以尽意——中国古代舞蹈美之窥探》:"所谓'大垂手',双手下垂仅随身而动,独显窈窕身段舞动之美,以'罗衫''轻带'之'引'与'摇',表现舞者含情脉脉之态。'小垂手'即手小有所动,'广袖拂红尘',以微动之手拂动长袖而生风。也'折腰',也'顿足',但不失温婉娴静之美。"雕玉佩,有雕玉装饰的佩带。郁金裙,用郁金草染色的裙子。

④ "石家"句:刘义庆《世说新语·汰侈》:"石季伦(西晋石崇)用蜡烛作炊。"剪,剪烛,见《夜雨寄北》注③。用蜡烛当柴烧,故不用剪烛芯。

⑤ "荀令"句:习凿齿《襄阳记》:"荀令君(三国魏荀彧)至人家,坐处三日香。"言荀彧衣上的熏香经久不息。可待,岂待,何待。

⑥ "我是"句:《南史·江淹传》:"尝宿于冶亭,梦一丈夫自称郭璞(西晋诗人),谓淹曰:'吾有笔在卿处多年,可以见还。'淹乃探怀中得五色笔一以授之。尔后为诗绝无美句,时人谓之才尽。"

⑦ 书花叶:写在花叶上。朝云:原指巫山神女,见《过楚宫》注①。这里指意中人。

解读

　　冯浩《年谱》将此诗编入太和五年(831)，张采田《年谱会笺》编入太和八年，当时李商隐在二十岁上下。这是一首咏物诗，其特色在通篇都用比体，且多暗用、化用。首联上句以"锦帏""卫夫人"比喻花幄初展时的娇艳，下句以"绣被""越鄂君"(应为越女)比喻层层绿叶拥裹的明丽，都写静态的形状。颔联以人"垂手""折腰"，临风而舞，比喻花轻盈的体态、摇曳的风姿。"雕玉佩"让人联想起白花，"郁金裙"让人联想起黄花。这联写活动的形态。颈联上句以"石家蜡烛"形容花深红欲滴，光彩照人；下句以"荀令香炉"形容花的芳香，出于自然。这联写花的色泽、芬芳。末联写诗人为花所迷，神思翩翩，想将花叶寄给巫山神女，因为二者同样神奇妙丽。诗中用事是一把双刃剑，其长处在借助隐喻、象征，使抽象的概念具体化、形象化，使一些无法直言的情事，含蓄地表现出来。只是"诗家病使事太多，盖皆取其与题合者类之，如此乃是编事，虽工何益？若能自出己意，借事以相发明，情态毕出，则用事虽多，亦何所妨。"(《蔡宽夫诗话》引王安石语)李商隐以好用事著称，以致有"獭祭"之诮。这首诗用事之密集，即使在玉溪生诗集中也甚少见，但却能得到后人的首肯，自有其独到之处。黄周星说："义山之诗，大约如赋水法，只于水之前后左右写之。如此诗本咏牡丹，何尝有一句说牡丹？又何尝一句非牡丹？"(《唐诗快》)纪昀赞道："八句八事，却一气鼓荡，不见用事之迹，绝大神力。"(《玉溪生诗说》)不过这还都是表象。此诗的长处，在于能用丰富、具体、鲜明的意象，取代容易流于空洞、雷同的描述，不即不离，足以让读者拓展更深更广的联想空间，既细腻熨帖，又生意盎然。诗人以锦心绣口，写花色彩鲜艳，风姿娇媚，香气袭人，呈现出一幅缤纷多彩的国色天香图，极富贵风流之致。这样的描写，只可用于"花之富贵者也"的牡丹，若用于咏荷、咏梅诗中，便觉不妥。诗中用作比喻的，有人有物，但主要是人。而所写的人，如越鄂君、垂手折腰的舞女、朝云，又和男女思慕之情相关，至于卫夫人南子和宋朝私通，荀彧之子荀粲（奉倩）为著名的情郎，石崇为绿珠丧身，绿珠为石崇堕楼，虽为人各不相同，但都有动人的爱情故事。诗中以人喻花，言外或许以花指人，花即是人，人即是花，虚实相间，人花一体。结句"欲书花叶寄朝云"，或许就是将这首诗寄给国色天香般的意中人。

赠　柳

　　章台从掩映①，郢路更参差②。见说风流极③，来当婀娜时④。桥回行欲断⑤，堤远意相随⑥。忍放花如雪⑦，青楼扑酒旗⑧。

注释

① "章台"句：章台，汉代长安城街名。《古今诗话》："汉张敞为

《赠柳》

京兆尹,走马章台街。街有柳,终唐世曰章台柳。"从掩映,任从柳树遮掩映照衬。

② "郢路"句:郢,春秋战国时楚国的国都,故址在今湖北江陵西北的纪南城。春秋时楚国有离宫,名章台。参差,蹉跎。

③ "见说"句:见说,听说。《南史·张绪传》:"刘悛之为益州,献蜀柳数株,枝条甚长,状若丝缕。时旧宫芳林苑始成,(南朝齐)武帝以植于太昌灵和殿前,常赏玩咨嗟,曰:'此杨柳风流可爱,似张绪当年时。'"

④ "来当":言如今来到这里,正当杨柳婀娜多姿之时。

⑤ "桥回"句:言桥向旁转,路被隔断。

⑥ "堤远"句:言长堤向远处伸展,心意也随它而去。

⑦ "忍放"句:忍,怎忍。花如雪,言杨(柳)花如雪飘飞。

⑧ 青楼:指富丽的酒楼。

解读

许尧佐《柳氏传》载:韩翃少负才名,富家李生负气爱才,将其宠姬柳氏赠与韩翃。安史之乱爆发,洛阳、长安相继沦陷。柳氏以色艳独居,恐落入叛军之手,便落发寄身法灵寺为尼。长安收复后,韩翃派人寻找柳氏,并题了一首诗:"章台柳,章台柳,颜色青青今在否?纵使长条似旧垂,也应攀折他人手。"(后题名《章台柳·寄柳氏》)柳氏看到诗后,含泪答诗:"杨柳枝,芳菲节。可恨年年赠离别。一叶随风忽报秋,纵使君来岂堪折。"(后题名《杨柳枝·答韩翃》)此诗以章台柳领起,细玩诗意,似有和韩翃相似的遭遇和喟叹。冯浩说此诗"全是借咏所思","迹已断而心不舍"(《玉溪生诗集笺注》)。这首诗题名赠柳,实际上是咏柳赠人,即借咏柳,抒写对意中女子的思念和关切,并希望能将这首诗送给伊人,让她明白自己的一片深情。前半首写伊人过去在长安光彩照人,如今去江陵落魄不遇,只听说她依然风韵不减,极其迷人,如今我来这里,她应该还是那么婀娜多姿。颈联上句写到此走访女子,但行踪隔断,无从寻觅;下句写心仍在她的身上,念念不忘,缠绵不已。这联空外传神,颇为后人称道,袁枚说:"'堤远意相随',真写柳之魂魄。与唐人'山远始为客,江奔地欲随',皆是呕心镂骨而成。"(《随园诗话》)对此,钱钟书有较具体的分析:"'昔我往矣,杨柳依依。'李嘉祐《自苏台至望亭驿怅然有作》诗曰'远树依依如送客',于此二语如齐一变至于鲁,尚著迹留痕也。李商隐《赠柳》'堤远意相随',《随园持话》卷一叹为'真写柳之魂魄'者,于此二语遗貌存神,庶几鲁一变至于道矣。'相随'即'依依如送'耳。"(《管锥编》第一册)"末联说不忍看她如像柳絮那样飘泊,落到歌楼酒馆中去卖唱。"(周振甫《李商隐选集》)以如此风姿绰约的女子,竟落到花扑酒旗的地步,即使常人也会为之惋惜,更何况诗人。结句深情无限,唏嘘欲绝。

离亭赋得折杨柳二首①

暂凭尊酒送无憀②，莫损愁眉与细腰③。人世死前唯有别，春风争拟惜长条④。

含烟惹雾每依依⑤，万绪千条拂落晖⑥。为报行人休尽折，半留相送半迎归。

注释

① 离亭:驿亭,古人常在此设宴告别。赋得,凡摘取古人成句为题之诗,题首多冠以"赋得"二字。《折杨柳》,乐府曲辞名。

② 无憀(liáo):无所依赖。指闲而烦愁。

③ "莫损"句:古人常以柳叶喻女子之眉,柳枝喻女子柔软细瘦的腰。

④ 争拟:怎拟。拟,打算。古人有折柳赠别的习俗。

⑤ 含烟惹雾:言柳树笼罩在烟雾之中。

⑥ 绪:开端。这里指柳条的顶端。落晖:夕阳,夕照。

解读

在古代诗词中,杨柳已成了象征离别的独特意象。咏柳必抒离情,要想从中翻出新意,并非易事。这二首诗,便能自出机杼,独运妙思。前一首诗写临别之际,以酒消愁,虽百无聊赖,依然劝诫送行的人：切莫频频攀折，损害柳条。上联措辞委婉，下联的答词却断然拒绝，令人心惊：人在去世之前，唯有离别最让人伤感，前人说"黯然销魂者，唯别而已矣"。杨柳多情，一定会理解行人的心情，怎么会因爱惜在春风中摇曳的柳条而不让人攀折？诗意一转。后一首诗承前面"惜"字展开。依依向人，如此多情；飘拂落晖，如此美丽，又怎能不让人爱惜？又怎能忍心损害？诗意二转。况且人世间既有离别者，也有归来者；离别的人，最盼望的是何时能够归来；如今离别的人，也是日后归来的人。无论送往迎归，都离不开杨柳依依相伴。为此再一次婉转劝诫：如果一定要折柳赠别，那么切莫将柳条折尽。还是留下一半，迎接游子的归来。诗意三转。折柳是因为伤别，而惜柳是为了迎归。无论攀折还是爱惜，都和别离之情相关。寥寥数句，如河畔垂柳，波澜起伏，摇曳多姿。纪昀谓此诗"情致自深，翻题殊妙"（《玉溪生诗说》）。沈祖棻说这二首诗的表现方法，"于文为针锋相对，于情为绝处逢生。情之曲折深刻，文之腾挪变化，真使人惊叹"（《唐人七绝诗笺释》）。冯浩认为："就诗论诗，已妙入神矣。深窥之，必为艳体伤别之作。"（《玉溪生诗集笺注》）程梦星更断言"此二首留别女校书也"（《李义山诗集笺注》）。果如其说，那么前一首第二句，也是对人而言的，是担心离别女子柔弱的身子，经不起伤害，劝她注意保重。而后一首结句，则盼其早日归来，充满对迎归情景的向往。

252

霜　月^①

　　初闻征雁已无蝉，百尺楼高水接天^②。青女素娥
俱耐冷^③，月中霜里斗婵娟^④。

注释

① 霜月：秋季最后一个月。《礼记·月令》："孟秋之月寒蝉鸣，
　　仲秋之月鸿雁来，季秋之月霜始降。"

② 水接天：言霜色月光，照映空中，清澈如水。

③ 青女：主管霜雪的神女。《淮南子·天文训》："至秋三月……
　　青女乃出，以降霜雪。"高诱注："青女，天神，青腰玉女，主霜
　　雪也。"素娥：谢庄《月赋》："集素娥于后庭。"李周翰注："常娥
　　窃药奔月……月色白，故云素娥。"耐，禁得起。

④ 斗婵娟：即比美。婵娟，美妙的姿容，也指美女。

解读

　　首句点时，雁唳初闻，蝉声已息，正是深秋时节。次句写空
间景象，独立高楼，抬头仰望，空中月色明净，宛如冰轮，霜华流
溢，清澈似水，霜月交辉，天水相接，在澄明中透出凄清，在空旷
中流露寂寥，已含高处不胜寒的意味。颈联想象此时高处的月
宫，遍地清霜，但青衣、素娥，都是冰肌玉骨的绝代佳丽人，对此
毫不在意，即使在寒凉世界，依然斗姿争妍。纪昀说："首二句极

写摇落高寒之意,则人不耐冷可知。却不说破,只以青女、素娥对照之,笔意深曲。"(《玉溪生诗说》)青衣是霜是主宰,素娥是月的象征,在她们的身上,不仅有冷艳的一面,还有高洁的一面;不仅显示了霜月的风致,更体现了霜月的精神。这首绝句所要表现的,正是这样的风神和襟怀。以此,这首诗没有悲秋的叹息,没有草木摇落的衰飒。冯浩认为这是一首艳情诗,但只是猜测,并无确证。此诗托兴幽渺,自见风骨,高情远意,空际传神,和《蝉》诗相近。但又不像《蝉》诗那么明白,诗中究竟有何寓意,也难确认。唯有那清丽冷趣,从字面溢出,流入人的心扉。

泪

永巷长年怨罗绮①,离情终日思风波②。湘江竹上痕无限③,岘首碑前洒几多④。人去紫台秋入塞⑤,兵残楚帐夜闻歌⑥。朝来灞水桥边问⑦,未抵青袍送玉珂⑧。

注释

① "永巷"句:《三辅黄图》:"永巷,宫中长巷,幽闭宫女之有罪者。武帝时改为掖庭,置狱焉。"言被禁宫女长年含恨,泪湿

绮罗。

② "离情"句:离情,别离的情绪。风波,即"江湖多风波,舟楫恐失坠"(杜甫《梦李白》)之意。言思妇思念游子,整日担心江上的风波。

③ "湘江"句:湘江,湖南最大河流。张华《博物志》:"尧之二女,舜之二妃,曰'湘夫人',舜崩,二妃啼,以泪挥竹,竹尽斑。"后人称为湘妃竹,又名泪竹。二妃随后投入湘江,为湘水之神。痕,指泪痕。

④ "岘首"句:岘首碑,即岘山碑。《晋书·羊祜传》:西晋羊祜都督荆州诸军事,驻襄阳,有政绩。死后,"襄阳百姓于岘山祜平生游憩之所建碑立庙,岁时飨祭焉。望其碑者莫不流涕,杜预因名为堕泪碑。"洒,洒泪。

⑤ "人去"句:人,指王昭君。紫台,即紫宫,帝王居处。这里指汉朝宫阙。《汉书·匈奴传》载:汉元帝竟宁元年(前 33),"单于自言愿婿汉氏以自亲(愿意做汉朝的女婿,自觉和亲)。元帝以后宫良家子王嫱字昭君赐单于。"昭君在匈奴号宁胡阏氏。这便是著名的"昭君出塞"。

⑥ "兵残"句:《史记·项羽本纪》:"项王军壁垓下,兵少食尽。汉军及诸侯兵围之数重。夜闻汉军四面皆楚歌,乃大惊曰:'是何楚人之多也!'项王则夜起饮帐中。有美人名虞,常幸从……于是项王乃悲歌慷慨,自为诗曰:'力拔山兮气盖世,时不利兮骓不逝。骓不逝兮可奈何? 虞兮虞兮奈若何?'歌数阕,美人和之。项王泣数行下。左右皆泣,莫能仰视。"

⑦ 灞水桥:见《独居有怀》注⑬。

⑧ "未抵"句:青袍,指寒士。玉珂,马勒上的玉石类饰物,借指贵人。珂,像玉的石头。当寒士送贵人时,势必感到难堪,穷途潦倒之恨,就更加明显。

解读

　　冯浩《年谱》和张采田《年谱会笺》都将此诗编入大中二年(848),认为是为李德裕接连被贬而作。"《唐摭言》有'八百孤寒齐下泪,一时南望李崖州'句,与此同情。"(《玉溪生诗集笺注》)不过从末联看,以感伤身世之意居多。首联上句写宫人之泪,下句离人之泪,这是世间最多见的泪,故用以发端。颔联上句写湘神斑竹之泪,下句写岘山遗爱之泪,都是为他人掉泪。颈联上句写昭君出塞之泪,下句写项羽垓下之泪,都是为自身落泪。中间二联,所写都为前代史实,"家国苍凉,同声一恸,儿女英雄之泪也。"(俞陛云《诗境浅说》)最后写天下之泪,无过于送别,送别之泪,无过于灞桥,而千载而下的灞桥送别之泪,也无法与寒士的感伤之泪相比。结句有切肤之痛,说出心事,放声一恸,感伤身世之意,十分明显。如果此诗是为李德裕而作,那么末联即写人世间的所有别离,都比不上寒士送李德裕出京更让人痛惜。在表现手法上,此诗最大的特点是迭用典故,前面以六个典实,写了六种类型(失宠、忆远、感逝、怀德、悲秋、伤败)的泪,以常人之泪、古人之泪作铺垫,烘托末联。"以诗论,则由虚而实;以情论,则由浅而深。"(陆昆曾《李义山诗解》)"结句一笔翻落,化实为

虚，局法奇甚。"（毛张健《唐体余编》）

碧城三首

　　碧城十二曲阑干①，犀辟尘埃玉辟寒②。阆苑有书多附鹤③，女床无树不栖鸾④。星沉海底当窗见⑤，雨过河源隔座看⑥。若是晓珠明又定⑦，一生长对水晶盘⑧。

　　对影闻声已可怜⑨，玉池荷叶正田田⑩。不逢萧史休回首⑪，莫见洪崖又拍肩⑫。紫凤放娇衔楚佩⑬，赤鳞狂舞拨湘弦⑭。鄂君怅望舟中夜，绣被焚香独自眠⑮。

　　七夕来时先有期⑯，洞房帘箔至今垂⑰。玉轮顾兔初生魄⑱，铁网珊瑚未有枝⑲。检与神方教驻景⑳，收将凤纸写相思㉑。《武皇内传》分明在㉒，莫道人间总不知。

注释

① "碧城"句：碧城，《太平御览》卷六七四《上清经》："元始天尊居紫云之阁，碧霞为城。"也用以指仙人、道士的居处。阑干，栏杆。江淹《西洲曲》："阑干十二曲，垂手明如玉。"

② "犀辟"句：犀，犀角。辟，辟除。《述异记》："却尘犀，海兽也。然其角辟尘，致之于座，尘埃不入。"这里指女冠华贵高雅，头上插着犀角簪，一尘不染。玉辟寒，玉性温润，可以避寒。《杜阳杂编》下："火玉色赤，长半寸，上尖下圆，光照数十步，积之可以燃鼎，置之室内，则不复挟纩（穿丝绵衣服）。"

③ "阆苑"句：阆苑，神仙居处。《集仙录》为西王母居处，在"昆仑之圃，阆风之苑，有城千里，玉楼十二"。这里指道观。《锦带》："仙道以鹤传书，白云传信。"

④ "女床"句：女床，山名。《山海经·西山经》："西南三百里，曰女床之山……有鸟焉，其状如翟，五彩文，名曰鸾鸟。"《晋书·天文志上》："女床三星，在纪星北，后宫御（管理）也。主女事。"

⑤ "星沉"句：星星沉没于海底，言天将晓。当窗见，言在窗边就能看到。与下"隔座看"都形容碧城的高峻。

⑥ "雨过"句：雨：取宋玉《高唐赋》"旦为朝云，暮为行雨"之意。河源，黄河的源头。这里指天河。张华《博物志》："天河与海通，近世有人居海渚者，年年八月，有浮槎来去，不失期。人有奇志，立飞阁于槎上，多赍粮，乘槎而去。至一处，有城郭状，屋舍甚严，遥望宫中多织妇，见一丈夫牵牛渚次饮之，此人问此何处，答曰：'君还至蜀郡，问严君平则知之。'后至蜀，

问君平,曰某年月日有客星犯牵牛宿,计年月正此人到天河
时也。"雨过河源,言男女欢会事毕。

⑦ "若是"句:《飞燕外传》:"真腊夷献万年蛤、不夜珠,光彩皆若
月,照人无妍丑皆美艳。帝(汉成帝)以蛤赐后(皇后赵飞
燕),以珠赐婕妤(赵飞燕妹赵合德)。"

⑧ "一生"句:《三辅黄图》:"董偃以玉晶(水晶)为盘,贮冰于膝
前,玉晶与冰相洁。"董偃,汉武帝姑母馆陶公主(窦太主)的
面首。汉代公主贵人多逾礼越制,就从他开始。据东方朔说,
董偃犯下"败男女之化,而乱婚姻之礼,伤王制"的大罪。(《汉
书·东方朔传》)《飞燕外传》:"成帝获飞燕,身轻欲不胜风,恐
其飘翥,帝为造水晶盘,令宫人掌之(用手掌捧起来)而歌舞。"

⑨ 可怜:可爱。

⑩ "玉池"句:王金珠《欢闻歌》:"艳艳金楼女,心如玉池莲(谐
'怜'字)。持底(什么)报郎恩? 俱期游梵天。"田田,形容荷
叶相连密盛。乐府诗《江南》:"江南可采莲,荷叶正田田。鱼
戏莲叶间。"

⑪ 萧史:见《银河吹笙》注⑥。

⑫ 洪崖:传说中的仙人。郭璞《游仙诗》:"左挹浮丘袖,右拍洪
崖肩。"这里指道侣。

⑬ "紫凤"句:《禽经》:"鸑鷟,凤之属也,五色而多紫。"放娇,撒
娇。楚佩,指定情之物。刘向《列仙传》:"江妃二女者,不知
何所人也,出游于江、汉之湄(水边),逢郑交甫。交甫见而悦
之,下请其佩。二女解佩与交甫,交甫悦受而怀揣之。"江汉

在春秋战国时楚地。

⑭ "赤鳞"句:赤鳞,红色鳞片的鱼。《淮南子·说山训》:"瓠巴(春秋时楚国琴师)鼓瑟而淫鱼出听。"湘弦,湘瑟,见《银河吹笙》注⑥。

⑮ "鄂君"二句:见《牡丹》注②。鄂君,喻男主人公。这二句言虽绣被仍在,而所恋不至,惟于舟中焚香,独眠而相思。

⑯ "七夕"句:《汉武内传》:"帝闲居承华殿,忽见一女子,美丽非常,曰:'我墉宫玉女王子登也。七月七夕王母暂来。'"七夕又为牛郎织女相会之时。

⑰ 洞房:指闺房。

⑱ "玉轮"句:《楚辞·天问》:"夜光何德,死则又育? 厥利维何,而顾菟(兔)在腹?"王逸注:"言月中有兔,何所贪利,居月之腹而顾望乎?"《尚书·康诰》"惟三月,哉(初)生魄。"传:"始生魄,月十六日明消而魄生。"月魄,月初生或圆而始缺时不明亮的部分。初生魄,指圆月始缺时出现的阴影。这句隐喻女子怀孕。

⑲ "铁网"句:《本草》:"珊瑚似玉,红润,生海底盘石上……海人先作铁网沉水底,贯中而生,绞网出之,失时不取则腐。"未有枝,言未得珊瑚。

⑳ "检与"句:检,拣选。《汉武内传》:"上元夫人命侍女纪离容径到扶广山,敕青青小童出六甲左右灵飞致神之方十二事以授刘彻……可致长生。"驻景,犹驻颜,使容颜不衰老。

㉑ 凤纸:金凤纸,唐代将相官诰用金凤纸书写,道家书写青词也

用金凤纸。

㉒ 武皇内传：即《汉武内传》，后人伪托班固作。多载汉武帝求
　　仙问道之事。

解读

　　和《锦瑟》一样，这首诗也取篇首二字为题，也是一首类似
"无题"的诗。《玉溪生诗集》中，《碧城》是最难理解的篇章之一。
即使高才博学如纪昀、梁启超，也坦然承认自己不明白这三首诗
究竟说些什么。但还是有不少学者，探赜索隐，旁搜远绍，众说
纷纭，莫衷一是。或说写唐明皇和杨贵妃之事，或说叙自己与女
冠（女道士）的一段恋情，或说是观妓之作，或说居幕府失意而
作，或说是君门难进之词……明胡震亨认为："此似咏其时贵主
事。唐初公主多自请出家，与二教人媟近。商隐同时如文安、浔
阳、平恩、邵阳、永嘉、永安、义昌、安康诸主，皆先后丐为道士，筑
观在外。史即不言他丑，于防闲复行召入，颇著微词。"（《唐音戊
签》）相比较而言，用这种观点解释诗意，最为通达，程梦星、冯
浩、张采田及至周振甫、刘学锴等人，均持此说。李唐皇室尚未
完全摆脱胡人的旧习，当时也没有理学的禁锢，社会处于比较开
放的状态中；皇家公主往往任性妄为，在感情问题上更是无所忌
惮；佛教戒律较严，而道教则要宽松得多。唐代女冠、包括那些
身为公主的女冠通情，既不会受到朝廷和社会的谴责，也不会有
教门的约束。李商隐年轻时曾在玉阳山学道，与女冠宋华阳姐
妹有过一段恋情，这使他对当时女冠的生活和感情状况，有较直

接和深入的了解。下面据"女冠说"对此诗进行解读。

学道意在学仙,公主所居道观,更是不同寻常。第一首首联写道观如同仙境:碧霞为城,围栏深曲,高远、华丽、清寂、幽洁。甚至连日常所用,如辟尘犀、辟寒玉,也都是仙家之物。冯浩说次句双关,"入道为辟尘,寻欢为辟寒也"(《玉溪生诗集笺注》,下同)。即如此仙居,竟然既是修道之处,也是寻欢之所。颔联申述寻欢之意:仙鹤传递情书,树上栖宿鸾鸟。古人常以"鸾凤"并提,鸾指男,凤指女。女床栖鸾,也是双关语,隐喻男道士躲在女冠屋中偷情。而且传书多有,树无不栖,则密约幽期,已是十分普遍的现象。一涉情欲,无处不同,天仙尚且依恋牛郎,神女降临阳台自荐,何况刚入道观的尘世男女。颈联隐晦难解。程梦星注:"于是当窗所见,每致念于双星(牛郎织女相会);隔座所看,惯兴思于云雨(楚王神女欢会)。"(《李义山诗集笺注》,下同)说得比较含混。冯浩说:"窃意'海底''河源'暗用三神山反居水下与乘槎上天河见织女事,谓天上之星已沉海底而当窗自见,暮行之雨待过河源而隔座相看,以寓遁入此中,恣其夜合明离之迹也。"蓬莱、方丈、瀛洲三神山反居水下,语出《史记·封禅书》,似乎与此无关。刘学锴、余恕诚按:"五六似承'女床栖鸾',写幽欢既毕,天将破晓,分手前彼此当窗隔座相对情状。"(《李商隐诗歌集解》)这二句写通宵寻欢,直至天明,此时星星已经隐没,云雨之欢也已告终,但在告别之后,仍然当窗相见,隔座默看,两情依依,难分难解。程梦星释末联:"若是赵后(飞燕)之珠,照媚为妍,能至晓而不变,则不至色衰爱弛,汉主当一生眷之,长对其舞水晶盘上矣。"冯浩的看法正相反:"唯晓珠不定,故得纵情幽会,若既明且定,则终无昏黑之时,一生只宜清冷耳。"应该说程说更接近诗意。"水晶盘"有汉馆陶公主面首董偃及汉宠后赵飞燕的典故,李商隐诗"慢妆娇树水晶盘"(《天平公座中呈令狐令公》),以"水晶盘"喻女冠的娇艳。末联写男方因依依不舍而产生的痴想:"谓彼姝若能化为'明'而'又定'之宝珠,则可将其贮之水晶盘中一生永对矣。"(《李商隐诗歌集解》)

第二首相对说要明白些。前三联写男方回忆昔日欢会的景象。首联写所恋女子的媚丽可爱,对影闻声,已让人心动,更何况此人就在自己的身边,情意缱绻。古诗"荷叶正田田",紧接的是"鱼戏莲叶间",可作男女相戏的隐喻。因为女子可爱,男子感到不安,唯恐被他人夺走。颔联写男子对女子的叮咛:你应一心想着情郎,切莫见异思迁,用情不专。心存猜防,痴情毕露。颈联回忆一次幽会时的纵情狂欢:紫凤放娇,口衔楚佩;赤龙狂舞,手拨湘弦。诗中龙凤并举,龙指男,凤指女。上句写女子撒娇时解佩相赠,下句写男子边拨琴弦边狂舞。末联用鄂君的典故,可作多种解释。周振甫说:"(末联)当为'怅望鄂君舟中夜',平仄关系而倒装。写公主又相望贵族公子而不得,只好绣被独眠。'舟中夜'指越女,比公主。"(《李商隐选集》)因前六句都用男子的口吻叙说,这样解释似乎有些不顺。另一种说法是:还有其他人爱慕这女子,当女子和情人狂欢之时,此人在外面焚香独宿,虽有绣被,却无人可抱,中夜怅望,黯然销魂。还可作这样解释:鄂君即诗中的"赤鳞",狂欢的男子,此时已和女子分离,在外独宿，追思前事，不胜惆怅。如果联系第三首看，最后一种解释似乎更合适。

第三首可看作是鄂君独宿难眠时的思绪。首联言自己和女子如牛郎织女，原先已有相会的期约，但直到现在，她的闺房依然帘箔深垂，不与外界来往。颔联写个中无法明言的缘由。"顾兔初生魄"，隐喻珠胎暗结，即女方已怀孕；"珊瑚未有枝"，隐喻并未生产，冯浩认为暗指堕胎。男子想象洞房内的女子，一定面容憔悴，格外需要情人的关心。颈联写此时的男子，挑选神方，让女子美貌长存；寄书致意，表达自己的相思之情。虽说唐代开放，但女子，尤其是公主未婚先孕，毕竟也是一件不光彩的事，总得设法将事情隐藏。但隔墙有耳，信息流传，即使是皇家的事，也会传到民间，又怎能隐瞒？结句是同情，还是讽刺？玩味诗意，似乎以后者居多。

虽说对此诗的旨意，众说不一，但对此诗的美感，历来并无异议。虽说写男女欢情，但别有雅致，毫无低俗之处。纪昀将此诗和《锦瑟》比较，竟然说："《锦瑟》体涩而味薄，观末二句，意亦止是耳。《碧城》则寄托深远，耐人咀味矣。此真所谓不必知名而自美也。"(《玉溪生诗说》)此话似乎有失公允，但此诗魅力，可见一斑。梁启超说："义山的《锦瑟》《碧城》《圣女祠》等诗，讲的什么事，我理会不着。拆开来一句一句叫我解释，我连文义也解不出来。但我觉得它美，读起来令我精神上得一种新鲜的愉快。须知美是多方面的，美是含有神秘性的。"(《中国韵文里头所表现的情感》)美含有神秘性，这句话用于《碧城》，最为贴切。此诗用典,纷来沓至,诗中借用许多出自神话传说、与男女欢爱有关的意象,赋予隐喻、双关、象征的作用,营造了一种迷离惝恍的意境,情朦胧,意朦胧,景朦胧,令人目眩神迷。如同一次美的探险,让人如入迷宫,凭借自身的领悟,去寻找一条豁然开朗的通路。而诗炼句设色,又是那么高华瑰奇,清丽芊绵,从而使得这迷宫中的一景一物,都是那么绚丽可人,如同漫步山阴道中,云蒸霞蔚,应接不暇,因此读此诗,也是一次美的游赏。

嫦　娥①

云母屏风烛影深②,长河渐落晓星沉③。嫦娥应悔偷灵药,碧海青天夜夜心④。

注释

① 嫦娥:古代神话中的月中仙女。《淮南子·览冥训》:"羿请不死之药于西王母,姮娥窃以奔月。"汉人避文帝刘恒讳,改"姮"为"嫦"。

② 云母屏风:用云母石制作的屏风。

③ 长河:银河。晓星:晨星。

④ 碧海:言天空蔚蓝广阔如同碧海。

解读

杜甫《月》诗:"斟酌姮娥寡,天寒奈九秋。"言思量月宫姮娥孤身一人,又怎么对付深秋的寒冷。明敖英说《嫦娥》诗翻空出意,即从杜诗变化出来(《唐诗绝句类选》)。唐人有不少描写静夜之景的佳作,如杜甫《倦夜》、王维《竹里馆》、杜牧《秋夕》等诗。这首诗自出机杼,独辟异境,更为人称道。上联借助室内、室外景象,描写夜景的静美,渲染空寂清冷的气氛。"深""沉"二字,不仅写景,写景中之物,也是写情,写含情之人。既是夜色深沉,星河渐没,也映现了人深深的孤独、情绪的低落。上联观察细致敏锐,意境静谧深远,色泽凄美,情景迷离,一种寂寞之感,油然而起。从陪伴深夜的烛影,直到黎明星河的沉没,诗中的嫦娥,一定彻夜未眠。但又不仅是这一夜,窃药奔月的悔恨,一直咬啮着她的心灵。独居冷宫,海阔天高,人世远隔,难以归去,心如悬旌,夜夜不宁,岁岁年年,情何以堪。上联写一身独处的寂寞,下联则写心无所托的寂寞。"夜夜心"三字,写尽孤寂的痛苦和不堪。"七言绝句,古今推李白、王昌龄。李俊爽,王含蓄。两人辞、调、意俱不同,各有至处。李商隐七绝寄托深而措辞婉,实可空百代无其匹也。"(叶燮《原诗》)洵非虚言。关于此诗旨意,众说纷纭,不一而足,或谓"借嫦娥抒孤高不遇之感"(洪迈语),或谓"自比有才反致流落不遇"(何焯语),或谓"无夫妇之乐为悔"(谢枋得语),或谓"有'桑中'之思,借嫦娥以指其人"(唐仲言语),或谓"为入道而不耐孤子者致消"(冯浩语),或谓"悼亡之诗"(纪昀语），或谓"士有争先得路而自悔"（沈德潜语），或谓"自忏之词"（张采田语）。解释此诗的关键，在"灵药"二字究竟何指。叶葱奇认为"'灵药'比才华，诗人自慨以才华遭嫉，反致流落不偶"（《李商隐诗集疏注》）。叶嘉莹说："第三句之'嫦娥应悔偷灵药'实在可视为诗人之自谓。'偷得灵药'者，即是诗人所得之高举远慕之理想之境界……是既已得此诗人之境界，虽欲求为常人有不可得者……碧海无涯，青天罔极，夜夜徘徊于此无涯罔极之碧海青天之间，而竟无可为友，无可为侣，这真是最大的寂寞，也是最大的悲哀。"（《从李义山《嫦娥》诗谈起》）这种感受，虽发自李商隐的心中，但并非他一人独有，屈原、李白都有这样的感慨。这也正是杜甫"百年歌自苦，未见有知音"的寂寞，"千秋万岁名，寂寞身后事"的悲哀。

银河吹笙

怅望银河吹玉笙，楼寒院冷接平明①。重衾幽梦他年断②，别树羁雌昨夜惊③。月榭故香因雨发④，风帘残烛隔霜清。不须浪作缑山意⑤，湘瑟秦箫自有情。⑥

注释

① 平明:拂晓。

② "重衾"句:重衾,两层衾被。这里有两人衾被的意思。幽梦,隐约的梦境。这里借喻男女欢会。

③ "别树"句:别树,指树的斜枝。羁雌,失偶的雌鸟。枚乘《七发》:"暮则羁雌迷鸟宿焉。"刘良注:"羁雌,无偶也。"

④ 月榭:赏月的台榭。榭,台上的屋子。故香,原来的香气。

⑤ "不须"句:浪,随意,轻率。缑(gōu)山意:指入道修仙。缑山,即缑氏山,在今河南偃师县东南。刘向《列仙传》:王子乔者,周灵王太子晋,好吹笙,道士浮丘公接以上嵩山成仙。三十余年后,于七月七日在缑氏山头乘白鹤离去。缑山意,即成仙之意。

⑥ "湘瑟"句:湘瑟,湘灵鼓瑟,即湘水女神鼓瑟传情,表达对舜的哀思。屈原《楚辞·远游》:"使湘灵鼓瑟兮,令海若(北海海神)舞冯夷(河伯,黄河之神)。"秦箫,刘向《列仙传》载:萧史善吹箫,作凤鸣。秦穆公以女弄玉妻之,作凤楼,教弄玉吹箫,感凤来集,弄玉乘凤,萧史乘龙,夫妇同仙去。

解读

关于此诗旨意,同样说法不一,或谓言情之作,或谓悼亡之词,或谓为女冠而作。从字面上看,吹笙者既可以是诗人,也可以是对方。首句拈出"银河""玉笙"这两个意象,似乎是漫不经心地将它们缀入诗中,读者也往往因太常见而轻易放过。甚至像朱彝尊这样的诗人,也怀疑此诗只是写"吹笙","银河"二字因笙而误入题中。但恰恰正是这两个意象,暗示了诗的主题。据《列仙传》,王子乔爱吹笙,于七月七日在缑山乘鹤归去。而此日正是牛郎织女相会之时。诗中合用二典,以一"怅"字联带,将成仙之意撇开,而专注于牛女之事。诗人于秋夜怅望银河,吹起幽怨的玉笙,这惆怅既因牛郎织女引起,那么在他的心中,一定存有天各一方的怅恨。首联描绘了视觉、听觉、触觉等多方面的感受,南唐中主李璟的名句"小楼吹彻玉笙寒",即出于此。颔联承"怅望",补足其意:昔日的欢情好梦,已断绝经年,而昨夜一只孤栖的雌乌,又将旧梦(旧情)惊起。于是独步小院,独上高楼,全不顾漫漫长夜,风寒露冷,彻夜吹笙,直至天明。清代诗人黄景仁的名作:"几回花下坐吹箫,银河红墙入梦遥。似此星辰非昨夜,为谁风露立中宵? 缠绵丝尽抽残茧,宛转心伤剥后蕉。三五年时三五月,可怜杯酒不曾消。"(《绮怀》其十五)遣词造境,均从此诗和《无题》诗中化出。然而诗人追寻到了什么呢? 当初携手台榭,曾见明月清辉沐浴一院花卉,多谢细雨有情,催开了花蕾,阵阵熟悉的香气,递送着温馨的记忆。然而清风拂拂,残烛荧荧,吹卷珠帘,映照清霜,又使人顿悟鲜花虽然重开,但如花之人,已经远去。中间两联诗意,蕴含着"年年岁岁花相似,岁岁年年人不同""桃李明年能再发,明年闺中知有谁"的感慨。这种忽现即逝的感觉,使诗人分外悲戚,于是自我解嘲地说:善于吹笙的王子乔,已经乘鹤仙去,而我今宵吹笙,却非空怀成仙之想;正

如鼓瑟的湘灵、吹箫的萧史,自有别样的情思。末联反挑篇首
"吹玉笙",同时翻出新意,连用两个与"银河"相应的仙灵的爱情
故事,传递出一种虽然缥缈、空幻,却又执着、实在的人间真情。
此诗用语并不晦涩,用典也不冷僻,但杳渺深曲,缠绵顿挫,故依
然让人感到扑朔迷离,耐于寻味。这是因为诗人以其特有的细
微的感受,精心选用了一些十分美丽的意象,作用于人的耳目,
使人感到一直难以言喻的美,并通过感官的视听觉效果,充分调
动人丰富的想象力,从而使这种美变得更加深纯和空灵。

昨　日

　　昨日紫姑神去也①,今朝青鸟使来赊②。未容言
语还分散,少得团圆足怨嗟。二八月轮蟾影破③,十
三弦柱雁行斜④。平明钟后更何事,笑倚墙边梅
树花。

注释

① 紫姑:民间传说中的司厕之神,又作子姑、茅姑等。《显异录》
　　载:紫姑,莱阳人,名何媚,李景纳为妾。遭李景妻子嫉妒,于
　　正月十五日,在厕所内被杀。天帝悯之,任命她为厕神。

② 青鸟:见《汉宫词》注①。

③ "二八"句:二八,农历十六日。蟾影,神话传说中月宫有一只三条腿的蟾蜍,后人因称月宫为蟾宫,月影为蟾影。十五日月圆,十六日开始亏损,故云"破"。

④ "十三"句:十三弦,《急就篇注》:"筝,瑟类也。本十二弦,今则十三。"雁行斜,言筝柱斜列如雁飞。以上二句言团圆少,分散长。

解读

冯浩《年谱》将此诗编入宣宗大中四年(850),张采田《年谱会笺》编入大中三年。紫姑离去,在正月十五(元夕),则此诗当作于元夕后一日。以文为诗,是作诗一忌。黄庭坚说:"诗文各有体,韩以文为诗,杜以诗为文,故不工尔"(《后山诗话》引)。严羽认为以文为诗,"于一唱三叹之音有所歉焉"(《沧浪诗话》)。此诗起句即以文为诗,却写得风神潇洒,摇曳生姿。钱钟书赞道:"杜少陵《题郑县亭子》首句'郑县亭子涧之滨',《白帝城最高楼》'独立缥缈之飞楼'……皆以健笔拗调,自拔于惰苶。李义山《昨日》首句'昨日紫姑神去也',摇曳之笔,尤为绝唱。"(《谈艺录》)这是一首抒写相思之情的诗。首联上句写人刚离去,下句即埋怨音信未来,揆诸常理,未免太急,但从中正可见诗人刻刻在心的挂念。颔联上句写昨日相会,尚未吐露心衷,便匆匆告别;下句写如此团聚,反让人更加哀怨慨叹。真可谓别也难,聚也难。颈联上句写月圆仅仅一日,就已开始亏损,和起句昨日人去呼应;下句写雁行斜飞,一去不返,和次句青鸟不来形成对照,还是表达聚少离多的怅恨。结句所写笑倚梅树之人,既可以是诗人,也可以是对方。如果是诗人,那么所写的是百无聊赖的情状,佳人不见,于是只能和同样风姿绰约的梅花为伴。这"笑"是苦涩的笑,带有自嘲的意味。如果是对方,那是想象她分离后的情景。这"笑"是明媚的笑,有"闺中少女不知愁"的意味,这和诗人的痴情怅望形成鲜明的对照。陆昆曾说:结句"淡语意味却自深长,与老杜'鸡虫得失无了时,注目寒江倚山阁'同一杼轴"(《李义山诗解》)。末联宕开作结,在颠倒思量之后,留下一个人脸梅花相映的图景,有悠然不尽之妙。

春 雨

怅卧新春白袷衣①,白门寥落意多违②。红楼隔雨相望冷③,珠箔飘灯独自归④。远路应悲春晼晚⑤,残霄犹得梦依稀⑥。玉珰缄札何由达⑦,万里云罗一雁飞⑧。

注释

① 白袷衣:白夹衣,唐人未仕时穿白衣,故以白袷衣为闲居便

服。袷(qiā),无领大衣。

② 白门:南朝宋都城建康(今江苏南京)宣阳门的俗称,用作南京的别称。也指男女欢会之所。

③ 红楼:华美的楼房,也指女子的住处。

④ 珠箔:珠帘。这里比喻春雨细密如雨帘。

⑤ 晼晚:夕阳西下,日暮光景。晼,太阳将落山的景象。

⑥ 依稀:仿佛。形容梦境的迷离惝恍。

⑦ 玉珰:用玉制造的耳坠。古人常以此为男女定情信物。缄札:指书信。

⑧ 云罗:形容云如薄罗。

解读

据起句"白袷衣"三字,此诗可能作于开成二年(837)诗人登进士第之前。"暂出白门前,杨柳可藏乌。欢(喜爱的人)作沉水香,侬(我)作博山炉。"这是南朝的一首情歌。次句"白门",系诗人昔日和恋人欢会之处,如今却是那样寂寥冷落。以此,在这万家同庆的新春时节,诗人却满怀惆怅,躺在床上。孤寂的煎熬,迫使他起身,追寻旧梦,孤寂地站在雨中,望着伊人曾经居住的地方。依然是那熟悉的红楼,只是不见温柔的红袖;只有默默的追念,没有两情的交流。当初在这里嬉游,燕语花笑,境热,人热,情更热;此时在这里伫立,风凄雨悲,景冷,身冷,心更冷。细密的雨丝,犹如珠帘,飘拂着车上的灯,撩拨着诗人的心。春雨如麻,心情如麻,灯火明灭,情思黯淡。独自回到家中,独自品味孤寂的痛苦。割不断的情丝,抛不开的相思,依然留在心头,萦系在伊人身上。当此初春,景物凄凄,更兼日暮,烟雨濛濛,远方的伊人,也该触动新春的情怀,也该惹起别离的伤感。长夜未央,那堪风雨敲窗,耿耿不眠,直至清晨方才朦胧入梦,仿佛伊人就在身旁。梦中醒来,音容宛然,心意迷离,神思恍惚。这种可望不可即、可思不可亲的情景,更使人独抱痴心,不能自已。唯有玉珰定情,锦书寄意。只是万里远空,一雁孤飞,此书此情,怎样才能飞度茫茫云天,越过重重罗网,送到伊人手中,传到伊人心上?这首诗题为"春雨",其实是一首无题诗,诗人只是借春雨寄怀,并非吟咏雨景。李商隐的无题诗,以深情绵邈见长,有荡气回肠之致,此诗也充分表现出这种特色。但它又不像某些无题诗纡曲其指,诞谩其词,绮密瑰妍,景象迷离。除了"白门"一词,诗中没有其他典故,甚至不见比兴手法。通篇都用白描,风韵嫣然,就像高秋的晴空那么清明,飘浮的行云那么自然;清词丽句,如碧池中凌波玉立的娇荷;委婉多姿,又像河堤上迎风摇曳的垂柳;诗中的意境,犹如琴声在修竹中飘荡悠扬;诗人的感情,犹如桃花潭水那么深沉凝重;而诗人的心意,又是那么迷茫,就像濛濛杨花,在细雨中飞舞飘荡。"红楼隔雨相望冷,珠箔飘灯独自归。"描绘了一幅极其优美、雅洁的画面,冷雨相隔,背景是那么凄清,那么明净;寒灯独归,人物是那么孤独,那么忧伤。如同特写的镜头,定格在诗中,也定格在读者的心上。这样的诗,不用求其所指,更不必求其深意,它的美是那么明白、那么纯净,仿佛就在人的眼前,就在人的心头。

暮秋独游曲江^①

　　荷叶生时春恨生，荷叶枯时秋恨成。深知身在情长在，怅望江头江水声。

注释

① 曲江：见《曲江》注①。

解读

　　张采田《年谱会笺》系此诗于唐宣宗大中十年（856）。这也是一首抒写相思之情的诗。至于所思何人，冯浩说："前有《荷花》《赠荷花》二诗，盖意中人也，此则伤其已逝矣。"（《玉溪生诗集笺注》），张采田不同意这种说法："此亦追悼之作，与《赠荷花》等篇不同，作艳情者误。"（《玉溪生年谱会笺》）无论所思对象的身份如何，伊人此时已经去世，而其生前和诗人有过刻骨铭心的情缘，以致诗人难以忘怀。曲江应是二人昔日欢聚之所，诗题"独游"二字，正是感伤伊人此时不在身边。首句"春生时"，即两人春心萌发之时；次句"秋枯时"，即伊人去世之时。从上联看，诗人和伊人的情缘，从一开始就是个悲剧，而且此恨绵绵，无有尽期。下联上句言此身一日不死，则此情一日不断，和"春蚕到死丝方尽，蜡炬成灰泪始干"意思相同。只是"春蚕"一联借用比喻，语较蕴藉，这句诗直诉衷情，犹如发誓。结句写独立江头，注

《暮秋独游曲江》

目江水,但闻水声依旧,充满"人生有情泪沾臆,江水江花岂终极"的怅恨。结句谓"怅望水声",似乎视觉、听觉错位,因此也被看作是视觉、听觉彼此打通的"通感"修辞手法。不过更直接、更切实的解释,或许只是句中省略了一个"听"字而已,或者说,是以"江水声"取代"听水声"。这是一首平仄不谐的古绝,措辞生峭,致意婉转,冯浩谓之"调古情深"。

偶题二首

　　小亭闲眠微醉消,山榴海柏枝相交①。水文簟上琥珀枕②,傍有堕钗双翠翘③。

　　清月依微香露轻,曲房小院多逢迎④。春丛定是饶栖鸟⑤,饮罢莫持红烛行。

注释

① 山榴:山石榴,即石榴。

② 水文簟:有水纹状的竹席。琥珀枕:用琥珀做的枕头。

③ 翠翘:翡翠鸟尾上的长羽毛。这里指翠翘形的金钗。

④ 曲房:指内室。

⑤ 饶:多。

解读

　　这是二首艳情诗。但所写则是幽景闲情,清气扑人。前一首昼景。有人带着微微醉意,闲卧小亭,躺的是水文簟,头下是琥珀枕。此时酒已略醒,睡眼惺忪,周围榴花柏枝,相交萦绕,还有一双翠翘形的金钗,掉在身旁。从行文看,似乎信手拈来,漫不经心。既有金钗,则必然有女子睡在身旁,而"相交"二字,也含有暗示之意。故纪昀谓之"艳而能逸","有意无意,绝佳"(《玉溪生诗说》,下同)。后一首写夜景,月色依微,露滋含香,轻轻飘送,情景十分静谧。但曲房小院,却颇多往来招呼之人。下联提醒那些逢迎之人:花丛中一定有不少双栖双宿的鸟雀,请不要拿着红烛行走,以免惊醒它们的好梦。下联上句和前一首次句有同样的暗示之意,双栖双宿,也是指人。纪昀谓之"对面写来,极有情致"。对于李商隐的言情诗,纪昀往往百般挑剔,如谓"《无题》诸作……其格不高,时有太纤太靡之病,且数见不鲜,转成窠臼";即使像《春雨》那样的佳作,也认为"格未高";像"春蚕到死丝方尽,蜡炬成灰泪始干"那样的名句,也认为"太纤近鄙,不足存耳"。唯独对这二首艳情诗,却赞不绝口。

代赠二首

楼上黄昏欲望休①,玉梯横绝月中钩②。芭蕉不展丁香结③，同向春风各自愁。

东南日出照高楼，楼上离人唱《石州》④。总把春山扫眉黛⑤，不知供得几多愁？

注释

① 欲望休：欲望还休。想望远方的友人，但又望不见，只得作罢。
② 横绝：横断。绝，断。中，或作"如"。
③ 芭蕉不展：芭蕉的心紧裹未展。丁香结：丁香花蕾结而不绽，用以比喻愁思固结不解。
④ 石州：乐府歌辞，为思妇怀远之作。《石州》："自从君去远巡边，终日罗帷独自眠。"
⑤ 总：纵然。春山：《西京杂记》："（卓）文君姣好，眉色如望远山，脸际常若芙蓉。"扫眉：描画眉毛。眉黛：黛眉。古时女子好以青黛（青黑）色的颜料画眉。

解读

这是代一个已离别的男子赠给女子的诗，诗中所写，都是想象女子在离别后的情状。"暝色入高楼，有人楼上愁。"前一首写暮色中的思念。女子独上高楼，她多想凭高远眺，望见男子的身影，但四顾寂寥，望而不见，只得作罢。她并不甘心，但又无可奈何。"玉梯空伫立,宿鸟归飞急。"更何况玉梯横断,将归路阻隔;新月如钩,勾起的都是"剪不断、理还乱"的离愁。"芳(蕉)心犹卷怯春寒","丁香空结雨中愁"。眼前芭蕉不展,丁香作结,不正是一方愁怀难开、一方忧思郁结的象征?春光虽好,无济于事,此时二人能做的,唯有像芭蕉、丁香那样,同向春风,诉说各自由离别引起的哀愁。"同""各"二字,写出二人天各一方、彼此同心的情意。朱彝尊说:"妙在'同',又妙在'各',他人千言不能尽者,此以七字尽之。"(沈厚塽《李义山诗集辑评》引)后一首写晨光中的思念。遥想旭日东升,映照高楼,楼上为别离所苦的女子,正咏唱《石州》,思念行人,吐露心衷。晨起画蛾眉,但纵然把眉画成春山状,又能承受几多悲愁呢?"只恐双溪舴艋舟,载不动,许多愁。"与此诗下联含意相似,只是一婉曲、一直接而已。杨万里说:"五七字绝句,最少而最难工,虽作者亦难得四句全好者。晚唐人与介甫最工于此。"(《诚斋诗话》)所举范例,即有此诗。纪昀称此诗为"艳诗之有情致者"(《玉溪生诗说》)。

为　有

　　为有云屏无限娇①,凤城寒尽怕春宵②。无端嫁得金龟婿③,辜负香衾事早朝。

注释

① 云屏:见《龙池》注②。

② 凤城:见《流莺》注⑥

③ 无端:没来由。金龟婿:佩带金龟(即身份高贵)的夫婿。《新唐书·车服志》:"天授二年,改佩鱼皆为龟,其后三品以上龟袋饰以金。"

解读

"春宵一刻值千金"。对闺中女子来说,这正是在温柔乡中缱绻、在云屏背后撒娇之时。而这首诗中的贵妇,却产生了害怕的感觉,害怕身为高官的丈夫,为了上朝,匆匆起身,将她一人留下,辜负了香衾应有的温馨。朱彝尊说此诗"喜、惧二意俱有之"(沈厚塽《李义山诗集辑评》引)。所谓"喜",即以"嫁得金龟婿"为喜。所谓"惧",即以"辜负香衾"为惧。盛唐王昌龄有《闺怨》诗:"闺中少妇不知愁,春日凝妆上翠楼。忽见陌头杨柳色,悔教夫婿觅封侯。"词意与此诗相近,都写女子不能将丈夫留在身边的怨恨。但也有区别,相比较而言,王诗的少妇真率朴实,其后悔是不加掩饰的心情,而此诗的贵妇则患得患失,其流露的更多是埋怨;王昌龄对笔下的少妇充满同情,而此诗则语含讽刺;在语言形式上,王诗笔墨轻灵,此诗则较为凝重。《闺怨》是诗人对少妇举止的观察、心理的揣摩和形象的描述,此诗则可看作是一个贵妇的自怨自艾。"为有""无端"四字,声口宛然,写出这个贵妇亦痴亦娇、似嗔似怜的情状，十分传神。当然，此诗也可看作是诗人的描述，体现了一个旁人对此的态度。

闺　情

　　红露花房白蜜脾^①，黄蜂紫蝶两参差^②。春窗一觉风流梦，却是同衾不得知。

注释

① 花房：即花冠。花瓣的总称。蜜脾：蜜蜂营造的酿蜜之所，其形如脾。这里指花心。

② 参差：不一致。

解读

　　上联写一朵鲜花，花瓣红，花心白，黄蜂、紫蝶或前或后到这里采蜜。看似有意无意，其实都有象征意义。李商隐年轻时曾作《柳枝五首》，其一云："花房与蜜脾，蜂雄蛱蝶雌。同时不同类，那复更相思。"立意和此诗相似，措辞更加明白，可参看。唐代闺情诗，大多写女子的伤春怨别之情，但此诗写一个春心荡漾的女子，在梦中和心上人欢会，而和她同衾而眠的丈夫却浑然不觉。施蛰存先生说："这个题材，恐怕是古今闺情诗中绝无仅有的。"(《唐诗百话》)从维护礼教的角度看，如此直接大胆的表现，无疑有伤风化，故冯浩谓之"尖薄而率"(《玉溪生诗集笺注》)。但施蛰存认为："他(指冯浩)没有深入理解这首诗。他以为这是一首没有寄托的艳情诗，有些轻薄，而且表现得太直率。我以为这首诗可以理解为'寄托深而措辞婉'的代表作。有些人的思想、感情、行为，即使同在一起的人，或极其亲密的人，也不能了解，正如同床的丈夫还不知道妻子的思想、感情、行为一样。这是用有寄托的观点来解释这首诗，岂不是可以说是'寄托深而措辞婉'呢？至少，这样一讲，它就不是一首轻薄的艳情诗。至于从这一寄托的意义去探索诗人所隐喻的具体动机，这就不可能求之更深了。"(《唐诗百话》)略早于李商隐的刘言史，有《乐府杂词》三首，其三云："不耐檐前红槿枝，薄妆春寝觉仍迟。梦中无限风流事，夫婿多情亦未知。"若李商隐读过这首诗，那此诗即出自刘诗；若未见过，那可谓妙思偶同了。

宫　妓①

珠箔轻明拂玉墀②，披香新殿斗腰支③。不须看尽鱼龙戏④，终遣君王怒偃师⑤。

283

注释

① 宫妓:宫廷内的歌女舞女。妓,本作"伎",艺人,不是后世所谓的妓女。《教坊记》:"西京右教坊在光宅坊,左教坊在延政坊。右多善歌,左多工舞,盖相因习……妓女入宜春院,谓之内人,亦曰前头人。常在上前。"

② "珠箔"句:《三辅黄图》:"未央宫渐台西有桂宫,中有明光殿,皆金玉珠玑为帘箔,处处明月珠,金陛玉阶,昼夜光明。"箔,帘子。玉墀,指宫殿前的石阶。

③ 披香新殿:汉、唐宫中都有披香殿。斗腰支:竞比舞姿。

④ 鱼龙戏:古代百戏杂耍节目。《汉书·西域传赞》:"漫衍鱼龙角抵之戏。"颜师古注:"鱼龙者,为舍利之兽,先戏于庭极;毕,乃入殿前激水,化成比目鱼,跳跃漱水,作雾障日;毕,化成黄龙八丈,出水敖戏于庭,炫耀日光。"

⑤ "终遣"句:《列子·汤问》:"周穆王西巡狩……反还,未及中国,道有献工人名偃师……越日,偃师谒见王。王荐之,曰:'若(你)与偕来者何人邪?'对曰:'臣之所造能倡(歌舞)者。'穆王惊视之,趋步俯仰,信(真)人也。巧夫!领(揿)其颐,则歌合律;捧其手,则舞应节。千变万化,惟意所适。王以为实人也,与盛姬内御并观之。技将终,倡者瞬其目而招王之左右侍妾。王大怒,立欲诛偃师。偃师大慑,立剖散倡者以示王,皆傅会革木胶漆白黑丹青之所为。王谛料(仔细检查)之,内则肝胆、心肺、脾肾、肠胃,外则筋骨、支节、皮毛、齿发,皆假物也,而无不毕具者。合会复如初见。王试废其心,则

口不能言;废其肝,则目不能视;废其肾,则足不能步。穆王始悦而叹曰:'人之巧乃可与造化者同功乎?'诏贰车载之以归。"

解读

上联写披香殿内,珠帘飘拂,歌舞翩跹。这是宫中的常态,不足为奇,值得注意的是那些宫妓互"斗腰支",为取悦君王争妍斗艳。但即便有像鱼龙戏那样新奇多变的演技,也未必能得到君王的专宠,就像古代的偃师,反而惹起君王的雷霆之怒。六宫争宠,宫女邀宠,这也是后宫的常态,值得注意的是诗中引入"偃师"的故事。偃师是一个长于摆弄机巧的匠人,"有机械者必有机事,有机事者必有机心"(《庄子·天地》)。提出偃师,实际上是泛指怀有机心的人。宫妓邀宠,大多出自本性,未必有什么谋划。宫廷中机心最深的人,无疑是那些巧言令色、尔虞我诈的官员。此诗题为"宫妓",写的是歌舞游戏,但借助最后收尾的"偃师"二字,过渡到机心充斥的官场,直指为媚悦君王而无所不为的官僚。冯浩说:"此讽宫禁近者不须日逞机变,致九重悟而罪之也。托意微婉。"(《玉溪生诗集笺注》)九重未必真悟,但"机关算尽太聪明,反误了卿卿性命"的情况确实时有发生。这是诗人的觉悟和告诫。

北青萝①

残阳西入崦②，茅屋访孤僧。落叶人何在？寒云路几层。独敲初夜磬③，闲倚一枝藤。世界微尘里④，吾宁爱与憎⑤。

注释

① 北青萝：地名，在河南济源王屋山中。

② 崦(yān)：指崦嵫山，今名齐寿山，在甘肃天水西境。古时常用来指太阳落山的地方。《山海经·西海经》："鸟鼠同穴山西南曰崦嵫，下有虞泉，日所入处。"

③ 初夜：初更，晚上七时至九时。磬：指寺院中和尚念经时所敲打的铜铸的法器。

④ "世界"句：《法华经》："譬如有经卷，书写三千大千世界事，全在微尘中。"

⑤ 宁：岂。

解读

此诗之"眼"，在一"孤"字，通篇围绕此字展开。首联写在夕阳西下时分，造访一个僧人，而僧人所居，并非通常的寺院，只是一间简陋的茅屋，即使不写"孤"字，也可见这僧人在此独居。诗人到达之时，僧人并未在家，颔联写四周落木萧萧，空中寒云重重,枯叶覆地,曲径通幽,放眼寻找,不知人在何处。意境和韦应物"落叶满空山,何处寻行迹"相似。在落叶寒云中的茅屋,可谓孤寂,而人更在落叶之外,寒云深处,就更显出孤绝的品格。颈联写诗人继续寻找,听到磬声在初夜回荡,循声而去,只见僧人悠闲地靠在一枝藤上。这是一种何等安宁而又静谧的境状。颈联"独敲"应"孤僧","初夜"应"残阳"。中间二联,都是上句写所闻,下句写所见。正是从僧人遗世独立的孤标,诗人感悟禅理。佛教认为大千世界,尽在微尘之中,一身渺小,微不足道,尘世利禄,何足挂齿,故末句以"我还在乎什么爱憎荣辱呢"作结。此诗辞意澹妙,格调清高,在藻采缤纷的《玉溪生诗集》中,别具一格。

忆匡一师^①

无事经年别远公^②,帝城钟晓忆西峰^③。炉烟消尽寒灯晦^④,童子开门雪满松。

注释

① 匡一师:冯浩注:"《北梦琐言》一云'王屋匡一上人',一云'王屋山僧匡一',疑此即其人。"匡,一作"住"。

② 经年:经过一年或若干年。远公:东晋高僧慧远,佛教净土宗
　始祖,庐山东林寺主持。这里借指匡一师。

③ 钟晓,晓钟。

④ 晦:暗。

解读

　　此诗以"无事"发端。姚培谦注:"无事,犹无端也。"(《李
义山诗集笺注》)即毫无缘由地多年阔别匡一师。其实不然。
虽然明知"高处不胜寒",常人还是爱踏紫陌红尘,喜听京城钟
声。即使诗人,也为微官所累,留滞京城。但长安虽好,并非
对每一个人都如此,经过多年的困顿,诗人感到疲惫,随着清
晨袅袅的钟声,思绪飘向匡一师所在的西峰。那是一处和灯
红酒绿的京城全然不同的地方:岑寂,空旷,安宁,平静。下联
追忆西峰清晨的景象。冬日的黎明,寺内炉烟消尽,灯火暗
淡;推门出去,白雪皑皑,堆满松枝。当年诗人就是在此时此
地,和匡一师焚香品茶,踏雪赏景。下联上下二句,一暗一明,
一幽一旷,形成鲜明的对照,而炉烟、寒灯、雪松,又确确实实
都是佛土的景象。清田玉说:"只写住师之境清绝如此,而其
人益可思矣。所忆之情,言外缥缈。"(《玉溪生诗说》引)纪昀
称此诗"格韵俱高"(同上)。

乐游原①

向晚意不适②，驱车登古原。夕阳无限好，只是近黄昏。

注释

① 乐游原：见《柳》诗注①。
② 向晚：傍晚。不适：不快。

解读

  此诗不知作于何时，但却是众口传颂、几乎无人不知的诗；这是一首古绝，语言浅显明白，但含义极为深广；这是一首小诗，但又是感慨深沉、容量极大的诗。与初唐陈子昂的《登幽州台歌》，有异曲同工之妙。诗人因心情不快，登上乐游原，以求一畅愁怀。晚霞托起的夕阳，分外绚丽，只是已近黄昏，很快就会隐没，这让人不禁生美景无常之感。下联上句极力一扬，正是为下句一跌造势。与李商隐齐名的杜牧，在登高遣兴时，已有"尘世难逢开口笑""不用登临恨落晖"的喟叹。李商隐的人生，远比杜牧坎坷，这种身世迟暮之感，也就更加深切。况且当时唐皇朝也已进入日薄西山的衰败阶段，在诗人"欲回天地"的心中，更多了一份担忧。"迟暮之感，沉沦之痛，触绪纷来""百感茫茫，一时交集，谓之悲身世可，谓之忧时事亦可"（《李义山诗集辑评》引何焯、纪昀语)。一首仅二十字的小诗,诗中仅一个"夕阳"意象,居然能包含如此丰富的人生和社会内容,实属罕见。周汝昌认为:"只是""意即'止是''仅是',因而乃有'就是''正是'之意了"(《唐诗鉴赏辞典》)。如此,末联意谓:正是在黄昏时刻,夕阳才无限美好。这就含有喜悦、赞美之意,和通常的解释全然不同。关于此诗,宋代有一段轶事:"觉范(北宋僧人惠洪)作《冷斋夜话》,有曰:'诗至李义山,为文章一厄。'仆读至此,蹙额无语。渠(他)再三穷诘,仆不得已曰:'夕阳无限好,只是近黄昏。'觉范曰:'我解子意矣!'即时删去。今印本犹存之,盖已前传出者。"(许𫖮《彦周诗话》)

谒　山①

从来系日乏长绳②,水去云回恨不胜③。欲就麻姑买沧海④,一杯春露冷如冰⑤。

注释

① 谒山:拜谒名山。谒,拜见,进见。

② "从来"句:傅休奕《九曲歌》:"岁暮景迈群光绝,安得长绳系白日?"

③ 水去：比喻时间消逝。《论语·子罕》："子在川上曰：'逝者如斯夫，不舍昼夜！'"

④ "欲就"句：麻姑，道教女神，修道于牟州东南姑馀山（今山东莱州市）。葛洪《神仙传·麻姑传》载：东汉桓帝时，应仙人王方平邀，降于蔡经家，"是好女子，年十八九许……麻姑自说云：'接侍以来，已见东海三为桑田。向到蓬莱，水又浅于往者会时略半，岂将复还为陵陆乎？'"在此，诗人将沧海看作麻姑所有。

⑤ "一杯"句：言沧海已变为一杯冰冷的春露。

解读

　　题为"谒山"，当是游山时所作。山中云蒸霞蔚，壑深泉响，曲曲折折，莽莽苍苍。面对大自然的雄奇，令人心生敬畏之情，故用"谒"字。此诗以慨叹领起，眼前流水潺潺，一去不返，浮云飘游，难觅踪影。逝者如斯，光阴如箭，用一根长绳，拴住日轮，不让时光流逝，从来都是不切实际的空想。人生如梦，沧海桑田，令人不胜怅恨。对此，古人兴感嗟叹，若合一契。诗人当此之时，忽发奇想：若能买断沧海，断绝流水归路，时光也就停止不前。"'沧海'实从'水去'生出。水东流入海，逝者如斯，不舍昼夜，不可阻遏，欲遂长绳系日之愿，唯有使流逝不舍之时间无所归宿，故有'买沧海'之奇想。陈贻焮引李贺《苦昼短》'吾将斩龙足，嚼龙肉，使之朝不得回，夜不得伏，自然老者不死，少者不哭'以证'买沧海'之目的在'永绝时光流逝的悲哀'，洵为确解。又谓第四句系点化李贺《梦天》'一泓海水杯中泻'句，亦极确切……《一片》末联'人间桑海朝朝变，莫遣佳期更后期'，似可为此诗下一注脚。"（刘学锴、余恕诚《李商隐诗歌集解》）只是转瞬之间，浩浩荡荡的大海，已化为一杯冰冷的春露。人的想象力，即使再大胆，再奇妙，也赶不上造化的变幻，改变不了世事的无常，让人徒唤奈何。此诗奇思妙语，随兴所至，想入非非，出人意表。

凉　思

客去波平槛，蝉休露满枝。永怀当此节[①]，倚立自移时[②]。北斗兼春远[③]，南陵寓使迟[④]。天涯占梦数[⑤]，疑误有新知[⑥]。

注释

① 永怀：长久怀念。此节：此时。指客离去的时节。

② 移时：经历一段时间。

③ 北斗：北斗星。《史记·天官书》："北斗七星……斗为帝车，运于中央，临制四乡。分阴阳，建四时，均五行，移节度，定诸纪，皆系于斗。"古人认为北斗位于天的中央，视北极星为上

帝的象征。这里借指帝王所在的京城。兼春:两个春季。

④ 南陵:今属安徽。寓使:传书的使者。寓,寄递,投寄。

⑤ 占梦:占卜梦境,根据梦中景象预测吉凶。数:屡次。

⑥ 新知:新结交的知己。

解读

张采田《年谱会笺》将此诗编入大中元年(847)。题为"凉思",即写清凉秋夜的一段情思,有无语独对的意境。首联"蝉休"二字,点出季节,语带秋色。水平栏杆,露满枝叶,已觉凉气袭人。此诗首联为对句,颔联不对,前人谓之"偷春蜂腰格",即如梅花偷春先开。以下三联都写"思",写内心的思索和感受。颔联写思之深。对友人的牵挂,念念不忘,以致长时间沉浸在思念之中,想得出神。颈联写思之切。如今友人远在京城,已有两年未曾相见,而我出使南陵,迟迟不能归去,能不焦急?末联写思之苦。思而不见,又无音信,不免想入非非,心生疑窦,难道对方已有新交,而把老友忘却?忧思入梦,梦中的情景也更让人不安,心中彷徨,不知所从,只能求助占卜,以解疑惑。有人以为这是思内之作,但依诗人和夫人的感情,结句"疑误有新知",揆之于情,既不可能,作为话题,也不合适。此诗直抒胸臆,并无寄托,心有所思,一气涌出。通篇不用典故,不假藻饰,清隽疏朗,气格甚高。

早　起

　　风露澹清晨，帘间独起人。莺花啼又笑①，毕竟是谁春②？

注释

① "莺花"句：冯浩《玉溪生诗集笺注》作"莺啼花又笑"。
② 毕竟：究竟。

解读

　　"凉风冷露秋萧索。"前人诗词中的"风露"，往往带有寒意。但此诗却写清晨因风露的滋润，更加恬淡、宁静。有人独自早起，手卷珠帘，倚窗凝望。园中黄莺枝上啼，鲜花迎风笑，春色明媚，满目生辉。前三句所写，都是眼前景象，有"清风徐来，水波不兴"之感。结句翻新出奇，陡起波澜，问此莺此花，究竟在为谁妆点春色？春光无私，遍照万物，一视同仁。一个心无牵挂的人，定会乘兴游赏，心旷神怡。这本不该问，但诗人居然这样问了，那么，在他的心中，一定有难言的苦衷；在他的眼中，一定看到了别样的情景。言外之意，"如此莺花，非我之春，其困厄可不言而喻。"（屈复《玉溪生诗意》）读诗至此，令人黯然神伤。

滞　雨[①]

滞雨长安夜，残灯独客愁。故乡云水地[②]，归梦不宜秋。

注释

① 滞雨：久雨。滞，长久。
② 云水地：同云水乡。指云水弥漫，风景清幽的地方。

解读

　　上联写客居长安，遭逢淫雨，连日不止。深夜独坐，倾听风雨之声，残灯荧荧，难释愁怀。这是古代诗词中常有的景象。"点点滴滴雨到明，悽悽恻恻梦不成。"前人写夜雨多愁，都在辗转不眠之时，下联却用反笔，偏写梦里生愁，言故乡为云水之地，山重水复，云雾缭绕，归梦迢遥，阻隔重重，更何况时值秋季，阴雨绵绵，遍地水潦，难以行走，梦魂又如何能顺利还乡？设想奇特，与杜诗"鸿雁几时到，江湖秋水多"含意相仿。当此之时，不仅回家难，就是梦中思念家乡也不合宜。明程嘉燧诗"瓜步江空微有树，秣陵天远不宜秋"（《渔洋诗话》引），即出于此。纪昀评此诗："运思甚曲，而出以自然，故为高调。"（沈厚塽《李义山诗集辑评》引）

花下醉

寻芳不觉醉流霞①，倚树沉眠日已斜。客散酒醒深夜后，更持红烛赏残花。

注释

① 流霞：神话传说中的仙酒，泛指美酒。《论衡·道虚》载：河东蒲坂项曼都好道学仙，离家三年而返，自言"有仙人数人将我上天，离月数里而止……口饥欲食，仙人辄饮我流霞一杯。每饮一杯，数月不饥。"

解读

上联写诗人寻芳，流连花径，把酒吟赏，不知不觉竟沉醉在花丛之中，正是夕阳西斜时分。这"醉"，既是醇酒醉人，也是花香醉人；既是知觉迷糊的醉，也是身心愉悦的醉；既是酒醉人，也是人自醉。这"流霞"，既是如同琼浆的美酒，也是灿若晚霞的鲜花。一觉醒来，已是深夜，曲终人散，四周悄然。而白天盛开的花树，此时已出现花意阑珊的迹象，这让诗人感到惋惜，于是手持红烛，独自守在花旁，细细观赏，只为在心中留下默默消失的春色、行将飘逝的芬芳。此诗风情嫣然，含思宛转，诗中有画，虽仅四句，但写了寻花、赏花、醉花、惜花，写了人的情态、人的心理，姚培谦、林昌彝等人都认为，如此"方是爱花极致"。林昌彝还试图探求其言外之意:"能从寂寞中识之也。天下爱才慕色者果能如是耶?"(《射鹰楼诗话》)结句最为后人赞赏,但并非李商隐独创。在此之前,白居易已有诗:"明朝风起应吹尽,夜惜衰红把火看。"(《惜牡丹》)之后司空图也有惜花诗:"五更惆怅回孤枕,自取残灯照落花。"(《落花》)清马位曾将下联和苏轼词意相似的名句作比较:"李义山诗'客散酒醒深夜后,更持红烛赏残花',有雅人深致;苏子瞻'只恐夜深花睡去,故烧高烛照红妆',有富贵气象,二子爱花兴复不浅。或谓两诗孰佳,余曰:李胜。"(《秋窗随笔》)二者比较,苏诗欠缺的是那种悠扬不尽的韵味。